FRATELLASTRO ALFA

RENEE ROSE

Traduzione di
EMA FERRARI

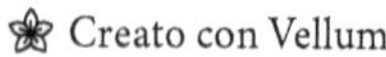 Creato con Vellum

INDICE

OTTIENI IL TUO LIBRO GRATIS!

Iscrivetevi alla newsletter di Renee per ricevere Indomita, scene bonus gratuite e notifiche riguardo a nuove pubblicazioni!

https://subscribepage.com/reneeroseit

CAPITOLO UNO

Rayne

C'erano tre cose che odiavo della Wolf Ridge High School: i coglioni- alpha (i giocatori di football che governavano le nostre vite sociali), le giocatrici di pallavolo (praticamente la versione femminile dei coglioni- alpha) e il resto del corpo studentesco, con l'eccezione degli umani. Quindi, sì. Questo mi lasciava praticamente senza nessuno.

Che era la situazione in cui ero stata fin dall'inizio, anche con il branco, quindi non si trattava di una novità.

Al momento, quelle che disprezzavo di più erano le giocatrici di pallavolo. In particolare Casey Muchmore.

«Piccoletta!» mi urlò alle spalle mentre cercavo di camminare velocemente attraverso la scuola. «Piccoletta! Non costringermi a inseguirti.» Casey era la lupa alfa della scuola, quasi come lo era suo fratello Cole quando comandava in questi corridoi due anni fa.

Merda.

Mi fermai ma non le diedi la soddisfazione di voltarmi. Mi afferrò la spalla per spingermi verso di lei, poi mi spinse contro il muro di mattoni dove colpii la testa. «Non guarisco come te» dissi rapidamente.

Era un avvertimento per il bene di entrambe. Potevo anche essere la figlia di una mutaforma – forse due, mia madre non me lo avrebbe mai detto – ma non ero come gli altri. Le mie cellule non si rigeneravano velocemente come le loro. Significava che, se mi feriva, avrebbe lasciato i segni. Ci sarebbero state prove delle sue torture, e avrei potuto usarle contro di lei. Non che lo avrei fatto. Non ero una stupida.

«Allora faresti meglio ad ascoltare» ringhiò.

«Non ho bisogno di farlo.»

«Beh, lo farai.»

«Casey» la interruppi. «Non mi interessa con chi te la fai. O quello che fai. Io non giudico, e non sono affari miei.»

«Ben detto.» Aveva perso un po' della sua aggressività. Forse aveva pensato che mi sarei rannicchiata e mi sarei contorta e avrei promesso di tenere la bocca chiusa.

Nel tentativo di cercare un posto solitario per pranzare, mi ero imbattuta in lei che baciava River, una delle cheerleader. Non avrebbe dovuto essere un grosso problema. Nell'epoca dell'inclusione, essere gay non era più uno stigma per gli adolescenti. Almeno non nelle scuole superiori umane.

Ma questa era Wolf Ridge. I mutaforma non potevano che essere estremamente di genere. Faceva parte della cultura del lupo. Considerando quanto ero ostracizzata in questo branco per il fatto di essere piccola e non aver mai raggiunto la transizione, non riuscivo nemmeno a immaginare come avrebbero potuto mettere all'angolo un lupo gay.

«Sai cosa mi chiederei, se fossi in te?»

«Cosa?» Sembrò sorpresa di sentire un tono così confidente nella mia voce.

Sì, potevo essere piccola, ma non ero una codarda. Inoltre, ero stata presa a calci da questi ragazzi fin dall'asilo, quindi avevo sviluppato un bel po' di resilienza.

«Come si sente River quando nascondi i tuoi sentimenti.»

Le sopracciglia di Casey si avvicinarono.

«Ma come ho detto, non sono affari miei. Il tuo segreto è al sicuro con me.» Non la guardai dritta negli occhi. Le mostrai la gola per dimostrarle sottomissione, ma dissi anche: «Mi dispiace che tu non ti senta a tuo agio ad essere te stessa nella scuola in cui praticamente comandi.»

Ero andata decisamente troppo oltre. Strinse gli occhi e mi venne addosso. «Mi dispiace che tua madre abbia scopato con un topo per rimanere incinta di te.»

«Carina» dissi seccamente.

«Ma immagino che il suo status sia finalmente cambiato, non è vero? Come sta il tuo nuovo patrigno? Ti ha portata anche in famiglia o ti ha costruito una cuccia sul retro? Voglio dire una casetta per topi?»

«Ti fa sentire meglio?»

«Cosa?»

«Essere crudele con me? Ti aiuta a sentirti meglio riguardo al tuo trauma interiore?»

Casey mi liberò come se la mia pelle la bruciasse. «Fatti da parte, piccoletta.»

Mi scappò una risatina secca. «Sono io quella con la schiena contro il muro, qui, Casey.» Osai incrociare il suo sguardo per un momento, e vidi del dolore dietro ai suoi occhi. Apparentemente, essere onesta con Casey aveva funzionato perché si girò bruscamente sui talloni e si allontanò, con la sua lunga e spessa coda di cavallo che oscillava dietro di lei.

Mi afflosciai contro i mattoni in rilievo.

A quanto pareva sarei sopravvissuta per un altro giorno. Essere picchiata a scuola sarebbe stato solo un altro punto a mio sfavore a casa. Un promemoria del fatto che quando Logan Woodward, un membro della famiglia reale del branco di Wolf Ridge, aveva sposato mia madre tre settimane prima, aveva dovuto accettare la più grande perdente del branco come nuova figliastra.

Qualcosa per cui ero abbastanza certa che suo figlio, Wilde, ex capitano della squadra della WRH, non lo avrebbe mai perdonato.

Qualcosa per cui ero sicura che il mio nuovo fratellastro me l'avrebbe fatta pagare cara.

* * *

WILDE

LA NOSTRA CAMERA d'albergo era scoppiettante, l'atmosfera di festa era a tutto volume. L'odore degli umani era denso qui. Ero abituato a quella puzza, ma la odiavo ancora. Era negli spogliatoi, nei corridoi della scuola. Nella sede della confraternita dove vivevo con i miei cosiddetti amici della squadra. Era un profumo sordo e malaticcio. O forse era solo che i miei sensi si erano offuscati per il fatto di vivere tra gli umani. Tutto quello che sapevo era che la maggior parte dei giorni mi facevo in quattro per fingere di essere uno di loro. Al momento, ce n'erano troppi stipati in un unico posto.

La Duke aveva appena battuto la Clemson, quindi i miei compagni di squadra stavano festeggiando di brutto. Le cheerleader di entrambe le squadre circolavano in abiti succinti. Per me era divertente che le ragazze della Clemson fossero venute. Immaginavo che non provassero particolare lealtà verso i loro simili. Gli umani erano strani.

Non ero sorpreso che fossero state invitate. Molti dei miei compagni di squadra avevano un debole per le donne dell'altra squadra. Una specie di merdoso istinto primordiale, immaginavo. Onestamente, stavo per cercare di tirarmi su di morale con una bionda finta, alta e con le gambe lunghe, ma qualcosa teneva sul filo il mio lupo.

Una specie di formicolio. Una certa consapevolezza che avevo bisogno di rimanere presente a me stesso. Di fare attenzione. Ecco perché ero l'unico sobrio qui. Non che un mutaforma potesse veramente distruggersi. Metabolizzavamo troppo velocemente. Stavano tutti sniffando perché avevamo fatto il test antidroga proprio il giorno prima, il che significava che eravamo al sicuro per qualche altra settimana.

Il nostro quarterback e il mio compagno di stanza, Ryan, erano usciti per comprare altra birra, di cui sicuramente non avevamo bisogno, considerando quante canne avevamo. Ryan era all'ultimo anno e io al secondo, ma eravamo i giocatori di punta, quindi ero socialmente posizionato abbastanza in alto nella squadra per essere il suo compagno di stanza. O era per questo o ero l'unico di cui si fidava, convinto che non avrei rubato la grande quantità di neve che aveva comprato prima della partita per venderla al ritorno.

Eravamo già stati buttati fuori dall'area della piscina e dal bar. Era per questo che eravamo finiti qui, nella nostra stanza. Il direttore ci aveva chiesto di farla finita una ventina di minuti fa, ma non gli avevamo dato molta retta.

Camminai verso la finestra e guardai fuori, strofinandomi la nuca. Il mio lupo doveva avermi attirato lì, perché vidi due auto della polizia fuori.

Cazzo.

Quello doveva essere il motivo per cui non avevo avuto alcuna voglia di unirmi al casino.

«Tutti fuori. C'è la polizia. Subito, gente.» Aggiunsi un tono perentorio alfa alla mia voce, anche se erano umani. A volte rispondevano lo stesso, a seconda di quanto erano sensibili a quel tipo di energia.

La maggior parte di queste persone erano troppo fottute per accorgersene.

Mi avvicinai le dita alle labbra e fischiai, poi accesi e spensi le luci. «Ho detto: tutti fuori. C'è la polizia. La festa è finita.»

Sentii dei gemiti, i miei compagni di squadra si agitarono parecchio, consapevoli che se il Coach Granview avesse saputo che ci eravamo sballati ci avrebbe presi a calci nel sedere.

Le cheerleader afferrarono i vestiti che si erano tolte. I ragazzi reclamarono le loro donne per la notte.

I poliziotti arrivarono mentre le ultime persone stavano uscendo dalla porta.

E... C'erano parecchie prove bianche e polverose sparse su tutto il comò. Avrei fatto meglio a lasciare che la festa fosse interrotta dai poliziotti, perché ora c'era un sacco di coca e solo un ragazzo. *Io.*

Mi preparai letteralmente a prendermi tutta la responsabilità al posto di Ryan e del resto delle teste di cazzo della mia squadra. Per qualche ragione, non ottenni nulla dal mio lupo. Nessun tipo di guida. Ed era stato lui il testa di cazzo che mi aveva avvertito. Quindi questo doveva significare che... Voleva che mi beccassero.

E poi capii. Era un modo per vendicarmi di mio padre. Mandare a puttane la mia carriera nel football, ferirlo nel suo orgoglio.

Era una vendetta per quello che aveva fatto alla mia reputazione il giorno in cui aveva deciso di sposare la madre di quella piccoletta difettosa.

Il giorno in cui aveva fatto di Rayne la piccoletta la mia nuova sorellastra.

Per questo non dissi e non feci nulla quando mi ammanettarono, mi lessero i miei diritti e mi portarono in prigione.

* * *

Rayne

MI PAVONEGGIAI nella mia nuova camera da letto – si sentiva ancora molto la presenza dall'energia di quel testa di cazzo del mio fratellastro – in un nuovissimo paio di tacchi a spillo Manolo Blahnik.

Ero alta appena un metro e mezzo con indosso un paio di scarpe da ginnastica dalla suola alta, ma sapevo come camminare con i tacchi. Non perché ci fosse mai stata un'opportunità di vestirsi e uscire per un'emarginata diciassettenne in una piccola città dell'Arizona.

No. Era un'attività da fare solo a casa. Presumibilmente, c'era solo una via d'uscita da Wolf Ridge dopo il liceo, ed era una borsa di studio sportiva. Considerando che ero la più piccola del branco e non avevo alcuna capacità atletica, avevo dovuto trovare un'alternativa.

Le borse di studio accademiche erano fuori discussione. Nessuno della Wolf Ridge High otteneva mai una borsa di studio basata sul merito, perché la nostra scuola faceva schifo. Insomma, la mia amica umana Bailey ne aveva ottenuta una, ma si era anche trasferita alla WRH l'ultimo anno, quindi era riuscita a seguire tutti i tipi di lezioni di livello superiore e aveva ottenuto dei riconoscimenti prima di trasferirsi qui.

Feci un giro intorno alla stanza e osservai la mia immagine sullo schermo del computer. Indossavo un reggiseno di pizzo nero e mutandine con una camicia di flanella sbottonata per tenermi al caldo. Le scarpe erano in vernice nera lucida. Mi formicolavano le dita dei piedi, ma sembravo incredibile con quelle addosso, potevo dirlo persino io.

No, non dovevo partecipare a un concorso di bellezza.

Vendevo video dei miei piedi su Internet. Gli uomini che amavano i piedi pagavano per video di questo tipo. Era stato uno di questi uomini a comprarmi queste scarpe. Ne avevo altre cinque paia nascoste nell'armadio. Tutto quello che dovevo fare era girare un video ogni giorno da pubblicare per gli spettatori sui miei account OnlyFans e Patreon, e i soldi mi piovevano addosso.

Un sacco di soldi. Avevo guadagnato duemila dollari il mese scorso, e ci stavo lavorando solo da luglio.

Sì, sapevo che poteva essere illegale. Non ne ero del tutto sicura. Avevo meno di diciotto anni, quindi poteva essere considerata pornografia minorile. Ma in fondo, erano solo piedi. Per cui... Pensavo che andasse bene. Ovviamente, non volevo che nessuno di mia conoscenza lo scoprisse, ma era sicuramente un rischio che valeva la pena correre.

Se fossi riuscita ad aumentare il mio reddito a tre o quattromila al mese, avrei avuto abbastanza soldi per andare all'ASU in autunno. Ero già stata accettata e mi avevano offerto una borsa di studio parziale. Nulla di eccezionale: dovevano accettare qualsiasi studente dell'Arizona con una media dall'otto in su e le borse di studio venivano automaticamente assegnate su quella media. Ma anche così, il vitto e l'alloggio costavano una fortuna, molto più di quanto mia madre avrebbe mai potuto permettersi. Inoltre, avevo un'insufficienza in matematica in questo momento, e se non avessi risolto questo punto, avrei potuto rovinare tutto.

E non avrei in nessun modo chiesto né mi sarei aspettata che Logan, il mio nuovo patrigno, me lo pagasse. Probabilmente poteva permetterselo, ma ero convinta di dover già essere grata che avesse persino accettato di sposare mia madre dopo aver scoperto di averla messa incinta.

Inclinai lo schermo del laptop verso il basso, così da mostrarmi solo dalla vita in giù e avviai la registrazione. Poi mi pavoneggiai avanti e indietro sulle scarpe.

«Cosa ne pensate delle mie scarpe nuove, signori?» chiesi con la mia voce più sensuale. «Sono sexy? Se volete vedere qualcosa di diverso, inviatemi le scarpe taglia trentasette all'indirizzo della casella postale in fondo alla pagina.»

Mi fermai e mi misi in posa. Sfoggiai una versione goffa delle gambe sexy, facendo scivolare un dito del piede dietro il polpaccio e giù di nuovo. Mettendomi in posa con un piede di lato. Girandomi e facendo un ampio passo, poi piegandomi con le mani che scivolavano lungo le cosce. I capelli biondo scuro mi caddero sulle spalle. Avevo smesso di decolorarli, abbandonando il platino e facendoli crescere in morbide ciocche che mi cadevano sulle spalle. Non per i video, non mostravo mai il viso o i capelli. Me lo aveva chiesto mia madre. Avevo immaginato che fosse perché dovevamo apparire più presentabili come nuovi membri della famiglia Woodward. Come se qualcosa avesse mai potuto cambiare il nostro status nel branco. Ma dal momento che la causa principale del nostro status pietoso erano i miei geni difettosi, difficilmente avrei potuto rifiutare. Insomma, avrei voluto farlo. Avrei voluto ribellarmi e dire a tutta la città di andare a farsi fottere. Ma il mio fratello non ancora nato meritava di avere suo padre nei paraggi. Mia madre meritava di non essere un genitore single questa volta. Quindi era necessario fare dei sacrifici.

A malincuore mi ero resa più presentabile. Ci eravamo trasferite nella casa di Logan Woodward. E sarebbe anche andata bene. Era un cazzone pomposo ma non era scortese con me. Sarebbe stato bello, se non fosse stato per suo figlio Wilde, uno dei più grandi coglioni alfa che Wolf Ridge High avesse mai visto. Fortunatamente, aveva una borsa di studio per il football alla Duke.

Il che non significava che non avrebbe reso la mia vita miserabile una volta tornato in città. Insomma, mi ero trasferita *nella sua stanza.*

Doveva essere una spina nel fianco per lui. La più grande

perdente della scuola ora era la sorellastra, che viveva sotto il tetto di suo padre, e dormiva *nel suo letto*.

Ero troppo spaventata per spostare anche solo una cosa. Suo padre aveva svuotato il comò e l'armadio per me, ma la maggior parte delle mie cose erano ancora infilate in scatoloni accatastati contro il muro. Non volevo togliere i suoi riconoscimenti scolastici o i gagliardetti di calcio, ma avevo attaccato delle morbide sciarpe sulle disgustose pin-up che aveva sul muro.

Continuai a volteggiare e posare, poi mi avvicinai alla telecamera e girai un ginocchio. «Volete vedermi *senza* queste scarpe?»

Feci come per togliere le mutandine, ma le persone – uomini, per lo più – che avevano la passione per i piedi volevano questo.

«Hmm?» Feci le fusa. «È questo che volete? Ricordate, potete sempre prenotare una sessione privata con me e chiedere tutto ciò che il vostro cuore sporcaccione desidera.»

Mi tolsi le scarpe per concedere loro un po' di tempo a piedi scalzi. Alzai un tallone per mettermi su una punta e girai il piede a destra e a sinistra come se stessi spegnendo una sigaretta sul pavimento. Arricciai le dita dei piedi come se ci stessi suonando il pianoforte, era una cosa che li faceva impazzire.

«Volete succhiare queste dita dei piedi? Volete che vi cammini sopra? Hmm?»

Mi girai e strofinai le dita dei piedi sulla parte posteriore della gamba in quella che speravo fosse una mossa civettuola. «Chi vuole farmi un massaggio ai piedi? Mi farebbe eccitare tantissimo.» Avevo un tono di voce dolce come il miele. Misi un po' di crema sui piedi e poi la massaggiai senza le mani, usando solo le dita dei piedi. Andavano assolutamente fuori di testa per questa cosa.

Finii e terminai la registrazione, quindi la caricai. Cazzo, stavo finendo il tempo. Mia madre e Logan sarebbero arrivati a casa da un momento all'altro, e si aspettavano la cena pronta.

Piacere, Cenerentola.

Non era stato Logan a chiedermelo, ma mia madre. Stava cercando di far funzionare tutto a fatica. Di mostrare che adolescente disponibile e grata fossi. Mi sentivo come un'ospite sgradita in questa casa, per non dire altro. Mi tirai un paio di pantaloncini sopra le mutandine di pizzo e abbottonai la camicia di flanella, poi rimisi le Manolo nella scatola da scarpe e le nascosi nell'armadio.

In cucina, aprii il frigorifero e tirai fuori il pollo arrosto della sera prima, insieme a cipolla, sedano, uva, noci pecan e maionese. Tritai il pollo, la cipolla e il sedano e tagliai l'uva a metà. Sentii la Tahoe di Logan accostare mentre stavo spostando tutto in una ciotola.

Merda.

Mi precipitai a mettere un cucchiaio di maionese e il curry in polvere e mescolai rapidamente.

Lui e mia madre lavoravano entrambi al birrificio. Mia madre aveva un lavoro sottopagato nel reparto di produzione. Lui era uno dei vertici, non un dirigente, ma un manager di alto livello. Non faceva parte di un branco reale, ma si comportava come se lo fosse. O almeno suo figlio certamente la pensava così.

Lo sentii gridare prima ancora che arrivassero alla porta. Non a mia madre, o almeno non credevo. Sembrava che fosse al telefono con qualcuno.

Oh.

«Non capisco come mio figlio possa aver fatto un casino del genere. È meglio che sia un fottuto scherzo. Un brutto scherzo.»

Uh-oh. Ero giusto un po' felice per il fatto che sembrava che Wilde fosse nei guai. Logan spalancò la porta ed entrò in casa. Camminò verso di me e scrutò il contenuto della ciotola dell'insalata di pollo al curry, poi indietreggiò come se stessi cucinando bruchi o qualcosa del genere.

«Se pensi che pagherò la cauzione per farti uscire da lì, ti sbagli di grosso. Hai messo in imbarazzo te stesso, me e questo branco. Cosa pensi che direbbe il Coach Jamison? Dopo tutto quello che ha fatto per te per farti entrare in quella squadra? Questo è il modo in cui lo ripaghi? Questo è il modo in cui ripaghi tutti noi per l'investimento che abbiamo fatto su di te?»

Potevo anche non essere in grado di tramutarmi in lupo, ma avevo l'udito di un mutaforma, quindi sentii la risposta borbottata di Wilde, che fu solo «Lo so, papà. Mi dispiace.»

Forse era colpa del mio pregiudizio, ma non mi sembrava così dispiaciuto. Sembrava solo un po' più provato di quanto mi sarei aspettata da qualcuno che si trovava ovviamente in prigione, fuori dalla squadra di football della Duke, e sgridato di brutto dal padre.

«Non sarei sorpreso se Alpha Green ti esiliasse dal branco. Sai cosa è successo con Trey e Garrett, vero?»

«Sì, signore» rispose Wilde.

Logan si riferiva al figlio dell'alfa e al suo migliore amico, che erano stati entrambi buttati fuori dal branco per avere usato marijuana appena usciti dal liceo. Lanciai uno sguardo furtivo a mia madre che se ne stava sulla porta della cucina, una mano sulla pancia gonfia, lo sguardo preoccupato sul nuovo marito.

E sì, era un *marito, non un compagno*. Si erano sposati in un tribunale tre settimane prima, dopo che Logan aveva scoperto di averla messa incinta durante una corsa di luna piena qualche mese prima. Solo un altro motivo perché il branco ci odiasse. Tutti pensavano che lei lo avesse incastrato nel tentativo di elevare il suo status.

Come se Logan Woodward scorreggiasse arcobaleni, e fosse questo gran partito.

«Beh, puoi startene seduto in prigione e pensare a come hai buttato via tutta la tua vita. Non riceverai aiuto da me.» Logan riattaccò.

«Che cos'è?» Indicò l'insalata di pollo come se non fosse successo nulla.

«Insalata di pollo al curry.»

«Ho bisogno di più carne» brontolò.

«È letteralmente un'insalata di carne.»

«*Rayne.*» Mia madre spalancò gli occhi in segno di avvertimento.

«Scusa, ma mi sbaglio?»

«Riscalda anche degli hot dog, tesoro.» Mia madre cercò di risolvere le cose.

Mi girai verso il frigo e tirai fuori gli hot dog, mordendomi le labbra per evitare di dire qualcosa di irriverente. In tutta onestà, probabilmente aveva bisogno di una tonnellata di carne in più di me. E poi c'era mia madre che mangiava il doppio di prima ora che era incinta.

«Che cosa è successo, Logan?» chiese dolcemente mia madre.

«Non fingere di non aver sentito. È stato arrestato in un hotel di Greenville per possesso di cocaina con l'intento di venderla.»

Lo sentii letteralmente digrignare i denti. Mi voltai verso gli armadietti mentre aprivo il pacchetto di hot dog e li mettevo in una padella con un po' d'acqua. Non volevo che mia madre o il mio patrigno vedessero quanto trovavo soddisfacente lo scandalo. Re Wilde, ex capitano della squadra di calcio della WRH e star tra i coglioni alpha, era stato buttato giù dal trono.

Non ero triste per lui.

Per niente.

Soprattutto non se significava che non sarebbe tornato mai più a Wolf Ridge.

* * *

WILDE

ALLA FINE, fu Ryan a presentarsi e pagarmi la cauzione. Era il minimo: era in debito con me, cazzo. Non sapevo se il denaro fosse suo o se lo avesse preso in prestito. Non glielo chiesi. Aveva entrambi i nostri bagagli con lui, quelli dell'hotel. Il resto della squadra probabilmente se ne era andato sul volo di quella mattina per tornare a Durham.

Si mise al volante di quella che doveva essere un'auto a noleggio ma non la avviò. Entrambe le mani erano sul volante e guardava dritto davanti a sé. Ero sicuro che fosse più teso di me. «Ascolta, ti procureremo un buon avvocato. Faremo cadere le accuse. Tornerai in squadra entro la prossima stagione.»

Annuii, intorpidito. Voleva che tenessi la bocca chiusa. Che tenessi lui e il suo caos di spaccio fuori dal mio caso giudiziario.

«Io, uh, non so cosa dire»

«Non dire nulla» lo interruppi. «È andata così.»

Mi lanciò uno sguardo indagatore.

Feci spallucce, respingendo il disgusto che mi strisciava in gola ogni volta che pensavo a quella telefonata di mio padre. Non quella che gli avevo fatto dalla prigione. Quella di qualche settimana fa. Quella in cui mi aveva detto di aver sposato la mamma di Rayne la piccoletta e di averle fatte trasferire a casa nostra.

«Beh... Mi dispiace. Davvero, amico.»

Scossi la testa. «Siamo a posto» dissi, anche se non lo

eravamo mai stati davvero. Perché questi ragazzi non erano i miei veri amici. Stavo solo interpretando un ruolo. «Grazie per avermi salvato.»

Avviò l'auto e guidò fino all'aeroporto dove restituimmo l'auto al noleggio e ci dirigemmo verso la biglietteria.

«Ho cambiato entrambi i nostri biglietti» disse.

Guardai il tabellone che mostrava tutti i voli in partenza. Ce n'era uno che andava a Phoenix tra un'ora. Per la seconda volta in ventiquattr'ore presi una decisione che mi avrebbe cambiato la vita e che probabilmente era stupida.

«Ascolta, Ryan. Riesci a trovarmi altri cinquecento dollari? Volerò a casa.»

«Sì?»

Annuii. «Non ho motivo di tornare a scuola se vengo sospeso dalla squadra.»

«E le tue lezioni?»

Quelle in cui stavo andando male? «Che si fottano.»

Ryan scosse la testa come se non riuscisse a capirmi, ma tirò fuori una carta di credito. «Allora ti porto a casa.»

Immaginai che quel bastardo dovesse davvero sentirsi male per avermi fottuto, perché mi prenotò un volo di prima classe per tornare a casa. E no, non mi avevano chiesto il documento prima di servirmi quel gin tonic.

Forse ero pazzo a tornare a Wolf Ridge. Certamente sarei potuto andare a stare con mia madre. Sarebbe stata felicissima di avermi lì. Ma era tornata al suo branco di origine in Ohio dopo aver lasciato mio padre. Non era casa mia.

Certo, mio padre aveva ragione: l'intera città di Wolf Ridge si sarebbe vergognata di me. Avrebbero anche potuto cacciarmi dal branco.

Ma immaginavo che proprio questo fosse un po' il punto. Era stato mio padre a prendersi beffa di noi sposando la mamma della piccoletta. Quindi immaginavo che non mi dispiacesse ricambiarlo. Voleva che io stessi lontano? Voleva parlare di scelte sbagliate?

Vaffanculo.

Era lui quello che non riusciva a tenere il suo cazzo a posto. Mia madre aveva divorziato da lui due anni prima per la sua propensione a scoparsi ogni femmina con una coda bianca durante le corse di luna piena.

Così ora finalmente gli si era ritorto contro, e aveva dovuto comportarsi con onore e sposare la lupa che aveva messo incinta.

Ma, cazzo, il suo gusto per le femmine era davvero così cattivo? Perché aveva scelto la femmina di livello più basso dell'intero branco, l'aveva beccata e l'aveva resa felice nella foresta?

Cristo, quella donna non poteva avere meno di quaranta-cinque anni. E l'ultimo lupo che aveva dato alla luce non era nemmeno un lupo. Rayne la piccoletta non era capace di mutare per salvarsi la vita. Era diventata un'emarginata da prima della pubertà, e la situazione era peggiorata solo quando ciò che tutti sospettavamo era stato confermato.

Probabilmente era per metà umana. Nessuno sapeva chi l'avesse generata.

No, era stato mio padre ad abbassare lo status della nostra famiglia sposandosi con *quella*. Lasciandole entrare nella nostra casa. Lasciando che prendessero il nostro nome. E se avevo aggiunto solo un po' di miseria, beh, allora, non era altro che la ciliegina sulla torta.

Reclinai l'ampio sedile e chiusi gli occhi.

Wolf Ridge, aspettami.

Piccola sorellastra, preparati a soffrire.
Renderò la tua vita un inferno.

CAPITOLO DUE

Rayne

A letto quella notte, lanciai via le coperte. Ultimamente avevo sudato di notte, come se avessi delle vampate di calore. O come se fossi io quella incinta. Solo che ovviamente non lo ero, considerato che ero vergine *e* prendevo la pillola perché il mio ciclo era andato in tilt quest'anno. Ero diventata anche più emotiva, fisicamente sensibile e gli odori mi infastidivano. Tutte cose che facevano pensare a una gravidanza. Ero convinta di avere una reazione empatica alla situazione di mia madre.

Chissà cosa stava succedendo con i miei ormoni. Ero io il mostro, giusto? Niente funzionava bene nel mio corpo. Mi ero nascosta nella mia stanza, che poi era di Wilde, per cenare e da allora non mi ero più avventurata fuori. Mia madre aveva cercato di farci stare seduti insieme per farci conoscere, ma non sarei andata in giro per nessun motivo stasera.

Non con lo stato d'animo in cui si trovava il caro vecchio paparino.

Onestamente, mi terrorizzava.

Non perché fosse stato cattivo con me. Non era così. Ma era praticamente un estraneo e da tre settimane improvvisamente vivevamo nella sua casa, secondo le sue regole. Ed era il tipico lupo maschio con forti tendenze alfa. Era stato capitano della squadra di calcio, proprio come suo figlio. Aveva sposato una delle cheerleader. E probabilmente si era scopato il resto di loro, ne ero sicura. Ero sorpresa che Wilde fosse stato il suo unico cucciolo fino ad ora. Sua moglie – di nuovo, *moglie,* non *compagna destinata* – lo aveva lasciato nel momento in cui Wilde si era diplomato al liceo. Era stato il classico matrimonio in cui si "rimane insieme per i bambini". Immagino che fosse tornata al suo branco originario in Ohio.

Non mi aspettavo che sposasse mia madre. Avevo pensato che forse le avrebbe dato il mantenimento per il figlio. Che si sarebbe assicurato che avesse tutto ciò di cui aveva bisogno, quel genere di cose. Ma immaginavo che considerasse una cosa del genere disonorevole. Voleva fare la cosa giusta per il suo cucciolo.

Quindi eccoci qui. Ci eravamo trasferite a casa sua. Aveva già trasformato la stanza degli ospiti in una nursery, motivo per cui io ero nella camera di Wilde.

AVEVO CERCATO di convincere mia madre a lasciarmi stare da sola a casa nostra, ma ovviamente lei non aveva ceduto. Era stato un tentativo azzardato, certo.

Fuori, sentii il forte rombo del Ford Truck restaurato del 1950 di Cole Muchmore. Per un breve secondo, mi emozionai, pensando che forse Cole e Bailey erano venuti da Tempe per una visita. E poi mi resi conto che poteva esserci solo una ragione per cui Cole poteva essersi avvicinato a casa di Wilde a mezzanotte. Non era per una visita. Era per lasciarci Wilde. *Vaffanculo.*

Mi sedetti sul letto e sbirciai fuori dalla finestra. Indossavo solo canottiera e mutandine perché avevo caldissimo la notte. Nel momento in cui confermai il mio peggior sospetto, il calore nel mio corpo si trasformò in brividi.

Wilde saltò giù dal furgone, mormorando «grazie, fratello» e si avvicinò alla porta d'ingresso. Girò la maniglia e la porta rimase bloccata per il chiavistello che mia madre insisteva nel chiudere. Dubitavo che qualsiasi altro muta-forma a Wolf Ridge usasse un chiavistello, specialmente non quando era in casa. Semmai fosse entrato un intruso umano, un mutaforma sarebbe facilmente stato in grado di sopraf-farlo, e se fosse stato un mutaforma a entrare, beh, allora, un lucchetto non lo avrebbe di certo tenuto fuori. Avrebbe potuto semplicemente sfondare la porta. Ma mia madre si era sempre preoccupata per la mia sicurezza. Come se fossi un fiore delicato incapace di combattere chi avesse deciso di strapparmi dal mio letto nel cuore della notte. Così anche ora, vivendo con Logan, chiudeva la porta, con suo grande fastidio.

Wilde grugnì e diede una spallata. Non volendo che si rompesse la porta e che venisse data la colpa a mia madre, volai giù dal letto e corsi verso la porta, sbloccandola in tempo per aprirla prima che lui desse un altro colpo.

Wilde inciampò davanti all'ingresso, facendomi cadere all'indietro. Allargò la mano per afferrarmi l'avambraccio e impedirmi di atterrare sul culo, e mi fissò con un misto di shock e disgusto.

Non liberò il mio braccio dalla sua morsa livida. Natural-mente, poteva vedere al buio molto meglio di me. Arrossii, rendendomi conto di ciò che stava vedendo.

Una me piccola, in piedi con nient'altro che le mutandine di pizzo nero che indossavo per i video e una minuscola canottiera.

Gli si dilatarono le narici mentre assorbiva il mio odore, e per un attimo vidi il lampo verde dei suoi occhi da lupo. Il suo labbro superiore si sollevò in un ringhio.

Cercai di fare un passo indietro, ma lui non mollò la presa. Certo, quella distanza non mi avrebbe aiutata se avesse deciso di lanciarsi. Era praticamente il doppio e dieci volte più veloce e forte di me.

«*Rayne.*» Lo disse come un'imprecazione. Come se fossi la rovina della sua esistenza. Le sue grandi dita facevano sembrare il mio avambraccio un ramoscello nella sua presa, ma mi inviavano scintille di consapevolezza che mi correvano sulla pelle.

La vampata di freddo si trasformò di nuovo in calore. Un'ustione febbrile partì nel mio nucleo e si accumulò lì, scorrendo lungo l'interno delle mie gambe. Ero... eccitata da lui? O era solo la consapevolezza che me ne stavo in piedi con indosso un paio di mutandine?

«Wilde.» Era ancora un atleta bello come sempre. Per chi pensava che gli sportivi fossero belli, cosa che io non facevo. Ma Wilde era un perfetto esemplare di fisico maschile. Abbronzato. Muscoli definiti. Mascella squadrata e mento con una fossetta. Ciglia scure e curve che incorniciavano un paio di occhi nocciola.

«Che cazzo succede?» Si sentirono i passi pesanti di Logan lungo il corridoio. Alla fine Wilde mi lasciò il braccio, scegliendo di ignorare suo padre mentre si dirigeva verso la sua stanza. La mia stanza. Cazzo.

Lo stomaco mi si strinse in un nodo sotto le costole.

«Questa è la stanza di Rayne ora» disse Logan con un tono di sfida. Come se fosse una punizione.

Fu abbastanza per far fermare Wilde sui suoi passi e farlo girare per affrontare non suo padre ma me. Lo sguardo che mi lanciò avrebbe potuto congelare l'acqua nel deserto. «*È vero?*» C'era un tono di minaccia nelle sue parole come se mi stesse sfidando a confermarlo.

Per qualche ragione, mi fece indurire i capezzoli.

Santo destino, lo sguardo di Wilde cadde davanti alla mia canottiera tesa.

Suo padre disse: «La tua palestra ora è una nursery. Sembra che dovrai trovare un altro posto dove dormire.»

«Logan, no» lo supplicò mia madre. Si trovava appena fuori dalla camera da letto principale con indosso un accappatoio corto che si gonfiava sulla pancia. Era evidente che dormisse nuda.

Ugh. Non era una cosa a cui volevo pensare.

«Wilde deve stare qui, non importa cosa sia successo in South Carolina. Soprattutto se è nei guai.»

Logan digrignò i denti.

«Dormirò sul divano» proposi, anche se era l'ultima cosa che volevo fare. Mi sentivo già abbastanza fuori posto qui.

«No.» Logan lanciò a suo figlio uno sguardo mortale. «Wilde dormirà sul divano. Per ora può mettere le sue cose nella nursery.»

«No, sono a posto.» Wilde lasciò cadere un borsone sul pavimento vicino al divano, si tolse le scarpe da ginnastica e allungò la sua figura gigante sul divano. Era troppo grande. I piedi gli pendevano da un bordo, il braccio gli cadde sul pavimento.

«Prendo un cuscino» dissi.

Logan sembrò vedermi per la prima volta. «Mettiti dei vestiti prima, per l'amor del cazzo» mormorò.

Mi precipitai nella stanza – la stanza di Wilde – e indossai un paio di pantaloni del pigiama. Quando tornai con il cuscino, Logan e mia madre erano tornati nella loro stanza. Eravamo solo io e Wilde.

Potevo giurarlo sul destinosulla mia testa, fu come entrare in un campo energetico carico di odio. Come se il mio corpo rallentasse mentre mi avvicinavo a lui, riluttante persino ad entrare nella sua sfera di rabbia. Ma c'era anche del calore. Un inferno di calore che mi lambiva il cuore e le membra.

Colsi il segnale e mi fermai a lanciargli addosso il cuscino.

Si rifiutò di prenderlo, lasciando che gli colpisse il corpo e cadesse a terra e poi lo fissò. «Raccoglilo, piccoletta.» Gli occhi gli brillarono di nuovo di verde, come se solo la mia vista lo facesse arrabbiare abbastanza da mutare.

Mi tremò la pancia. Dire che avevo paura era un eufemismo. Ero terrorizzata da lui. Da quello che avrebbe potuto farmi nel momento in cui ne avesse avuto la possibilità. Ma non lo mostrai.

«Raccoglitelo da solo, asino.» Mi scostai i capelli mentre mi giravo per tornare in camera da letto come se fossi una principessa viziata, e lui il mio servo invece del contrario.

Il suo ringhio sembrò circondarmi, entrarmi dentro. Trasformare il mio sangue in lava fusa. Rimasi senza fiato mentre spalancavo la porta della camera da letto e la chiudevo dietro di me, appoggiandomi ad essa come se mi aspettassi che lui venisse a picchiarmi da un momento all'altro.

Quando il mio cuore smise di correre, mi tolsi i pantaloni del pigiama e strisciai sotto le coperte. Restai lì per molto tempo, ma il sonno mi sfuggì completamente. Per qualche ragione, ero di nuovo febbricitante, un lento calore pulsante mi si avviò tra le gambe. Non ero mai stata una che si masturbava, ma portai le dita lì, sorpresa da quanto fosse sensibile. Il tocco più leggero mi fece rabbrividire e contrarre. Continuai a toccare, a rilassarmi, ma il sonno continuava a sfuggirmi. Per tutta la notte, mi rigirai e strinsi le gambe senza alcun sollievo.

Finalmente, all'alba, scivolai in un sogno in cui incontravo Wilde nella sua forma di lupo sulla mesa. Mi stava dando la caccia, un enorme lupo nero, che camminava lentamente su zampe enormi, giocando con la sua preda. Corsi finché non mi schiantai contro Bailey, che mi porgeva un fucile. *Pallottole d'argento*, disse. *È l'unico modo per ucciderli.*

Gli puntai il fucile dritto al petto, ma fu impossibile premere il grilletto.

Non posso uccidere Wilde, le dissi freneticamente. *Ora è il mio fratellastro.*

Fallo, mi esortò. *O non dormirai mai più in pace.* Wilde saltò con un ringhio.

Ora, è il momento. O si uccide o si viene uccisi. Ma io non lo feci. Invece, permisi a Wilde di schiantarmi a terra e mangiarmi.

* * *

WILDE

NON RIUSCIVO A DORMIRE su un fottuto divano. Non ci entravo nemmeno in quella dannata cosa. L'indegnità di tutto ciò mi irritava fino al midollo. Ma non era il divano che a irritarmi davvero sotto la pelle.

Era la dannata piccoletta. Avevo ancora il suo odore sul palmo.

Rayne.

Non potevo credere che stesse dormendo nella mia stanza, nel mio letto, in questo momento. Era quanto di più sbagliato potesse succedere.

La cosa che più... per quale motivo era venuta alla porta con indosso le mutandine? Poteva essere che visto che avevo passato una notte in prigione senza sapere se avrei mai più rivisto la libertà il cazzo mi era diventato duro quando l'avevo vista.

Scesi e sistemai la mia robaccia. Ce l'avevo ancora duro, e la cosa mi faceva incazzare. Non trovavo Rayne minimamente attraente. Era difettosa. Probabilmente non era nemmeno una mutaforma completa. Il mio lupo non avrebbe mai voluto accoppiarsi con una come lei.

Tuttavia, dovevo ammettere che sembrava migliorata rispetto a quando l'avevo vista l'ultima volta. Aveva ancora quel piercing al naso, ma i capelli erano di un colore normale e non erano più schizzati in tutte le direzioni. In realtà sembrava ... beh, non avrei detto carina, ma decente. Si poteva considerare carina non sapendo che era difettosa. Aveva il volto a forma di cuore. Grandi occhi azzurri. Una bocca carnosa.

E quelle gambe...

Per essere così bassa, aveva le gambe lunghe. Sapeva sicuramente come usarle. Dal modo in cui si era atteggiata uscendo da questa stanza, si poteva dire che avrebbe fatto capitolare una stanza piena di maschi umani. Aveva anche delle tette decenti. Aveva le giuste proporzioni. Almeno aveva queste qualità. I capezzoli le erano diventati duri a causa mia?

No, dovevo averlo immaginato.

Ma non potevo sopportare di avere il suo odore ancora su di me. Che mi si insinuava nelle narici, facendomi infuriare ad ogni respiro. Rendeva il mio lupo interiore ringhioso e aggressivo.

Cazzo, e se il mio nuovo fratello fosse stato proprio come lei? Difettoso e debole. Piccolo e indifeso, come un essere umano?

Mi girai con rabbia, aggiustandomi il cuscino sotto il collo. Il mio cazzo si contrasse, come se fosse ancora interessato a sapere cosa c'era sotto le mutandine che indossava Rayne.

Mi rifiutai di toccarlo. Per nessun cazzo di motivo mi sarei toccato pensando a Rayne la piccoletta. Preferivo piuttosto morire.

CAPITOLO TRE

Rayne

Mi svegliai dal mio sogno poco prima che Wilde mi aggredisse. Ero coperta di sudore, il cuore che batteva forte e la bocca piena di saliva. La pelle intorno al piercing che avevo al naso mi prudeva. Buttai via le coperte, mi infilai i pantaloni del pigiama e strisciai fuori verso la doccia. Era un giorno di scuola, il che significava che dovevo essere pronta presto, così che mia madre mi ci potesse portare mentre andava al lavoro.

Come le altre case di tutti i cittadini più ricchi di Wolf Ridge, la casa di Logan si trovava sulla montagna ai margini della foresta. Non era sulla linea dello scuolabus e non avevo ancora la patente, un fatto che era stato una fonte costante di tensione da quando ci eravamo trasferite.

Mi feci una doccia veloce, preoccupata per tutto il tempo all'idea che Wilde potesse aver bisogno del bagno e si incazzasse che c'ero io.

Ma non avrei dovuto vivere con così tanta ansia. Fanculo Wilde.

Vaffanculo Logan, ecco.

Ma, naturalmente, nel momento in cui uscii dal bagno con l'asciugamano avvolto sotto le ascelle, andai a sbattere contro un muro di solidi muscoli. Pensavo che i giocatori di football senior della Wolf Ridge High fossero muscolosi, ma non erano niente in confronto a Wilde. Era un *dio* scolpito. Avrebbe potuto vincere qualsiasi competizione di body building a cui avesse deciso di partecipare.

Trattenni l'istinto di scusarmi. Anch'io appartenevo a questo posto, dannazione.

«Fai attenzione piccoletta» ringhiò Wilde.

«Fai attenzione tu, Wilde» osai. Perché in fondo cosa avrebbe potuto fare? Non poteva farmi del male o dire qualcosa mentre i genitori erano in casa: avrebbero sentito tutto.

Mi mostrò i denti mentre si girava di lato per attraversare la porta del bagno. Notai che indossava ancora gli stessi vestiti della sera prima, come se ci avesse dormito. Sentii una folata del suo profumo di cuoio e caramello, e mi vacillarono le ginocchia. Il contatto con i suoi addominali duri mi fece venire i brividi lungo l'interno coscia, anche se non mi sarei mai interessata a un ragazzo come lui.

Insomma, immaginavo che il mio corpo fosse interessato, ma il mio cervello sicuramente non lo era.

Ignorai il senso di colpa che avevo per aver preso la sua stanza.

Non era un mio problema. Se l'era cercata lui. Mi vestii e mi pettinai i capelli bagnati. Dovetti mettere un po' di alcool intorno all'anello che avevo al naso. Avrei potuto giurare che, ultimamente, sembrava che il buco si stesse chiudendo, il che non aveva senso perché portavo il piercing dal primo anno di liceo. Misi un velo di trucco. Di solito optavo per un look punk-emo con eyeliner nero pesante, ma lo avevo alleggerito negli ultimi due anni. Dopo aver fatto amicizia con Bailey, un'umana all'ultimo anno e reietta come me, durante il mio secondo anno, avevo avuto ben nove mesi di convivenza con il gruppo, incluso Wilde. Era stato fantastico avere una vita sociale per una volta. Bailey era finita in coppia con il quarterback stellare, un accoppiamento tra i più improbabili di sempre nel mondo dei mutaforma, e mi aveva trascinato nel loro gruppo con lei. Ma poi erano andati tutti al college.

Tuttavia, le cose si erano alleggerite per me. I ragazzi mutaforma non erano più stati così palesemente cattivi con me. Ero più familiare. Non sembravo più così fuori posto in mezzo alla gente. Ma avevo smesso di andare agli eventi sociali. Non mi sentivo a mio agio senza Cole Muchmore, il ragazzo di Bailey, che mi guardava le spalle. Nessuno mi avrebbe disturbata quando ero sotto la sua protezione.

Ero ancora nella mia stanza quando sentii la voce profonda di Logan in cucina.

«Oggi andrai a parlare con il Coach Jamison» disse a Wilde. «Faresti meglio a dirgli cosa hai fatto e a pregarlo di lasciarti allenare con la squadra.»

«Non mi alleno con gli studenti delle superiori.» La risposta di Wilde era carica di disprezzo. Sentii il forte tonfo di un corpo che veniva gettato contro un muro. Anche se sapevo che si trattava di una cosa normale – che i mutaforma mostravano il dominio con la fisicità perché nessuno poteva veramente farsi male – il cuore mi saltò nel petto. Non ero cresciuta in quel modo. Non ero mai stata vicino a un genitore che diventava fisico.

Non mi piaceva molto.

«*Logan*.» A quanto pareva, anche a mia madre non piaceva.

«Scenderai su quel campo e ti allenerai ogni maledetto giorno finché sei a Wolf Ridge. E d'ora in poi porterai tua sorella a scuola.»

«*Mia sorella?*»

Oh, no. Oh, *per il destino*, no. Questo era un male. Terribile, persino.

Avrei voluto correre fuori e dire che non era necessario, ma sapevo già che non l'avrei spuntata in quella discussione. Inoltre, ero intimidita da Logan.

«Logan, no. Posso portarla io» disse mia madre. «Non farne una punizione, o non andranno mai d'accordo.»

«Deve darsi da fare se vuole rimanere.»

Nessuna parte di me voleva uscire dalla camera, ma non potevo nascondermi qui per sempre. Aprii la porta e andai in cucina come se non ci fosse una guerra su vasta scala in corso. Tirai fuori una ciotola e mi versai i cereali.

«Devi trovarti un lavoro, rimanere in forma, stare al passo con le tue lezioni e accompagnare Rayne. Meglio ancora, insegnale a guidare, in modo che possa togliere quel fardello a tutti.» *Fardello*. Ahi.

Sapevo di esserlo, ma faceva ancora male sentirlo dire ad alta voce. Nascosi la faccia sopra la ciotola di cereali, tenendo le spalle rivolte a tutti loro. Invece di sedermi al tavolo, mi misi al bancone e guardai fuori dalla finestra l'incredibile vista sulle montagne.

«La mia jeep è ancora a Durham» borbottò Wilde.

Logan rimase in silenzio per un momento. «Leslie, dagli le chiavi della tua Subaru» disse. «Parleremo ancora quando torno a casa.»

A quel punto mi voltai per vedere cosa avrebbe fatto mia madre. Si fermò un momento, lanciandomi uno sguardo preoccupato, ma era troppo dedita a far funzionare questa cosa con Logan. Uscì dalla cucina e tornò con le chiavi della sua auto.

Cazzo. Proprio quando pensavo che le cose non potessero andare peggio, erano degenerate.

* * *

WILDE

Per essere una persona così piccola, Rayne era piena di insolenza. Non con mio padre, non era stupida. Ma con me. Quando arrivò l'ora di andare a scuola, venne e mi prese a calci la scarpa. «Andiamo.»

Nessun *per favore*. Nessuna mitezza. Non sentii nemmeno della paura su di lei. Indossava pantaloncini ampi e una maglietta larga, una cosa che odiavo. Poteva apparire molto meglio. Avevo visto il suo corpo. Era decente. Non c'era bisogno di minimizzare come faceva lei.

Il suo profumo invase i miei sensi. Non mi dispiaceva. Era infinitamente meglio del profumo di un essere umano, anche se era difettosa. In realtà lo trovavo piacevole.

Inoltre non mi dispiaceva quell'atteggiamento. Probabilmente avrei provato un pizzico di rimorso se si fosse comportata come una pecorella intimorita. Mi piaceva che mi rispondesse a tono. Consolidava la mia decisione di renderle la vita miserabile.

Perché ad un certo punto, avevo bisogno che tutti in questa casa si rendessero conto di quanto fosse stato colossale l'errore di questa cosa della famiglia mista. Volevo che Rayne e Leslie tornassero nella loro parte della città con il nuovo bambino.

Solo che non sembrava la cosa giusta. Quel bambino sarebbe stato mio fratello. Sarebbe stato mio dovere proteggerlo, così come era dovere di mio padre provvedere e proteggere sia il cucciolo che sua madre.

Cazzo.

Se solo Rayne non avesse fatto parte di questo pacchetto.

Ma non avrei dovuto perdere la calma per colpa della piccoletta. Lei non era niente. Una signora nessuno. Una volta terminata la scuola superiore, si sperava che se ne andasse. Il fatto era però che il mio nome sarebbe stato per sempre legato al suo.

Per il destino, mio padre la chiamava mia *sorella*.

Sì, certo.

Dietro tutto questo gigantesco muro di risentimento c'era la consapevolezza che non avrei davvero dovuto preoccuparmi di nulla di tutto ciò. Sarei dovuto tornare alla Duke con la mia borsa di studio per il football – quella che sicuramente ora avrei perso – a vivere la mia vita al meglio.

Ero uno dei pochi che era riuscito ad andarsene da Wolf Ridge. Uno che aveva il potenziale per fare davvero qualcosa. Avrei potuto essere molto ricco. Gli scout della NFL mi stavano già osservando. Ero stato letteralmente preparato per quella vita. Ma l'avevo buttata nel cesso quando mi ero preso la colpa per Ryan e la squadra.

La pesantezza di quella situazione mi rese difficile persino uscire e andare verso la Subaru. Aprire la portiera. Mettermi al volante e spostare il sedile indietro il più lontano possibile per fare spazio alle mie lunghe gambe.

Avevo pensato che tornare a Wolf Ridge sarebbe stato un sollievo, ma era quasi peggio che essere alla Duke. Non appartenevo neanche a questo luogo. Mi sentivo come se stessi avendo una sorta di esperienza fuori dal corpo. Stavo guardando me stesso, mi vedevo passare attraverso i movimenti di avviare una macchina e guidare lungo il percorso fin troppo familiare verso il liceo dove ero stato in cima al mondo, ma ora ero estraneo a tutto.

Non dissi nulla a Rayne, e anche lei non cercò di parlarmi. Scorse semplicemente sul suo telefono, tenendosi alla portiera del passeggero. Il suo profumo riempiva la macchina. C'era qualcosa di intrigante in esso, ma non riuscivo a capire cosa. Una nota che mi attirava i sensi, come un ricordo che non avevo ancora avuto.

Mi infilai nel parcheggio sul retro che si affacciava sul

campo di calcio, che era l'ingresso meno comodo per Rayne. Riuscii a malapena a fermare la macchina prima che lei spalancasse la portiera e inciampasse leggermente sui suoi piccoli piedi. «Grazie» mormorò.

Non risposi, ma il mio cervello rimase occupato troppo a lungo a chiedersi perché si fosse presa la briga di ringraziarmi, durante il viaggio verso casa. Mi chiedevo se fosse stato un riflesso, o se lei fosse davvero il tipo di persona grata. Per qualche ragione, morivo dalla voglia di sapere come sarebbe stato averne davvero la gratitudine. Avere quei grandi occhi azzurri fissi sul mio viso come se fossi il suo padrone, e lei la mia umile schiava. Averla in ginocchio. Nuda, ovviamente. O – *cazzo* – forse in quelle mutandine di pizzo nero che aveva addosso ieri sera. A fissarmi con adorazione e desiderio di compiacere, con il corpicino vibrante per l'impulso di eseguire i miei ordini.

E ora ce l'avevo duro.

Questa città era folle.

Non ero nemmeno attratto dalla piccoletta. Era solo che desideravo avere del potere su di lei. Avrei voluto porre fine a quei gesti altezzosi, quando si scostava i capelli o sollevava il mento con le fossette. Avrei voluto mostrarle chi era il capo e farglielo accettare con tutto il suo essere.

Ora il cazzo era completamente duro. Stavo decisamente andando nella direzione sbagliata con questi pensieri.

* * *

Dopo essermi fatto una sega, essere andato a correre sotto forma di lupo e aver fatto una seconda doccia, obbedii agli ordini di mio padre e mandai un messaggio al Coach Jamison per dirgli che ero in città e avevo bisogno di parlargli.

Lui rispose subito e si offrì di portarmi a pranzo.

Mi sentivo uno stronzo totale ad aver accettato, soprattutto perché sapevo che si sarebbe incazzato di dover pagare una volta scoperto cosa avevo fatto, ma io non avevo soldi. Mi avevano pagato il viaggio alla Duke, e ci avevano trattato come dei re quando eravamo in viaggio, facendoci soggiornare negli hotel più belli e pagandoci i pasti, ma non avevo soldi da spendere e non avevo tempo per lavorare. Era questo il motivo per cui Ryan stava spacciando. Stava usando la sua fama e popolarità e la posizione da festaiolo per generare denaro. Tra le feste della confraternita e la pratica, non avevo avuto tempo per studiare. Mi presentai al New Moon Diner con nient'altro che un sacco pieno di fardelli e la consapevolezza che era ora di scaricarne finalmente alcuni.

MATT JAMISON ERA SEMPRE STATO al mio fianco. Non che mio padre non ci fosse stato. Sapevo che voleva ciò che era meglio anche per me, ma il Coach Jamison ci conosceva dentro e fuori. Meglio dei nostri genitori. Quasi come i nostri migliori amici. Sedersi dall'altra parte del tavolo rispetto a lui era quasi doloroso perché sapevo che avrebbe colto tutte le mie stronzate e mi avrebbe interrogato su tutto.

«È al notiziario di oggi.» disse categoricamente, nel momento in cui si sedette.

Bene. Questo mi risparmiava la fatica di spiegare perché ero lì.

Solo che disse: «Vuoi spiegarmi?»

Cercai di deglutire e fallii. Sapevo che un semplice «No, signore» non sarebbe bastato. Scossi debolmente la testa. «Non lo so...»

Alzò la testa, alzò le sopracciglia ma non disse nulla. Avrei quasi voluto che mi avesse rimproverato come aveva fatto mio padre, ma lui aspettò.

«Non mi piaceva vivere tra gli umani.»

Eccolo. Il vero nocciolo della questione. Perché avevo fatto quella scelta. In un certo senso, volevo essere cacciato e rimandato a casa a Wolf Ridge. Solo che ora che ero qui, era anche peggio.

L'allenatore metabolizzò l'informazione per un momento senza commenti.

La cameriera, una lupa di mezza età con un ragazzo nella squadra di football, si fermò al nostro tavolo. «Allenatore. Wilde. Cosa posso portarvi, ragazzi?»

Apprezzai che non mi avesse chiesto cosa stessi facendo in Arizona. Immaginavo che la voce avesse già viaggiato raggiungendo ogni cittadino di questa piccola città.

«Tre hamburger e un piatto di patatine fritte» ordinai io. «E un frullato di cioccolato.»

«Lo stesso per me, ma del tè freddo invece del frullato» ordinò il Coach. Quando lei se ne andò, disse: «La Duke era troppo lontana da casa.»

Cazzo, dovevo essere il più grosso finocchio sulla Terra perché qualcosa mi si smosse nel petto, spezzandomi quasi. Mi sarei aspettato un rimprovero. La comprensione era quasi troppo difficile da sopportare.

«Avremmo dovuto impegnarci per metterti in contatto con un branco da quelle parti.»

Scossi la testa. Sapevo perché non era successo. La mia gloria doveva essere destinata a questo branco. Alpha Green, il Coach Jamison e mio padre non volevano che un altro branco cercasse di rivendicare il mio successo.

Non volevano che mi accoppiassi con una delle loro lupe e mi stabilissi lì. Dovevo passare alla NFL, diventare ricco e infondere quei soldi a Wolf Ridge.

«Avevi nostalgia di casa, quindi ti sei fottuto di proposito.»

«Non direi di proposito.»

«Inconsciamente hai sabotato te stesso, allora.»

Sollevai le spalle miseramente. «Immagino di sì.»

«Allora. Quali sono le tue opzioni adesso?»

Ero sbalordito. Non riuscivo a credere che non mi avrebbe fatto una lavata di capo. Poteva essere duro con i suoi giocatori, tenendoci a uno standard più alto rispetto alla maggior parte delle altre persone nella nostra vita. Il fatto che stesse saltando la parte della vergogna e stesse andando dritto a una soluzione mi rese più facile respirare.

Sollevai la testa pesante per guardarlo negli occhi. «Non voglio tornare indietro, Coach.»

«Bene.» Mi sorprese una seconda volta. «Chiaramente eri infelice, altrimenti non avresti fatto un tale casino.»

Ora, forse perché non aveva cercato di farmi vergognare, del vero rimpianto mi si radicò nel profondo. Non avevo bisogno di mandare a puttane le cose in modo così orribile. Di rovinare la mia reputazione e rischiare il carcere al processo. Non avevo bisogno di macchiare di vergogna mio padre.

Il dolore mi rendeva difficile parlare. Mi accontentai di scuotere la testa in segno di accordo.

«Quindi vediamo come tirarti fuori da questo pasticcio. Non devi tornare indietro. Non devi giocare a football. Wilde, penso che la cosa più difficile da raggiungere per un giovane lupo alfa sia conoscere l'equilibrio tra ciò che è un bene per te e ciò che è un bene per il branco.»

La cameriera portò i nostri piatti, e io presi il primo hamburger, finendolo in quattro morsi. «Siamo guerrieri. Siamo programmati per sacrificarci per il bene più grande. Sei sempre stato quel tipo di ragazzo. Ecco perché ti ho nominato capitano della squadra. Capisci il lavoro di squadra, capisci cosa vuol dire lavorare per la squadra. Capisci che non si tratta solo di te.»

Sentii gli occhi bruciare.

Con il suo elogio mi arrivò la consapevolezza più acuta di

come questa accusa di spaccio colpisse il branco. Per essere un ragazzo che si vantava di pensare alla squadra prima che a se stesso, avevo fatto una scelta strana. Naturalmente, avevo effettivamente preso una decisione in favore della mia squadra. Quella sbagliata. Quella umana.

«La moglie di Garrett Green è un avvocato. Ovviamente, non è autorizzata a praticare in South Carolina, ma penso che potresti chiamarla per un consiglio più tardi.»

Garrett Green era il figlio dell'alfa. Era stato bandito da Wolf Ridge per uso di marijuana quando aveva diciotto anni, ma ora era l'alfa di un branco in crescita a Tucson. Sua moglie era umana, ma dicevano che fosse speciale. Aveva alcune abilità psichiche, immaginavo.

Annuii mentre prendevo il secondo hamburger. «Hai il suo numero?»

«No, e non ho intenzione di cercarlo per te. Capirai tu chi devi chiamare per averlo.»

Ah, eccolo l'allenatore che conoscevo. Maniere forti fino in fondo.

«Sei intelligente e pieno di risorse. Sono sicuro che puoi ottenerlo.»

Ridacchiai leggermente mentre prendevo un boccone di hamburger, e lui alzò un sopracciglio. «Cosa c'è?»

Inghiottii il cibo. «Non sono così intelligente. Stavo a malapena ottenendo delle sufficienze ai miei corsi, e magari le ho ottenute perché gli allenatori hanno fatto pressione sui professori per farmi passare.» Un altro morso e finii il secondo hamburger.

«La Duke è una scuola dura. La Wolf Ridge High non ti ha preparato adeguatamente. Ho anche il sospetto che tu abbia avuto pochissimo tempo per studiare, giusto?»

Feci spallucce. «Non avevamo tempo.»

«Quindi non aveva nulla a che fare con quanto sei intelligente. Lascia perdere. Puoi abbandonare i corsi questo semestre prima di venire bocciato o magari finirli online?»

Feci spallucce.

«Scoprilo.» C'era un comando alfa nelle sue parole. Doveva essere infastidito dalle mie alzate di spalle. Lo sentii come un'esplosione al petto, e mi paralizzai sul posto. Quando passò, mi raddrizzai sulla sedia.

«Sì, signore.»

«Cos'altro?»

Mi fermai con il terzo hamburger a metà strada verso la mia bocca. «Cosa intendi?»

«Cos'altro hai intenzione di fare per superare questa situazione?»

Pensai agli ordini di mio padre e rimisi l'hamburger sul piatto. Non volevo tornare alla Wolf Ridge High per allenarmi con i ragazzini. Seriamente, avrei preferito darmi un pugno in faccia. Ma ero convinto di dover rimanere in forma per mantenere aperte le mie opzioni.

«Io, uh... cosa penseresti...»

Cazzo.

Il Coach Jamison non mi stava aiutando. Finì il suo ultimo hamburger e mi guardò, in attesa.

«Mio padre vuole che ti chieda se posso allenarmi con la squadra.»

«Tu cosa vuoi?»

«A nessuno importa quello che voglio io.»

«Ah.»

Finii il mio terzo hamburger e iniziai con le patatine fritte. Forse avevo pensato che il Coach avrebbe detto qualcosa di più, ma non lo fece. Né rispose alla mia richiesta sull'allenamento con la squadra.

«Quindi posso?»

«No.»

"No?»

Ero sorpreso. Insomma, avevo pensato che la conversazione stesse andando abbastanza bene fino ad ora. Era sembrato solidale. Simpatico, persino.

Gettò una banconota da cinquanta dollari sul tavolo e si asciugò la bocca con il tovagliolo. «Pensa al motivo per cui ho detto di no. Quando avrai la risposta, vieni a trovarmi.»

CAPITOLO QUATTRO

Rayne

Tutti stavano parlando di Wilde a scuola. Era ancora famoso alla Wolf Ridge, essendosi diplomato solo due anni fa, e immaginavo che il video su Tiktok di lui che veniva portato fuori dall'hotel in manette fosse diventato virale questa settimana, almeno a Wolf Ridge.

Nella mia classe di matematica, l'insegnante era dovuto uscire dall'aula, che improvvisamente si era trasformata nella sede del festival del *quali sono le novità su Wilde Woodward?*

Pensi che continuerà a giocare a football?

Glielo permetteranno?

Cosa dirà suo padre?

È ancora in prigione?

«È a casa.» Non sapevo cosa mi avesse spinta a parlare. Non stavo certamente cercando di rivendicare alcun tipo di relazione con lui. Ma all'improvviso, tutti si voltarono verso di me. Improvvisamente, non ero più invisibile.

«Oh, giusto. Sei la sua nuova sorellastra.» Casey Muchmore mi guardò con interesse. «Allora, che novità ci sono?»

«È tornato in attesa che si sistemino le cose.» Feci spallucce.

«Ma cosa è successo?» Insistette Abe.

Dannazione. Ero tentata di spifferare tutto ciò che sapevo sulla situazione. Per avere delle persone interessate a quello che avevo da dire. Essere in grado di offrire loro questa valuta fatta di informazioni in cambio di alcuni attimi di attenzione e apprezzamento. Ma io, tra tutte le persone, sapevo cosa voleva dire avere tutta la città a spettegolare alle tue spalle. Faceva schifo. E anche se non dovevo nulla a Wilde – non contando il passaggio a scuola che mi aveva dato questa mattina su ordine di suo padre – non ero del tutto disposta a spiegare il suo problema perché tutti lo esaminassero.

«È lui a doverlo dire, non io.»

Tutti mi fissarono, alcuni con sorpresa, altri con vero e proprio risentimento. Come se non potessero credere all'audacia di non dargli tutto ciò che bramavano.

«Oh, per favore, piccoletta.» C'era del disprezzo nelle parole di Abe Oakley. Era un tizio semi-decente. Persino onesto. Ma ora si stava comportando da vero e proprio cazzone. Piuttosto che seguire le orme di suo fratello Austin e diventare rappresentante di classe, aveva preso la gloriosa posizione di Cole Muchmore come il più grande coglione alfa della scuola. La sua parola era legge da queste parti.

«Non fingere che tu e Wilde apparteniate alla stessa dimensione. Non ti avrebbe voluta come sua sorellastra neanche se fossi stata l'unica famiglia che gli era rimasta.»

Questo non avrebbe dovuto far male. Avevo sentito ogni commento derisorio immaginabile dai ragazzi di questa scuola, ma mi atterrò come una lancia dritta nel petto. Forse perché sapevo esattamente quanto fosse vero. Il mio labbro superiore si sollevò in un ringhio, sorprendendo tutti, me compresa. Non avevo tendenze da lupo perché non mutavo. I miei occhi non cambiavano colore. Non ringhiavo. I peli dietro il collo raramente si alzavano. Fui salvata da quella situazione di stallo dall'insegnante che tornò nella stanza.

«Ai vostri posti» scattò la signora Landon, la nostra insegnante di matematica. Era un lupo, quindi la sua autorità aveva un suono particolare che ci fece muovere tutti. Le sue narici si dilatarono mentre assorbiva gli odori della stanza, e per qualche motivo il suo sguardo si posò su di me. Non sapevo cosa avesse sentito. La mia paura?

Non avevo paura, però. Ero ferita, sì. Decisamente sulla difensiva. Ma quegli odori erano più sottili, specialmente in una stanza affollata di mutaforma. Fece una lezione sui derivati, e poi ci distribuì un compito per farci esercitare con i problemi. Non riuscivo a concentrarmi. Ero ancora accaldata per l'offesa di Abe, e non era da me.

Di solito, ignoravo tutte quelle stronzate. Mi ci ero esercitata per tutta la vita. Non sapevo perché in questa occasione mi ero infastidita così tanto, ma era così.

Ebbi l'impulso oscuro di sfidare Abe, che ovviamente sarebbe stato un suicidio.

Volevo vendicarmi di lui per aver colpito il mio punto dolente. Ma immaginavo che la vera domanda fosse perché quel punto era così dolorante per me? Nulla di ciò che aveva detto era sbagliato. Wilde mi odiava. Odiava che io fossi sua sorella. Probabilmente non mi avrebbe accettata mai come membro della sua famiglia.

Quando uscii dalla classe, Lincoln, un nuovo compagno umano, si mise al passo con me.

«Ehi.»

Lo guardai. Non era la prima volta che cercava di avviare una conversazione. Avevo respinto i suoi tentativi di fare amicizia perché, beh, avevo già abbastanza problemi così. Non volevo avere anche la reputazione di essere una calamita per gli umani. Inoltre, aveva una gemella qui a scuola. Una sorella. Non era mica solo.

Con Bailey, era stato diverso. Era fredda, più grande e meritava l'amicizia, anche se significava disobbedire al terribile ordine di Cole Muchmore che aveva proibito a tutti di parlarle. Ma non avevo intenzione di espormi di nuovo con un umano. Questo lo avrebbe reso uno schema e sarebbe stato il bacio della morte per tutte le speranze che avevo di essere un giorno inclusa. Erano già speranze piuttosto sottili.

«Quello che ti ha detto Abe è stato perfido» disse Lincoln.

Per il destino. Non aveva idea che tutti in questo corridoio potevano sentirlo, incluso Abe, se era nei paraggi. L'ultima cosa di cui avevo bisogno era essere responsabile del fatto che Abe e i suoi amici avrebbero potuto fare a pezzi l'umano. Non avrebbero dovuto azzuffarsi con gli umani – il Coach Jamison lo aveva vietato – ma questo non gli avrebbe impedito di tirarsela in giro per dimostrare di avercelo più grosso. Non potevano farne a meno. Era l'istinto dei mutaforma che li portava a stabilire il dominio ovunque si potesse.

«Pazienza.»

«No, davvero. È stato uno schifo. Perché lasci che ti parlino così?»

I ragazzi nel corridoio mi lanciarono occhiate cupe. Sguardi di avvertimento. Come per dirmi che dopo aver preso Lincoln a calci nel culo, sarei stata io quella appesa per le mutandine alla recinzione fuori dalla scuola.

«Qual è la tua storia, comunque, Lincoln?» chiesi per cambiare argomento. Mi seguì fino al mio armadietto e aspettò mentre inserivo la combinazione.

«Cosa intendi?»

«Perché sei venuto alla Wolf Ridge High? I tuoi genitori non sono ricchi?»

Tutti qui sapevano che i gemelli vivevano nella nuovissima casa da otto milioni di dollari in cima al promontorio. Quella che faceva ringhiare la gente del posto perché era di proprietà di un essere umano.

«Genitore. Al singolare.» Le sue parole accesero il mio interesse, mio malgrado. Mi guardai intorno, mentre infilavo i miei quaderni nello zaino.

«Quale genitore?»

«Nostro padre.»

Lincoln era un essere umano di bell'aspetto. Capelli ricci ramati scuri. Occhi marroni. Fossette sulle guance. Anche sua sorella gemella era stupenda. Indossavano vestiti costosi ma non da figli di papà. Lincoln si vestiva più come una rock star. Sua sorella Lauren aveva un'aria casual chic.

«Allora, qual è il problema? Non può permettersi di mandarti in una scuola privata? O almeno a Cave Hills?» Mi riferivo alla scuola pubblica snob ai piedi della montagna di Wolf Ridge. Cave Hills era più ricca di Scottsdale e le sue scuole pubbliche lo riflettevano. Non reggevamo il confronto sui contenuti accademici, ma amavamo batterli in ogni sport.

«Non ci piace l'idea di lasciarlo solo.»

Questo attirò ancora di più la mia attenzione. Dannazione. Non volevo interessarmi a questo essere umano. «Perché no?» Chiusi il mio armadietto e mi buttai lo zaino su una spalla.

Lincoln fece spallucce. «È depresso. Nostra madre è morta di cancro l'anno scorso e sta attraversando un momento difficile.»

«E ha deciso di trasferirsi *qui*?» chiesi incredula. Perché chi, sano di mente, sceglierebbe Wolf Ridge come rifugio da depresso?

«Ha costruito la casa per lei. Amava l'Arizona. Quindi... Sì.»

«Cazzo. Mi dispiace tanto.»

«Sì, quindi la scuola che frequentiamo è l'ultima delle nostre preoccupazioni.»

«Lo capisco.» Non intendevo farlo, ma in qualche modo, mi ero messa al passo con Lincoln mentre uscivamo dalla scuola. «Devo scappare, o perderò l'autobus» gli dissi. Dato che mia madre lavorava fino alle sei, dovevo prendere lo scuolabus per il mio vecchio quartiere, poi un autobus urbano su per la collina, e infine camminare per mezz'ora. Praticamente uno schifo. Soprattutto perché avere bei piedi era un requisito fondamentale per la mia fuga verso l'università.

«Possiamo portarti a casa noi» si offrì. Non si era nemmeno fermato al suo armadietto per prendere i libri o altro, era stato al mio fianco da quando eravamo usciti dalla classe. «Insomma, se vuoi.»

Gah. Lo volevo? Da un lato, avrebbe mandato a puttane completamente la mia reputazione già fottuta. Dall'altro, il tragitto di un'ora e mezza era una rottura di palle e di piedi. «Uhm, sì. Certo. Grazie.»

Indicò il parcheggio est, e ci spostammo in quella direzione, camminando lungo il marciapiede. Tutti ci guardavano. Sentii risatine e commenti mormorati su Rayne, la piccoletta che amava gli umani.

Odiavo tutti in questa scuola.

Davvero.

Tenni la testa alta e mi diressi verso la macchina di Lincoln. Mentre lo facevo, le mani iniziarono a sudarmi anche se non ero sicura di che cosa avessi paura. Illuderlo? Farmi un nuovo amico? Avevo avuto una vita sociale così patetica che non sapevo come gestire le situazioni più semplici. Ma non era vero. Fare amicizia con Bailey era stato facile. Immaginavo che si trattasse del fatto che Lincoln era un ragazzo. Mi chiesi se fosse interessato a uscire con me. Cosa avrei fatto o detto se me lo avesse chiesto. E poi il mio sistema nervoso già esausto fu attraversato da una scossa di elettricità quando un forte e lungo clacson alla nostra destra attirò la nostra attenzione.

Oh, cazzo.

Che cosa...?

Wilde era seduto al volante della Subaru wagon di mia madre. Gli occhi gli brillavano di verde, come se fosse incazzato di brutto. Per qualche fastidiosa ragione, lo rendeva ancora più attraente. Mi chiesi di che colore fosse il suo lupo. Come apparissero quegli occhi verdi quando erano incorniciati dalla pelliccia.

Bene, vaffanculo. Non avevo bisogno di questo tipo di scena a scuola. Ricevevo già abbastanza attenzione negativa. E ora avevo lui che provava le parole di Abe.

Aggrottai le sopracciglia e scossi la testa. Non avevo mai detto di aver bisogno di un passaggio a casa. Non doveva essere qui, comunque.

«Chi è?» chiese Lincoln.

«Il mio fratellastro.»

Wilde spalancò la portiera e si precipitò fuori dal veicolo. Merda.

«Uh, ripensandoci, credo che mi farò dare un passaggio da Wilde» mi affrettai a dire. Dovevo allontanarlo prima che arrivasse qui e sentisse l'odore di Lincoln.

Certo, probabilmente l'aveva già capito. Insomma, non conosceva Lincoln dalla vita del branco, doveva aver capito quindi che si trattava di un essere umano.

E poi mi incazzai per il fatto che dovevo persino preoccuparmi di ciò che Wilde pensava o diceva. «Grazie per l'offerta. Ne approfitterò domani.» Mi staccai da Lincoln per camminare rapidamente verso Wilde.

«Aspetta.» Mi afferrò il braccio. Mi girai e mi scrollai di dosso la sua presa. Non ero sicura di cosa avesse visto nel mio volto: paura? Rabbia? Qualunque cosa fosse, indietreggiò leggermente. «Voglio solo assicurarmi che tu stia bene. Voglio dire, è prudente?»

«Rayne.» C'era qualcosa di pericoloso nella voce di Wilde. Mortale, persino. «Sali in macchina. Subito.»

«Sì, sto bene.» La mia voce suonò affannata. Sicuramente non se l'era bevuta. «Grazie, Lincoln. Ci vediamo domani.»

Wilde non mi guardò neanche quando arrivai da lui. Squadrò Lincoln, che lo guardò con uno sguardo acido.

Oh, cazzo.

Corsi vero la Subaru che Wilde aveva lasciato accesa e saltai dentro. La portiera lato guidatore era socchiusa. Wilde era ancora di fronte a Lincoln, che finalmente scosse la testa e se ne andò. Suonai il clacson, ora, ricambiandogli il favore. Wilde si girò, gli occhi gli brillavano. Cercai di fingere di non avere paura.

Non ne avevo.

Eppure, quando Wilde salì in macchina e si lanciò nella mia direzione per avvolgere la mano intorno alla mia gola, fui pronta a rispondergli.

«Mi fai male, lascerai dei segni» lo avvertii. Significava che suo padre lo avrebbe visto. Gliel'avrebbe fatta pagare di brutto. «Non guarisco come te.»

Si tirò indietro prima ancora di stringere. Aveva funzionato. «Stai lontana da quell'umano, Rayne.»

«Perché?» lo sfidai.

«Perché se non lo fai... Lo farò diventare poltiglia.»

Mi feci scappare una risatina di scherno scioccato. «Parli come un vero bullo. Non ti rende un duro prendertela con persone che pesano la metà di te e non hanno la forza di un mutaforma.»

Wilde sbatté le palpebre un paio di volte come se stesse tenendo sotto controllo il suo lupo. Il verde svanì dai suoi occhi che tornarono al castano dorato. Sorrise. «No, ma ora sei preoccupata.» Odiavo che lo sapesse. I mutaforma percepivano troppo con il naso. «Perché ti interessa, comunque?»

Wilde sgommò, il che era piuttosto divertente considerando il veicolo estremamente poco cool che stava guidando. «Sei difettosa, Rayne, ma non sei un essere umano.»

«Qual è il punto?»

Strinse il volante così forte che si incrinò. «È già abbastanza grave che il mio nome sia legato al tuo, piccoletta. Non mi serve che la tua reputazione sprofondi ancora di più.»

Non mi interessava che avessi avuto lo stesso pensiero. Mi fece incazzare sentirlo da Wilde. Mi fece incazzare abbastanza da giurare di fare di Lincoln il mio nuovo migliore amico solo per farlo incazzare.

«Non sei responsabile di me, cazzone.»

Wilde schiacciò sull'acceleratore, sterzando intorno alla fila di auto che usciva dalla scuola per correre su per la stretta traversa.

«Ripensaci, Rayne. Ora vivi a casa mia. Posso rendere la tua vita un inferno.»

Lo fai già.

Non lo dissi ad alta voce. Non gli avrei dato quella soddisfazione.

* * *

MI CI VOLLERO quindici minuti buoni per smaltire la rabbia che mi era venuta nel vedere Rayne con quell'umano. Avrei voluto farlo a pezzi. Prenderlo e gettarlo sul tetto della scuola per mostrare la mia forza da mutaforma. Fargli bagnare i pantaloni per la paura. Non lo volevo vicino a Rayne. Il livello di rabbia che mi aveva suscitato sembrava un po' irrazionale, ma lo ricondussi alla situazione del cazzo in cui mi trovavo.

47

Mio padre mi aveva fatto sapere che aveva sposato la mamma della piccoletta con una fottuta telefonata. Il fatto di dormire su un cazzo di divano. Il caso giudiziario che pendeva sulla mia testa.

Dopo pranzo, mi comportai da bravo ragazzo e feci quello che mi era stato detto. Mi ero fatto dare il numero di Garrett Green da Bo, e mi aveva fatto chiamare da sua moglie per parlare delle opzioni legali. Mi aveva raccomandato di dichiararmi non colpevole. Non ne ero così sicuro. Stava cercando di trovarmi un avvocato a Greenville. Poi, diligentemente, ero andato a prendere la piccoletta. Ora le avrei insegnato a guidare. Il mio obiettivo era prepararla per l'esame in tre giorni. Perché era sicuro come la morte che non sarei stato il suo cazzo di autista.

Salii verso la mesa dove le strade erano sterrate e non c'era traffico.

Rayne, che se l'era già quasi fatta addosso quando aveva visto i miei occhi da lupo prima, era ancora nervosa. Per qualche ragione, al mio lupo non piaceva il profumo della sua paura. Come se non volesse che lei avesse paura di me. Rancorosa poteva andare. Irritata sarebbe stato un bene. Furiosa addirittura perfetto.

Ma non impaurita.

Non mi piaceva il suo odore quando aveva paura. Non era orribile in circostanze normali. Aveva un aroma fresco e primaverile, come il creosoto e il ginepro. Forse era per questo che sua madre l'aveva chiamata Rayne.

Era più forte di quanto ricordassi, ma in fondo, non avevo mai vissuto con lei prima. Non avevo mai dovuto andare in giro con lei. La trovavo...

Fastidiosa.

Come trovavo fastidioso il suo nuovo look. Ero particolarmente irritato dal fatto che fosse abbastanza carina da avere ragazzi umani che cercavano di accompagnarla a casa.

Il volante si spezzò di nuovo sotto la mia presa. Cazzo. Avrei pagato anche per questo.

Sembrava che fossi destinato a una punizione per ogni cosa avessi fatto in questi giorni.

«Dove stiamo andando?»

«Ti farò una lezione di guida.»

«*Adesso?*»

Non mi preoccupai di rispondere a una domanda stupida.

«Con te?»

Ancora una volta, non valeva la pena rispondere.

«I-io non posso farlo oggi.»

«Perché no?»

«Devo fare i compiti» disse in fretta. «E...sì, i compiti.»

«Beh, dovrai fare i compiti più tardi. Passerai i prossimi novanta minuti alla guida di questa macchina.»

«Perché? Insomma, perché deve essere oggi? Non posso farlo oggi.»

Stava mentendo. Non sapevo perché fosse così preoccupata, però.

«Perché non sarò il tuo dannato Uber, piccoletta. Guiderai entro la fine della settimana, quindi possiamo superare questa stronzata.»

«Non sono mai stata al volante!» si lamentò.

«Ma hai una licenza?»

Annuì, miseramente. «Sì. Mia madre me l'ha fatta prendere l'anno scorso.»

Raggiunsi la maniglia dello sportello e lo aprii. «Allora è arrivato il momento.» Scesi dalla macchina e feci il giro. Quando Rayne non uscì, le aprii lo sportello.

«Andiamo, Rayne.» Emise un piccolo gemito ma non si mosse.

«Ho davvero... Non voglio.»

Inclinai la testa. «Hai paura?»

Si sedette perfettamente immobile, fissando dritto in

avanti come se potesse fingere che io non fossi qui. «Di cosa hai paura?»

Non so cosa mi passò per la testa, ma le presi la mano come se fossi un gentiluomo ad un appuntamento. La tirai delicatamente per spingerla fuori dal suo sedile e le feci posare le finte Converse alte a terra. Quando mi guardò incerta, seppi di avere ragione. «Non c'è niente di particolare, Rayne. È semplicissimo.»

«Per te» mormorò. «Io sono difettosa, ricordi?»

Sbuffai. «I tuoi geni non hanno nulla a che fare con la tua capacità di guidare.»

Perché mai avrebbe dovuto pensare che questo potesse aver a che fare con la guida? Ogni essere umano guidava. Non c'era bisogno di abilità speciali.

Fece un passo e poi si fermò. «Non so nemmeno se i miei piedi raggiungono i pedali.»

Questa volta risi per davvero.

«Non sei così bassa, piccoletta. Penso che tu sia condizionata da una percezione distorta di te stessa.» Mentre pronunciavo quelle parole, una sensazione di disagio mi attraversò il petto. Una sensazione vagamente colpevole. Supposi che tutta questa città, me compreso, avesse fatto sentire Rayne addirittura meno che umana. L'impulso di scrollarle via di dosso quella sensazione mi assalì, così la presi per la vita, il che era facile perché non pesava nulla. Feci qualche passo intorno alla macchina, poi la lasciai cadere in piedi e le schiaffeggiai il culo.

«Sei piccola, Rayne, ma non sei incapace di guidare.» Fui leggermente sconcertato da quanto fosse stato piacevole tenere il suo peso leggero con un braccio. Avere il suo profumo primaverile pulito che mi solleticava il naso da vicino.

Lei si girò e mi guardò. «Che razza di Neanderthal sei?»

scattò. «Non puoi andare in giro a schiaffeggiare il culo delle ragazze come ti pare.»

Aveva ragione, ovviamente. E di solito ero dannatamente rispettoso con le donne, probabilmente perché il Coach Jamison ci aveva insegnato un senso di cavalleria dal primo anno di scuola.

Inclinai la testa. «Non sei una ragazza, sei una piccoletta. E la mia *sorellastra*. Quindi, a meno che tu non voglia che ti sculacci per davvero, faresti meglio a metterti al volante adesso.»

Arrossì, un alone rosaceo le viaggiò attraverso il petto e su per il collo. Ancora una volta, il disagio si spostò nel mio petto. Si arrampicò sul sedile del conducente ma riuscì a malapena a raggiungere il volante. Vidi il panico sul suo volto, come se stesse pensando che fosse quella la posizione in cui avrebbe dovuto guidare.

«Per l'amor del cazzo, Rayne. Non sai letteralmente nulla di come guidare un'auto, vero?» Mi avvicinai per tirare la leva sotto il sedile e farla scorrere in avanti.

«Oh» disse.

«Smettila di farla così difficile.» Feci il giro e salii dal lato passeggero, facendo scorrere il sedile all'indietro. Rayne non si era mossa da quando avevo aggiustato il suo sedile. Se ne stava seduta lì, con entrambe le mani sul volante, a fissare attraverso il parabrezza con gli occhi grandi spalancati.

Sospirai esasperato. «Il pedale destro è l'acceleratore. A sinistra c'è il freno. Si usa lo stesso piede per entrambi.»

«Quale piede?»

Alzai le sopracciglia con uno sguardo da *come puoi essere così stupida*, e lei arrossì ancora un po'. «Il piede destro, Raync.»

«Va bene.» Abbassò lo sguardo sui pedali e appoggiò il piede destro sull'acceleratore. Il motore girò.

«Sì. Questo è l'acceleratore. Ora premi il freno e tienilo

premuto finché non passi alla guida.» Invece di fare quello che avevo detto, girò la chiave. Dato che la macchina era già in funzione, le urlai contro. Lei urlò e lasciò entrambe le mani, tenendole in aria come se si fosse appena bruciata. «Cazzo» mormorò. Non mi guardò. Stava fissando attraverso il parabrezza, respirando a fatica, come se fosse un essere umano fuori forma che aveva appena corso su tre rampe di scale. «Guardami, Rayne.»

Lei non guardò.

«Rilassati, cazzo. La stai rendendo troppo difficile. Guardami.» Girò la testa e letteralmente vacillò quando vide il mio viso, anche se pensavo che la mia espressione fosse piuttosto neutrale. «Cosa c'è?»

«Puoi farcela. Gli esseri umani imparano a guidare ogni giorno e tu sei meglio di un essere umano.»

Inspiegabilmente, le lacrime le riempirono gli occhi. Primo istinto: mi fecero arrabbiare. Infuriare, quasi. Come se volessi mutare e farla a pezzi.

No. Non lei.

Qualunque cosa l'avesse fatta piangere. Che, ovviamente, ero io. Nel respiro successivo, sperimentai una massiccia sottomissione della mia aggressività, come una coperta di piombo gettata su di me per calmarmi. Entrambi gli impulsi furono potenti, e saltare da uno all'altro mi lasciò stordito.

«Piantala, Rayne» riuscii a dire burbero. Portai le dita verso il parabrezza. «Premi il freno e tienilo premuto.»

Per una volta, fece come le era stato detto. Le presi la mano e la tirai verso il cambio, modellando la mia sopra la parte superiore per guidarla a premere il pulsante sul lato e farla scivolare lentamente nella guida. Le marce si innestarono e l'auto si assestò, pronta ad andare avanti. «Togli il freno lentamente.»

Lei obbedì. Avanzammo. Piagnucolò, sterzando troppo bruscamente a destra e a sinistra, come un ragazzino che fingeva di guidare. Mi morsi la lingua per evitare di darle ulteriori istruzioni. Alcune si potevano capire solo facendole.

«Ora accelera un po'.»

Ci lanciammo in avanti. Urlò e premette il freno.

«Ci sei» mormorai. Fui sorpreso di sentire qualcosa di incoraggiante uscirmi dalla bocca, ma fu proprio così. Lei mi diresse un'occhiata preoccupata.

«Tieni gli occhi sulla strada, piccoletta. Non preoccuparti per me. Se finiamo giù da una scarpata, sono indistruttibile.»

Questo le fece scappare una risatina.

«Ci vuole solo pratica. Guida fino alla mesa e gira e poi torna giù per questa collina.»

Fece un respiro profondo e poi fece un cenno con la testa. «Va bene.» Strinse il volante ma riuscì a raggiungere la mesa e a girare. Le feci praticare delle manovre una mezza dozzina di volte prima di indicarle di riportarci giù per la collina. Quando arrivammo alla fine della strada sterrata, accostò. «Cosa stai facendo?»

«Scendo, così puoi guidare.» Spalancò lo sportello.

«Certo che no. Ci riporti tu a casa.»

Spalancò gli occhi. «Diavolo, no. È un no secco. Assolutamente no.»

Valutai se essere aggressivo o morbido con lei. Non sapevo perché, ma scelsi di essere morbido. «Stai andando alla grande, Rayne. L'unico modo per sentirsi a proprio agio alla guida è guidare. Ora rimettila in moto e andiamo.»

Mi aspettavo che discutesse, ma doveva sentirsi leggermente più sicura perché chiuse lo sportello, fece scivolare lentamente il cambio marcia e accelerò troppo, mandandoci in avanti a scatti. Trattenni le critiche. Arrivammo al primo segnale di stop, dove si fermò e guardò in entrambe le direzioni quattro volte prima di avanzare lentamente, anche se non c'era nessuno.

«Stai aspettando che passino le auto fantasma?»

«Stai zitto, Wilde.»

Sorrisi. Molto meglio. Aveva di nuovo la voglia di combattere dentro. Quando tornammo a casa, aveva recuperato un po' di grinta, e il suo caratterino era di nuovo al suo posto.

Parcheggiò al centro del vialetto, il che avrebbe reso impossibile per mio padre far salire il suo furgone, ma non le feci spostare la macchina. Lasciai che scendesse e scappasse a casa prima di riparcheggiare ed entrare anche io.

Solo che non eravamo soli. C'era l'intero plotone di esecuzione. Mio padre, l'alfa del branco e diversi membri del consiglio erano in salotto, con le braccia incrociate sul petto.

CAPITOLO CINQUE

Rayne

Me ne andai in camera mia per concedere loro della privacy, anche se sarei stata comunque in grado di sentire tutto attraverso le pareti. Potevo anche non essere una mutaforma, ma il mio udito era comunque migliore di quello di un essere umano.

«Siediti, Wilde» disse Alpha Green.

Sentii il rumore delle sedie dal tavolo da pranzo e immaginai i membri del consiglio che formavano un semicerchio attorno a Wilde, stile intervista.

O forse era meglio dire stile interrogatorio.

Non sapevo perché sentissi dei nodi allo stomaco per la situazione di Wilde. Non c'entravo niente io. Non sapevo nemmeno cosa fosse successo esattamente. Non sapevo cosa avesse o non avesse fatto, se non finire in prigione con l'accusa di spaccio. Non sapevo se avesse una scusa o una ragione per questa cosa.

«Allora. Cos'è successo?» Era Alpha Green a dirigere la conversazione. Wilde non rispose per un momento, almeno non che io potessi sentire, e mi lasciò col fiato sospeso, con le dita chiuse in pugni stretti e sudati.

«Abbiamo vinto la partita contro Clemson. I ragazzi stavano festeggiando nella nostra stanza. Avevamo fatto il test antidroga appena prima della partita, il che significava che potevamo usarle in tranquillità.»

«Fai uso di droghe.»

Quell'accusa, condita con un tono di condanna sufficiente per affondare una corazzata, veniva da Logan. Non aspettò una risposta. «Perché dovresti preoccuparti? Quanto velocemente metabolizza nel tuo sistema?»

Non sentii alcuna risposta fino a quando Logan scatta di nuovo: «Rispondimi, Wilde!»

«Non ero sicuro che quelle non fossero domande retoriche.»

«Non fare il furbo.»

«Stai facendo uso di droghe, figliolo?» La voce di Alpha Green era mite, come se stesse suggerendo a Logan di abbassare la tensione.

«Sto cercando di adattarmi agli esseri umani in una squadra affiatata. Non è facile.» Sentii della genuina frustrazione e dell'angoscia nella voce di Wilde e cercai di resistere alla simpatia che mi si stava insinuando dentro. Wilde era un arrogante che sicuramente meritava qualsiasi cosa fosse successa. Se si sentiva fuori posto con gli umani, allora aveva avuto un assaggio di come ci si sentiva ad essere me ogni giorno della mia vita in questa città.

«Quindi hai scelto di infrangere la legge e rischiare tutta la tua carriera per adattarti.» La voce apparteneva a uno degli anziani del branco.

«Sono un animale da soma.» Le parole di Wilde caddero come pietre pesanti. C'era un tono di sconfitta. Rassegnazione. Come se avesse saputo che stava facendo la cosa sbagliata, ma non avesse visto un modo per aggirarla.

«Sei un dannato leader. Sei stato capitano della squadra di Wolf Ridge. Tu non segui cattivi esempi. Tu comandi dando il buon esempio.» Logan era ancora incazzato. Non riuscivo a immaginare cosa potesse dirgli Wilde per fargli superare presto la cosa.

«Allora cosa è successo? Come è stata coinvolta la polizia?» Chiese Alpha Green.

«La festa stava diventando troppo rumorosa. Non lo so. Ci siamo trovati la polizia alla porta al posto della sicurezza dell'hotel. E avevano una scusa per perquisire la stanza. Hanno trovato la coca e mi hanno arrestato. Fine della storia.»

«Chi altro c'era nella stanza?»

«Non importa» disse Wilde. «Sono io quello che è stato preso.»

Sentii dei passi, come se uno degli uomini si fosse alzato.

«E chi ti ha salvato?» Era di nuovo Alpha Green.

«Uno dei miei compagni di squadra.»

«Potevi lasciare la città?»

«Devo solo tornare per la data del processo tra un paio di mesi. Ho parlato con Amber Green. Potrebbe essere in grado di rappresentarmi.»

Amber era la nuora di Alpha Green, un'avvocatesse di Tucson.

«Wilde, non sento molto rimorso da parte tua» disse Alpha Green.

Ci fu silenzio.

«Mi dispiace di aver deluso tutti voi.»

«Oh, siamo più che delusi» disse l'Alfa. «Hai fatto delle scelte sbagliate. Il tuo comportamento è una vergogna per la squadra di football della Wolf Ridge High, questa città e questo branco.»

«Sì, Alpha.»

«Ciò che mi preoccupa di più è la sensazione che non ti importi più di tanto. Ho ragione?»

Sentii le spine attraversarmi la pelle perché sapevo che Alpha Green aveva ragione.

Era quello che mi aveva fatto sentire che Wilde stava ottenendo quello che meritava.

Ma perché non gli importava più di tanto? Quando era al liceo, aveva dato tutto quello che aveva al football. Sembrava strano che potesse rischiare di sacrificarlo ora e senza preoccuparsene affatto.

«No, Alpha.»

«Non mentirmi, Wilde.»

Sentii la tensione nel silenzio che seguì filtrare attraverso le pareti del soggiorno e dritto nel mio petto. Cosa avrebbe dovuto dire Wilde? La verità lo avrebbe comunque danneggiato.

Non disse nulla.

«Bene, vediamo se questo ti motiva. Voglio che questa situazione si risolva e che tu torni in quella squadra alla Duke, o sei fuori da questo branco. Capito?»

«Sì, Alpha.»

«Puoi rimanere qui mentre lo capisci, perché *lo capirai*. Niente errori. Nessuna condanna. E torni in squadra con la borsa di studio. E se fai di nuovo un casino del genere, sei fuori per sempre. Capito?»

«Sì, Alpha.»

Anche se personalmente non vedevo l'ora di lasciare Wolf Ridge e allontanarmi da questa città e fare le valigie, mi si riempirono gli occhi di lacrime per Wilde. Il branco era tutto per un mutaforma. Vivevamo in comunità. Operavamo per il bene di tutti e ci sostenevamo a vicenda. Se venivi bandito da un branco, eri maledetto a vivere tra gli umani perché anche la maggior parte degli altri branchi decenti si sarebbe rifiutato di accoglierti. Un giovane lupo dell'età di Wilde, senza modo di mantenersi e senza comunità, probabilmente sarebbe impazzito.

Certo, Garrett Green giù a Tucson avrebbe potuto accoglierlo. Sapeva cosa voleva dire essere bandito da Wolf Ridge. Rimasi in camera fino a quando non sentii tutti andarsene e Logan e mia madre parlare dolcemente dalla loro stanza. Solo allora uscii allo scoperto. Il soggiorno puzzava di miseria. Mi guardai intorno per cercare Wilde, ma lui non c'era.

Mi diressi in cucina per preparare la cena, e vidi una pila di vestiti vicino alla porta sul retro. La mia testa scattò, fissando fuori dalla finestra. Lì, che scompariva man mano sul fianco della montagna, c'era un lupo nero. Era massiccio, mostrava pura bellezza e potenza mentre divorava lo spazio con lunghe e potenti falcate al galoppo.

Un lupo nero con gli occhi verdi. Avrei dovuto sapere che Wilde Woodward sarebbe stato a dir poco spettacolare nella sua forma a quattro zampe.

* * *

WILDE

«Fratello, è dura» disse Cole poche ore dopo. Lui, Bo e Austin erano venuti dall'ASU per darmi il loro supporto. Ora eravamo sulla mesa, con il nostro amico Slade. Considerando la lavata di capo che mi ero appena preso, ero grato di essere con gli amici.

Ero mutato ed ero scappato appena il consiglio se n'era andato, incapace persino di stare nella mia pelle per un altro momento, ed ero rimasto fuori per parecchio tempo dopo il tramonto. Quando ero tornato, avevo scoperto che la piccoletta aveva lasciato un piatto pieno di cosce di pollo alla brace e una ciotola piena di broccoli con burro al limone per me.

Pensai che fosse una bella merda che avesse il compito di

nutrirci. Insomma, se le fosse piaciuto sarebbe stata una cosa, ma non credevo che fosse così. Pensavo piuttosto che stesse facendo quello che le veniva detto di fare. Dopo aver divorato ogni boccone di cibo che aveva lasciato, avevo scoperto che i ragazzi mi avevano fatto esplodere il telefono a suon di messaggi per farmi uscire. Si erano presentati alla porta senza aspettare un invito ufficiale e mi avevano detto di salire in macchina. Ora, eravamo seduti intorno a un fuoco, bevendo birra come ai vecchi tempi. Bo e Cole giocavano entrambi a football per l'ASU. Anche Austin ci andava, anche se suo padre non lo lasciava giocare. Doveva diventare un medico, come lui.

Ero io lo stronzo che era stato scelto dal branco e dal Coach Jamison per andare in una scuola prestigiosa e brillare mentre i miei migliori amici uscivano insieme. Certo, sarebbe potuta andare peggio.

Il povero Slade era rimasto bloccato a Wolf Ridge, come la maggior parte del resto degli zucconi del liceo. Lavorava al birrificio al piano di produzione. Gli avevo appena raccontato di ciò che Alpha Green mi aveva detto prima di cena.

«Quindi, come farai a far cadere le accuse?» chiese Bo.

Feci spallucce. «Non lo so. Credo di dover trovare un avvocato.»

«Quindi... Quando torni?» Cole ruppe un ramo di un albero morto sopra il suo ginocchio. I mutaforma non avevano bisogno di asce. Non quando potevamo spezzare rami spessi con le mani nude o con un piede solo. Il senso di ostinata resistenza che mi aveva assalito dal momento in cui mio padre aveva detto di aver sposato Leslie salì. Lanciai un ramo nel fuoco.

«Non tornerò indietro.»

«Cosa?» Le teste di tutti e quattro i ragazzi scattarono per fissarmi.

Feci spallucce. «Voglio dire, che senso ha se non posso giocare a football?»

«E le tue lezioni?» chiese Austin.

«Lascerò perdere.» Tenni un'estremità di un ramo e ne accesi l'altra sulle fiamme, poi la sollevai in aria come una torcia.

«Non renderà le cose più difficili quando alla fine tornerai in squadra?»

Ancora una volta, Austin stava cercando di essere la voce della coscienza del bravo studente. «È già difficile, amico» ringhiai. «E l'unica ragione per cui lo facevo era per il football. Per la squadra.»

Pensai ai miei compagni di squadra e una sensazione di nausea mi assalì. Quanti di quei cosiddetti amici avevo sentito da quando Ryan mi aveva messo su quell'aereo? Il mio allenatore mi aveva lasciato tre messaggi, ma non avevo sentito una parola da nessuno dei miei compagni di squadra. Nessuno. Nemmeno Ryan, a cui avevo salvato il culo.

Ed erano i ragazzi per cui avrei sacrificato qualsiasi cosa.

Diavolo, avevo già sacrificato *tutto* per loro.

Ma erano umani. Capivano il concetto di squadra, ma non nel modo in cui questi ragazzi, i miei veri compagni di branco, facevano. Questo era ciò che mi mancava lì. Solo che i miei amici avevano le loro vite ora. Non eravamo più al liceo. Due di loro erano accoppiati. Tutti e quattro erano arrivati al capitolo successivo della loro vita. Non eravamo più la banda di coglioni-alpha che governava le aule della Wolf Ridge High. Non potevo riavere quei giorni.

Affondai di nuovo la punta del ramo nel fuoco. «Credo di dover andare a prendere la mia roba e riportare la Jeep indietro.»

Naturalmente, non avevo soldi per farlo. Bo sembrò intuire il mio dilemma perché si offrì immediatamente. «Ti troverò i soldi per un biglietto aereo se ne hai bisogno.» Lui e la sua fidanzata Sloane avevano guadagnato un po' di soldi l'anno scorso, che era l'unica ragione per cui era riuscito ad andare al college. Accasciai le spalle per il sollievo. Per la sicurezza di conoscere i miei amici davvero e sapere che veramente mi coprivano le spalle.

«Grazie, amico. Ne ho bisogno. Mio padre non mi aiuterà affatto.»

Bo tirò fuori il telefono e iniziò a scorrere come se stesse per prenotarmi un biglietto proprio in quel momento.

«Mio zio Greg probabilmente ti darebbe un lavoro in officina se ne avessi bisogno.»

Non ne sapevo molto di auto. Non come Cole e Bo, che avevano lavorato in officina per tutto il liceo. Ma avevo bazzicato intorno a loro abbastanza da sentirmi come se potessi capirne.

«Grazie. Sì. Farò un salto e parlerò con lui.»

«E posso prenotarti un viaggio di sola andata per Durham per domani mattina. Può andare? Puoi stare con noi a Tempe stasera, e ti porterò io all'aeroporto.»

Un'altra scheggia di sollievo filtrò nell'oscurità che si era diffusa nel mio solido petto. O forse era gratitudine. «Grazie, amico. È davvero bello essere qui con voi ragazzi in questo momento.»

Si scambiarono uno sguardo, come se non fossero necessariamente d'accordo sul fatto che questo fosse un bel momento. Quando mi guardarono, lo fecero con un'espressione che sembrava essere in qualche modo di simpatia e dubbio. Come se non riuscissero a credere a quanto casino avessi combinato. O stessero cercando di capire il perché.

Non capivo nemmeno io il perché.

Immaginavo che questa fosse la cosa peggiore.

Come aveva detto Alpha Green, non mi dispiaceva. Non

mi interessava. Potevo fregarmene della presunta tragedia che era la mia vita. Tutto quello che sentivo era questo meschino, testardo bisogno di accovacciarmi qui a Wolf Ridge. A casa di mio padre. Rendendo lui e Rayne la piccoletta, *specialmente lei*, infelici come me.

63

CAPITOLO SEI

Rayne

Stavo già avendo una giornata di merda. Era il mio diciottesimo compleanno e mia madre se ne era dimenticata. Lo capivo: aveva l'amnesia da mamma. Tutto il suo corpo era concentrato sulla crescita di un cucciolo. Viveva anche in una nuova casa con un nuovo marito che era scontroso a causa del flop della carriera di suo figlio. Aveva tante cose per la testa.

Stavo cercando di fare in modo che la cosa non mi toccasse. Non ero il tipo di ragazza che aveva mai fatto una festa di compleanno o fatto molto, ma mia madre di solito cercava di renderlo speciale. Magari facendo i pancake per colazione e uscendo a cena. E mi faceva un regalo o due. Ma stamattina niente. Ora avevo fatto l'errore di accettare di aggregarmi a Lincoln e alla sua gemella Lauren nella caffetteria – non sapevo cosa mi avesse spinto – perché sembrava far infuriare i coglioni alfa.

Abe, Markley e J.J. si buttarono di proposito accanto a noi.

«Guarda un po'. La piccoletta finalmente si è fatta un altro amico» scherzò Abe.

«Due» disse J.J.

«O due perdenti valgono come uno?» Abe si avvicinò a Lauren, provocandole uno sguardo di totale disgusto, che lo fece sorridere.

Li ignorai. Cos'altro potevano fare? Volevano una reazione.

«Scommetto che verranno al ballo come un terzetto. Sarebbe carino, vero?» suggerì Markley, ma l'espressione di Abe divenne cupa come se quell'idea gli avesse fatto venire voglia di rompere il tavolo a metà.

«Basta che siamo tutti lì a vederti incoronato re, giusto?» Non avrei dovuto intromettermi, ma non riuscii a farne a meno. Le schede per le nomination per i reali del ballo erano uscite oggi, anche se non c'era dubbio su chi avrebbe vinto: Abe Oakley e Casey Muchmore. Erano i più alfa. Gli studenti di Wolf Ridge erano praticamente biologicamente tenuti a votare per loro.

«Sai cosa sarebbe divertente?» Lo sguardo di Abe era rivolto a Lauren, non a me.

«Cosa?» Chiese J.J.

«Mettere questi perdenti sulla scheda di votazione.»

«Perché?» Markley chiaramente non ne vedeva l'ironia.

Nemmeno io.

Le labbra di Abe si curvarono in un sorriso crudele. «Fallo accadere» disse, e in quel momento, seppi che sarebbe successo. Perché Abe governava la vita sociale di ogni ragazzo.

La sua attenzione creava o distruggeva l'intera esistenza scolastica degli studenti. Se avesse detto a tutti di nominarci, sarebbe successo.

«Sai cosa sarebbe ancora più divertente?» Sfoggiai il mio sorriso più dolce.

Mi ignorò.

«Vederti perdere contro uno sfavorito.» Dissi *sfavorito* invece che *umano*, ma tutti sapevano cosa intendevo.

«Nei tuoi sogni, piccoletta.»

Il sorriso di Abe era tornato saldamente al suo posto. Si alzò e il suo entourage lo seguì.

«Quella è stata letteralmente l'interazione più stupida a cui abbia mai avuto la sfortuna di assistere. Come è possibile che questi idioti siano popolari?» chiese Lauren, fissando le spalle muscolose di Abe.

«Non ne ho idea» mormorai. La mia giornata peggiorò ulteriormente all'ultima ora quando la signora Landon ci restituì i compiti di matematica. Avrei avuto bisogno di prendere un dieci per alzare i miei voti, ma sapevo già di avere sbagliato alcuni problemi. Speravo solo in un otto a questo punto. Qualsiasi cosa che non rafforzasse ulteriormente il mio sei.

Merda! Un altro sei. Questo era un problema. Avevo pensato di chiedere a Bailey se poteva farmi da tutor, magari su Zoom o qualcosa del genere, ma sapevo che era impegnata con le sue lezioni universitarie. Non volevo essere un peso.

«Congratulazioni a Lincoln, che ha ottenuto il voto più alto della classe nel compito. Il resto di voi ha bisogno di fare un ripasso prima del prossimo compito tra due settimane» disse la signora Landon.

Guardai Lincoln, che sembrò indifferente alle lodi. Eh. Non sapevo che fosse un cervellone. Ma probabilmente aveva frequentato una scuola molto migliore prima di trasferirsi qui.

Forse... No. Era una cattiva idea. E non perché Wilde mi avesse detto di non uscire con lui. Non mi interessava di Wilde. In effetti, quella avrebbe potuto essere la ragione esatta per cui avrei dovuto trovare il tempo per uscire con

Lincoln. Mostrare al mio *fratellastro* esasperante che non era lui al comando.

Inoltre, avevo davvero bisogno di aiuto. Non volevo rimanere a Wolf Ridge dopo il diploma. *Dovevo* andarmene da qui.

«Ehi, Lincoln.» Mi misi al passo con lo studente molto più alto mentre uscivamo dall'aula.

«Ciao.»

«Io... Per caso fai ripetizioni? Voglio dire, saresti disposto a ripassare per il compito con me e mostrarmi cosa ho fatto di sbagliato?»

Ok, era stupido. L'insegnante aveva letteralmente detto che ci avrebbe aiutati se fossimo entrati prima a scuola. Ma non potevo arrivare presto a causa della situazione che riguardava la guida. Wilde era andato via negli ultimi quattro giorni, il che era stato un sollievo. Dopo che gli anziani del branco gli avevano fatto una lavata di capo, era volato a Durham per prendere la sua roba alla confraternita e riportare indietro la sua jeep.

«Certo.» Lincoln mi strappò il compito di mano e gli diede una rapida occhiata.

«Vuoi ripassare ora? Potremmo andare in biblioteca. O da me, se vuoi.» Alzò le sopracciglia. «O il tuo fratellastro mi prenderebbe a calci nel sedere?»

Non sembrava minimamente spaventato da quella prospettiva. Era più come se stesse cercando di capire quale fosse la situazione.

«Sì, è un po'... iperprotettivo.» Feci una risata tremolante. «E una specie di cazzone.» E poi, poiché era importante per me dimostrare che non ero vittima di bullismo da parte del mio fratellastro, dissi: «Casa tua va benissimo.» Naturalmente, nel momento in cui lo feci, mi resi conto che almeno dieci persone intorno a noi avevano girato la testa per guardare. Tutti avevano ascoltato tutta la dannata conversazione.

Non avevo dubbi che Wilde lo avrebbe saputo una volta tornato in città.

Bene, bene.

Questo gli avrebbe mostrato che non poteva gestire la mia vita.

Mi fermai al mio armadietto e presi il mio zaino e i libri, poi uscii verso il parcheggio con Lincoln.

Sua sorella Lauren era già seduta sul sedile del passeggero. Lui – o loro, non lo sapevo – guidava una Tesla, sarebbe stato proprio un bel passaggio. «Rayne viene a casa con noi. Dobbiamo ripassare il compito.»

«Oh, bello. Sì, Lincoln ha un grande cervello matematico. Io, non tanto. Seguo il corso di Algebra Avanzata.»

«Allora, come mai è lui a guidare?» chiesi mentre Lincoln avviava la macchina.

«Non è così. Insomma, facciamo a turno» disse.

«Fantastico.» Immaginai come sarebbe stato avere una cooperazione fraterna da parte di Wilde. Magari se fossimo diventati fratelli un po' prima. No, non sarebbe mai accaduto. Non c'era niente di fraterno in Wilde. Compreso il modo in cui il mio corpo reagiva davanti a lui.

«Puoi portarmi a casa quando abbiamo finito?» chiesi, rendendomi improvvisamente conto che non c'era neanche una cazzo di possibilità che volessi far capire a Logan di questa amicizia.

Ero sicura che Wilde aveva ereditato i suoi pregiudizi dal padre.

Le amicizie umane erano disapprovate.

«Sì. Certamente.» Lincoln guidò tranquillamente. Senza pensarci. Come se lo facesse da un milione di anni, non uno o due. Wilde aveva ragione. Gli esseri umani potevano farlo senza alcun problema. Stavo rendendo la guida una cosa molto più difficile del necessario. Anche se era uno stronzo totale, ero grata che mi avesse appena costretta a provarci.

Ora che avevo rotto il ghiaccio, non ero più così spaventata o intimidita.

La casa di Lincoln e Lauren era una splendida villa immersa in una ripida altura di montagna con finestre da parete a parete che si affacciavano sulla città. Rimasi a bocca aperta mentre salivamo. C'era un garage per tre auto con porte che si aprivano automaticamente quando si entrava.

«Cosa fa tuo padre?» chiesi.

«Era un broker di investimenti» disse Lincoln. «Voglio dire, lo è ancora, ma lo fa da casa ora invece che dall'ufficio di Manhattan.»

«Sei di New York?»

«Sì.»

«Non hai l'accento, però.»

Sorrise. «Che tipo di accento pensavi che avessi?»

Feci spallucce. «Non lo so. Costa orientale.»

«Tu pensi di avere un accento?»

«Certo che no.» Sorrisi.

Il loro papà non era nei paraggi, supposi che fosse nel suo ufficio a lavorare. C'erano tre chitarre in piedi accanto a un amplificatore nel soggiorno. Una acustica, una elettrica e un basso.

«Chi suona la chitarra?» chiesi.

«Io» disse Lincoln con disinvoltura. «Lauren suona il piano.» Sollevò il mento verso il pianoforte a coda nell'angolo.

«Fantastico.»

Lincoln ed io ci sedemmo al tavolo della sala da pranzo, che era posizionato di fronte a gigantesche porte scorrevoli in vetro che conducevano a un ponte coperto sul lato della casa. Studiammo per mezz'ora. Lincoln era un buon insegnante, e improvvisamente tutto ebbe un senso. Pensavo di aver perso solo alcuni concetti all'inizio dell'anno perché la mia mente era occupata dal dilemma della gravidanza di mia madre e poi dal matrimonio improvviso, seguito dal nostro trasloco.

Mi brontolò forte lo stomaco mentre stavamo finendo. «Oops. Per qualche ragione, ultimamente non riesco a mangiare abbastanza.»

«Scusa, avrei dovuto offrirti uno spuntino.» Lincoln si alzò e camminò verso una dispensa piena di cibi gourmet e dall'aspetto europeo. «Serviti pure. Magari vuoi una barretta proteica?»

Ne tirò fuori un paio da una scatola, me ne porse una e ne aprì una per sé. Era al cioccolato e caramello e aveva 20 grammi di proteine. Mi trattenni dall'infilarmela tutta in bocca.

«Facevo così quando ho avuto uno scatto di crescita. Ero così affamato alla fine delle lezioni, che dovevamo fermarci immediatamente a mangiare. Non mi bastava solo uno spuntino, ma avevo bisogno di un pasto completo. Come pre-cena.» Ridacchiò.

«Purtroppo, non credo che avrò uno scatto di crescita. Sono sempre stata piccola. Ma almeno le calorie in eccesso non sembrano finirmi sul girovita.»

Mangiammo le nostre barrette proteiche e portammo delle bibite all'arancia rossa in bottiglia sul ponte dove ci fermammo alla ringhiera e guardammo giù verso Wolf Ridge. Lauren si unì a noi. «Non vedo l'ora di andarmene da questa città» mormorai.

«Anche io» disse Lauren. «Sono stata in scuole snob, ma questa è semplicemente strana. Zotica e snob o qualcosa del genere. Senza offesa.»

«Nessuna offesa.»

«Che problema ha quell'Abe?»

Guardai oltre. «Eh. È il magnifico coglione alfa. Capitano

della squadra di football. Praticamente gestisce la scuola. Suo padre è un medico in città. Suo fratello Austin si è diplomato un paio di anni fa. Lui non era così male. Era sempre rappresentante di classe. Decisamente più amichevole di Abe.»

«È il mio partner di laboratorio in chimica» disse Lauren. «È orribile.»

«Sono d'accordo. Ragazzi come lui sono uno dei pericoli di una piccola città. Pensano di essere praticamente degli dei, qui.»

«La cosa strana è che Wolf Ridge funziona come una piccola città. Voglio dire, non è solo un sobborgo di Scottsdale?»

«Mmm.» Andai avanti con cautela. Non riuscivo esattamente a spiegare che la maggior parte di tutti coloro che vivevano qui erano di una specie diversa. «Beh, Wolf Ridge era qui molto prima di Scottsdale o Cave Hills. Fu creata quando l'Arizona divenne un territorio degli Stati Uniti. Le montagne servivano a tenerla separata dall'espansione suburbana laggiù, e il birrificio forniva l'industria economica.»

«Eh. Immagino che abbia senso» disse Lauren.

«Deve essere strano crescere in una piccola città» osservò Lincoln. «Per me, è in parte affascinante.» Lui fece spallucce. «Sai, da un punto di vista antropologico. Il funzionamento della vita sociale delle piccole città. Non c'è diversità. Pensieri super rigidi su come dovrebbero funzionare le cose.»

Risi. «Devi essere inorridito se stai vedendo tutto questo.»

«Non inorridito. Insomma, non sto cercando di adattarmi, quindi potrei preoccuparmi meno delle dinamiche sociali. Sto solo cercando di decifrare il codice.» Mi guardò. «Sono curioso di sapere perché alcuni ragazzi sembrano diversi. Cosa distingue i reietti dal gruppo? Non sono i soldi, giusto? È più una cosa tipo... la capacità atletica?»

La sua espressione era dubbiosa come se non riuscisse a credere che potesse essere così. Certo, aveva ragione, in un certo senso. Era basato sui geni. Quindi quelli con la migliore genetica erano i migliori nello sport. Guardai indietro verso la città.

«Wolf Ridge è tutta incentrata sui suoi sport, quindi sì. Ci hai preso.»

Mi stava scrutando. «E tu non sei una sportiva.»

«Niente affatto. Mi hai beccata. Insomma, vado alle partite, ma non gioco a niente.»

Avevo una mezza idea di chiedere a entrambi di venire alla partita di football di questa settimana con me, ma mi trattenni. Wilde ci sarebbe stato sicuramente. Non volevo un altro confronto. «Quindi non odi questo posto?»

Mi guardò. «No. Nostra madre adorava questo posto. Pensava che l'Arizona fosse bellissima, anche se tutto ciò che vedo è marrone e rocce. Ma ora che sono qui, cerco di vederlo attraverso i suoi occhi. Una volta che ti sei abituato al marrone, puoi vedere i lampi di colore. È tutto lento e sottostimolante. Esiste come parola? Mi piace sentire gli uccellini al mattino.» Lo disse come se fosse una cosa unica. Probabilmente a New York City non sentiva il canto degli uccellini.

«Sì, quella parte è carina. Ma io lo odio ancora» disse Lauren.

«Ho sentito che ci sono lupi qui» disse Lincoln.

«Oh sì.» Scossi la testa, cercando di sembrare perfettamente casuale. «Sicuramente. C'è un intero branco in queste colline.»

«Tu li hai mai visti?»

«Sì. Un paio di volte.»

Tipo ogni giorno a scuola.

O se si parlava solo della forma di lupo, a ogni luna piena. Non che io andassi alle corse del branco. Avevo evitato le riunioni del branco sin dalla pubertà, quando era diventato dolorosamente ovvio che non sarei riuscita a mutare. Che ero, in effetti, difettosa come tutti sospettavano, date le mie piccole dimensioni.

«Ehi, dovrei tornare a casa» dissi bruscamente. «Grazie mille per l'aiuto.»

«Nessun problema. Potremmo farlo sempre, se vuoi.» Fece spallucce. «Oppure no. Come vuoi.» «Sì, mi piacerebbe. Grazie.»

Lincoln mi portò a casa, e mi piombò lo stomaco quando ci avvicinammo a casa.

La jeep di Wilde era parcheggiata nel vialetto.

Fico. Forse non mi avrebbe vista tornare a casa.

Aprii lo sportello e scivolai fuori, cercando di renderla l'uscita più veloce di sempre. E poi vidi Wilde, in piedi alla finestra panoramica.

Doppio cazzo.

«Grazie, Lincoln, ciao!» Tagliai corto, chiudendo la portiera della Tesla.

Incrociai lo sguardo di Wilde attraverso la finestra e mi scostai i capelli con fare altezzoso. *Mangiami, Wilde.* Spalancai la porta e la chiusi dietro di me, senza nemmeno preoccuparmi di salutare quel ragazzaccio di mio fratello.

Mi afferrò la nuca e mi girò verso di lui. «Cosa ti ho detto sull'uscire con quell'essere umano, Rayne?» La sua voce era morbida e pericolosa, e gli occhi brillavano di verde per la rabbia.

C'era un lato possessivo nel modo in cui mi tratteneva.

No, non aveva senso.

Era solo pazzo.

Nonostante il fatto che avrebbe potuto spezzarmi come

un ramoscello, sollevai il mento. «Non sei tu che comandi, Wilde.»

In un lampo, mi inchiodò contro il muro per la gola, con l'altra mano che mi sorreggeva... *Oh destino.* L'altra mano era tra le mie gambe.

Stavo penzolando sopra il pavimento *con le sue dita intorno alle mie parti femminili.*

CAPITOLO SETTE

Wilde

Ok, non l'avevo fatto intenzionalmente. Beh, forse sì. Inconsciamente, ero sicuro che stavo cercando di proteggere Rayne dal soffocamento dalla mia presa alla gola, quindi avevo deciso di sostenere il suo peso dall'altra parte.

L'altra estremità sembrava essere il suo nucleo caldo.

Non sapevo nemmeno perché la stavo palpeggiando. Era oltremodo inappropriato, come schiaffeggiarle il culo quando le stavo insegnando a guidare, ma qualcosa in lei faceva emergere in me un'aggressività feroce. Quando l'avevo vista di nuovo con quell'umano, il mio lupo era impazzito.

Per un secondo, avevo pensato che avremmo superato questa molestia e avremmo finto che non stesse accadendo. L'avrei abbassata lentamente, e lei...

Vaffanculo.

La pelle tra le sue gambe si strinse. *Lo sentii sulle dita.* Destino, si stava bagnando? Strinse le gambe intorno alla mia mano. Il mio respiro sibilò mentre la facevo scendere dal muro mettendola in piedi.

E poi non riuscii a fermarmi. Era sbagliato, sbagliatissimo. Ma mossi le dita tra le sue gambe. Le piegai contro la figa calda, dandole una piccola risposta. Forse stavo testandone l'umidità. Forse stavo cercando di eccitarla. Non lo sapevo davvero. Tutto quello che sapevo era che la attraversò un brivido.

Era *appena venuta?*

Il cazzo mi premette contro la cerniera dei jeans. Aprì le labbra e spalancò gli occhi azzurri. Quel suo piccolo viso a forma di cuore aveva un'espressione attonita.

Il profumo della sua eccitazione me lo fece fare di nuovo. Un altro leggero movimento delle dita tra le sue gambe.

Un altro brivido.

Non volevo fermarmi. Non volevo lasciarla andare. Volevo possedere questa minuscola mutaforma fino a quando non fosse caduta in ginocchio e avesse implorato il mio perdono per aver lasciato che quell'umano la accompagnasse a casa.

Fu questo il pensiero che mi spronò.

Il profumo di lui aleggiava ancora leggermente sui suoi vestiti. Non pensavo che l'avesse toccata, l'odore non era così forte. Ma il suo profumo di ginepro e creosoto era smorzato da quello di lui. «Sei in grossi guai» ringhiai e le avvolsi un braccio intorno alla vita per portarla nella mia camera. E *accidenti.* Portarla era così fottutamente soddisfacente.

Mi sedetti sul letto e la piegai sul mio ginocchio come se fossi un marito del 1950 e iniziai a sculacciarle il culo. Forte. Lei andò fuori di testa, si dimenò e si agitò, spostò la mano indietro per coprirsi il culetto perfetto. Lo infuocai, sapendo di aver superato il confine. Di brutto. Ma ero già in bilico, prossimo a essere cacciato da questa casa e dal mio branco. Allora, che diavolo? Tutto quello che avevo sempre fatto era stato cercare di essere all'altezza dei loro standard. Potevo fare quello che volevo, tanto per cambiare. E in quel momento, volevo colorare di rosso il culo di Rayne la piccoletta. Il profumo della sua eccitazione divenne ancora più forte mentre la sculacciavo, la cosa fece infuriare il mio lupo, portandomi a stringerla di più e a sculacciarla ancora più forte. Il cazzo premeva dolorosamente contro la mia cerniera.

Era dannatamente soddisfacente, ad ogni livello. Sentirla contorcersi e resistere. Amavo la facilità con cui riuscivo a sopraffarla. Il suono dei suoi gemiti e dei lamenti. L'impatto del mio palmo sulla sua pelle elastica.

Sapendo che non era fatta come una normale mutaforma e avrebbe provato dolore più a lungo, mi costrinsi a smettere. Invece, le strinsi il culo ruvidamente e feci scivolare di nuovo le dita tra le sue gambe.

«Non puoi uscire con gli umani» ringhiai. «Non puoi uscire con nessuno senza il mio permesso.» Cercai con le dita la macchia umida nei suoi pantaloncini, e strofinai quel punto. Lei si infranse in un altro spettacolare piccolo orgasmo. L'impeto di potere che mi diede mi fece quasi sussultare. «Non esco con lui! Mi stava aiutando con matematica. Se non alzo il voto, perderò la borsa di studio.»

Avrei voluto tenerla sul mio ginocchio, strofinando quel punto incredibile tra le sue gambe che le dava piacere, ma le sue parole catturarono la mia attenzione.

Rayne aveva una borsa di studio.

Non sapevo perché mi aveva sorpreso sentire che aveva l'ambizione di andarsene. Aveva perfettamente senso. Perché avrebbe dovuto voler rimanere con un branco in cui veniva trattata come una merda? Ma allo stesso tempo odiavo questa cosa. Come se non le fosse permesso fare piani senza informarmi. La misi in piedi, tenendo una mano piazzata sul bel culo. «Quale borsa di studio?»

Aveva il viso arrossato, e lo sguardo furioso. Sentii le sue gambe tremare. «All'ASU. Devo mantenere tutti dieci se voglio la borsa di studio quasi totale.»

Tutti dieci.

Quindi Rayne era intelligente.

Neanche lo sapevo. Sembrava che ci fosse una cazzo di montagna di cose che non sapevo di questa ragazza, e improvvisamente decisi che dovevo sapere tutto.

«Non voglio comunque che tu lo veda» brontolai.

Alzò le mani in aria con esasperazione. «Non esco con lui! È letteralmente un compagno di scuola bravo in matematica e mi ha aiutata a ripassare i problemi del compito in cui ho fatto un casino.»

«La prossima volta portalo qui, così posso supervisionare.»

Alzò la testa, il labbro superiore si sollevò con disprezzo. «Tu non sei il mio chaperon, Wilde. Tu non sei il mio niente.»

Le strinsi il gluteo e lo scossi. «Oh, ma lo sono, piccoletta. Io sono il tuo tutto. Ora, esci e vai verso la Jeep. È ora di fare lezione di guida.»

Le cadde la mascella. «Non ci vengo a guidare con te! Non vengo a fare niente con te, Wilde Woodward. Mi hai appena aggredita nella mia stanza. Non mi sento al sicuro con te.»

Rimasi in piedi, torreggiante su di lei. Abbassai il viso verso il suo fino a quando non ci trovammo naso contro naso. «Prima di tutto, non è la tua stanza. È la mia. E no, tu non sei al sicuro con me, Rayne. A meno che tu non impari a obbedire. Prima lo accetti, più facile sarà tra di noi.»

* * *

Rayne

· · ·

Nell'istante successivo, Wilde mi gettò in spalla, con la mano ancora salda sul mio culo formicolante, e mi portò fuori verso la sua jeep.

Ero la definizione di puro disastro. Insomma, avevo il culo in fiamme, l'orgoglio in brandelli, e avevo appena raggiunto l'orgasmo tre volte grazie alle dita di Wilde!

Nonostante tutte le ricerche pornografiche che avevo fatto per diventare una dea del feticcio dei piedi, ero stata più o meno asessuata durante l'adolescenza. Davvero, non avevo mai nemmeno pensato di fare sesso fino a quella prima notte in cui Wilde si era presentato in casa e mi aveva vista in mutande. Ora ero febbricitante. Tutto quello a cui riuscivo a pensare era che volevo che mi toccasse di nuovo lì.

Insomma, era successo davvero? Era stato un errore?

No. Sapeva quello che stava facendo. Forse non consciamente quando mi aveva bloccata sul muro, ma dopo che mi aveva fatta scendere, quando aveva iniziato a muovere le dita per farmi venire, era stato intenzionale. Sapeva cosa mi aveva fatto?

Bah. Certo, che sì! Probabilmente poteva sentire l'odore dei liquidi che fuoriuscivano da me quando mi aveva stimolata.

Aprì la portiera della Jeep e mi fece sedere al posto di guida, quindi mi allacciò la cintura di sicurezza. Cosa che fu stranamente piacevole. Regolò il sedile in avanti. Era quasi come... se ci tenesse.

Odiai il tripudio di sensazioni che mi provocò quel pensiero. Una specie di formicolio appena sotto la pelle su tutto il corpo.

«Rayne.» Wilde era davanti allo sportello aperto, che mi guardava.

Non lo guardai. Non potevo. Ero troppo vulnerabile e terribilmente confusa sulla natura della nostra relazione. Insomma... Non mi odiava?

Era interessato sessualmente?

Che cazzo stava succedendo? E anche la sola idea che fosse sessualmente interessato mi mandò nuove ondate di calore fino al nucleo. Fantasticai su di lui che si allungava tra le mie gambe per strofinare di nuovo lì. Volevo le sue dita grandi e calde nel mio posto più sensibile.

«Rayne-bow.»

Lo guardai, sorpresa dal nome. Il compagno di Bailey, Cole, mi chiamava così, ma lo faceva in modo derisorio. Anche così, quel soprannome mi era piaciuto abbastanza da iniziare a usarlo nella mia testa quando parlavo con me stessa.

«In realtà non ti farei del male.»

Santa. Merda.

Si era davvero pentito per quello che aveva appena detto?

«So che sei fragile, animaletto.»

Fragile. Giusto.

Un altro attacco ai miei geni difettosi. Spostai di nuovo lo sguardo dritto in avanti. «Vaffanculo, Wilde.»

Ridacchiò mentre chiudeva la portiera e si spostava. Dopo essere salito sul lato del passeggero, si sporse verso di me per inserire la chiave.

«Puoi accenderla questa volta» disse, ricordandomi il mio stupido errore dell'ultima volta, l'aver provato ad avviare una macchina in corsa.

Raggiunsi il pedale del freno, lo premetti e girai la chiave. Si avviò. Respirai e misi la macchina in marcia. Mentre stavo per togliere il piede dal freno, la mano di Wilde cadde sulla mia. «Aspetta.»

«Cosa?» Non potei fare a meno di sembrare sulla difensiva. Come avevo detto, il mio orgoglio era a brandelli.

«Stai andando avanti o indietro?»

Oh.

Misi la retromarcia. Wilde tenne la mano sulla mia per

tutto il tempo, il che mi mandava fremiti spasmodici alla pancia. Non erano solo farfalle, ma cambiamenti sismici. Nodi che si stringevano e si allentavano allo stesso tempo. Cominciai a premere l'acceleratore, e lui mi strinse la mano. «Aspetta, piccoletta.»

«Per l'amor del destino. Cosa sto facendo di sbagliato ora?»

«Riesci almeno a vedere in quello specchietto retrovisore?»

Specchietto retrovisore. Giusto. Mi allungai e lo sistemai, in modo da riuscire a vedere dietro. «Immagino che sia utile» sbuffai. Con mio grande stupore, quando lanciai uno sguardo a Wilde, le sue labbra erano curvate in un lievissimo sorriso.

Forse stavo iniziando a piacergli.

Forse... Oddio, no. Non riuscivo a pensare a Wilde e a guidare un veicolo in movimento allo stesso tempo. Mi concentrai sulla guida, tornando lentamente in strada, girando la ruota e mettendola in marcia, quindi avanzando.

«Il limite di velocità è cinquanta» osservò Wilde. Guardai il tachimetro. Stavo andando a trenta. Accelerai un po' e ci lanciammo in avanti. Sbirciando di fianco, pensai di vedere Wilde sorridere di nuovo. Ma non poteva essere vero. Mi ritrovai a fare la strada verso la scuola poiché era un percorso familiare. Una volta lì, ci girai intorno. Wilde fissò il campo da football dove la squadra si stava ancora allenando. «Hai deciso di non allenarti con loro?» chiesi, anche se sapevo che mi avrebbe aggredita.

Non lo fece, però. Si limitò a emettere un sospiro scontento. «L'allenatore ha detto di no.»

«Oh.» Lanciai un'occhiata a Wilde e fui sconcertata dall'espressione tormentata sul suo volto. Come se avessero strappato via qualcosa dalla sua vita e non sapesse come recuperarla. «Perché?»

Fece spallucce. «Non so. Ha detto che quando avrò capito

perché, potrò venire a parlare di nuovo con lui. Un fottuto indovinello.»

«Eh.» Ci rimuginai sopra, e mi allontanai dalla scuola e da quella particolare fonte di dolore per lui. Non conoscevo personalmente il Coach Jamison. Insomma, ovviamente, lo conoscevo. Era una leggenda pazzesca a Wolf Ridge. Ma non ci avevo mai parlato in vita mia. «Qual è stata esattamente la conversazione?»

Wilde si spostò irrequieto sul suo sedile. Indicò la strada. «Guida fino a Cave Hills. Lì c'è la motorizzazione. Puoi fare l'esame di guida.»

Ah. Le strade dovevano essere molto più trafficate a Cave Hills. Mi sudarono le mani, ma feci quello che aveva detto. Sarebbe stata colpa sua se avessi fatto un incidente, giusto?

No, anzi no. Sarei morta. Logan si sarebbe vergognato di me – di nuovo – e avrei preferito saltare giù da una scogliera che dargli un'altra ragione importante per pensare che fossi una rottura di cazzo.

«Fondamentalmente, ho chiesto se potevo allenarmi con la squadra, e lui ha detto di no.»

«Tutto qui?»

Wilde si strofinò un pollice sul labbro inferiore, guardando fuori dalla finestra. «Gli ho detto che mio padre voleva che mi allenassi con la squadra. Mi ha chiesto cosa volevo io.»

«E tu cosa hai detto?»

«Ho detto che *a nessuno importa quello che voglio*. Poi ha detto di no.»

«Bene, ecco la tua risposta.»

Wilde mi guardò. Arrivai a un semaforo importante e frenai. Wilde mi fece segno di andare avanti perché mi ero fermata troppo dietro rispetto all'altra macchina.

«Qual è la risposta, piccoletta?»

«Ti ha chiesto cosa volessi tu.»

Wilde mi fissò. «Spiegati.»

«Non ti vuole lì se tu non ci vuoi stare. Perché dovrebbe? Non ha intenzione di sprecare il suo tempo con qualcuno che odia il football.»

Il corpo di Wilde si irrigidì. Si strofinò una mano sul viso. «Io non...» la sua voce suonò strozzata. «Non odio il football. Perché cazzo lo dici? Stavo giocando per la migliore squadra di football universitario della nazione. Gli scout della NFL mi stavano leccando il culo.»

«Allora perché sabotarti?» Colsi un velo di angoscia nell'odore di Wilde. Non sapevo come potevo dirlo. Il mio olfatto non era mai stato così raffinato. Era sempre stato molto migliore di quello di un essere umano, ma prima di oggi, non ero mai stata in grado di cogliere emozioni e cambiamenti sottili come facevano i normali mutaforma. Per la prima volta da quando era tornato, provavo davvero una certa simpatia per la sua situazione. Perché la mia valutazione – quella che avevo appena buttato là senza averci pensato prima – era giusta.

Wilde aveva sabotato il proprio successo. Per qualche motivo, non poteva sopportarlo.

Mi si strinse il petto per lui. Wilde non rispose, e io non insistetti. Guidai per la collina fino all'affollato sobborgo settentrionale di Phoenix. Quando Wilde non mi diede istruzioni su dove andare, iniziai a girare, per lo più a destra.

Alla fine, l'attenzione di Wilde tornò alla mia guida e mi indirizzò verso la motorizzazione.

«Il percorso che ti fanno fare è proprio qui. Esci dal loro parcheggio e segui questa strada fino allo stop.»

Seguii le sue indicazioni. Facemmo un lungo giro intorno a diversi isolati della città e finimmo di nuovo alla motorizzazione.

«Poi ti chiederanno di parcheggiare in uno di quei punti e

poi di fare marcia indietro e fare un'inversione a U come abbiamo praticato sulla mesa.»

Feci quelle manovre. Stava diventando più facile. Ogni minuto che passava mi sentivo un po' più a mio agio alla guida. I movimenti diventavano più automatici. Le mie reazioni si adattavano ai comandi della Jeep per modulare velocità, frenate e curve.

«Questo è tutto, piccoletta. Questo è il test. Lo hai superato a pieni voti. Domani ti porterò giù e potrai prendere la patente.»

Giusto. Naturalmente. L'intera ragione per cui lo stava facendo era per farmi uscire dalla sua lista di compiti. Per sollevare il fardello da lui e da tutta la famiglia. Perché era chiaramente quello che ero.

«Non so se ho il permesso da abbastanza tempo» dissi, anche se non era vero. Non sapevo nemmeno cosa mi avesse spinto a dirlo. Non poteva essere che io volessi più tempo per fare pratica con Wilde. In effetti, liberarmi di lui – essere in grado di guidare – era esattamente ciò di cui avevo bisogno.

«Fammi vedere.» Frugò nella mia borsa. «Dov'è il tuo portafoglio?»

«Non ce l'ho. È nella tasca del mio telefono.»

Sfilò il permesso e lo esaminò. Poi si girò verso di me, con il labbro superiore arricciato in un ringhio. «Oggi è il tuo compleanno?»

CAPITOLO OTTO

Wilde

Strinsi nel pugno il permesso di Rayne. Si ruppe in una mezza dozzina di pezzi. Uno di loro mi si conficcò nel palmo bucandolo. Il resto cadde sul cruscotto. Rayne mi fissò con gli occhi spalancati e iniziò ad allontanarsi dalla strada. Mi spostai verso di lei per stabilizzare il volante. «Occhi sulla strada» ringhiai. Dovevo concederglielo, però. Anche quando aveva paura, riusciva a tenere il punto.

«Che problemi hai?» scattò.

Non lo sapevo nemmeno io. Almeno, mi ci volle un attimo per capire perché ero così incazzato. «Dov'è la fottuta festa?» chiesi come se avesse organizzato una festa di compleanno e non mi avesse invitato. Ma non era solo quello, ovviamente. Sapevo già che non c'era nessuna festa, ed era per questo che ero furioso. Sua madre non le aveva detto una parola questa mattina sul suo compleanno. Rayne non lo aveva ricordato a nessuno. Non sapevo perché mi importasse, ma mi fece seriamente incazzare.

«Sul serio. *Che problemi hai?*»

«Voglio solo sapere perché non ho sentito una parola al riguardo.»

«Perché avresti dovuto?» Anche lei era incazzata. Aveva un'espressione furiosa, gli occhi le brillavano alla luce del sole attraverso il parabrezza.

«Perché vivo nella tua stessa casa, ecco perché. Tua madre non ti ha detto niente stamattina.»

«Sì, beh, ha molte cose per la testa» disse Rayne, ma notai che le tremavano le labbra.

Dovetti sopprimere l'impulso di rompere il finestrino dal mio lato.

Le sue narici si infiammarono in un modo distintamente simile a quello di un lupo. «Stai sanguinando?»

Non dissi altro. La testa mi diceva che non erano affari miei. Non me ne sarebbe dovuto fregare un cazzo comunque. Ma per qualche ragione, il mio corpo era ancora un tripudio di rabbia e impulsi furenti. Anche se non ero sicuro del perché.

Quando passammo davanti a un alimentari, feci un cenno a Rayne. «Entra lì» ordinai. Miracolosamente, Rayne obbedì senza rispondere.

«Parcheggia.»

Lo fece.

Spalancai la portiera e saltai fuori. «Andiamo, piccoletta.»

Scese piano e mi seguì attraverso il parcheggio e fino alle porte d'ingresso.

«Non so *davvero* quale sia il tuo problema, Wilde.»

«Ok.» Mi mossi verso di lei. «Mi piacerebbe sapere quale cazzo è il *tuo* di problema.»

Si tirò indietro come se l'avessi schiaffeggiata. Corrucciò la fronte per la confusione. «Non so di cosa stai parlando.» Alzò le mani.

«Quando inizierai a far sentire la tua presenza, piccoletta?»

Arrossì profondamente. «Stai zitto, Wilde. Sei un tale…»

Trattenne le parole e si girò di scatto per marciare lungo il corridoio lontano da me.

Le presi il gomito e lei si tirò indietro. «Un tale cosa?» Abbassai la voce perché stavamo facendo una scenata. E perché la sua rabbia in qualche modo calmava la mia. Questo era ciò di cui avevo bisogno da lei. Una sorta di giusta indignazione.

«Bastardo succhiacazzi.»

Sorrisi. Probabilmente era la reazione sbagliata, ma per qualche ragione, adoravo quando diventava impertinente con me.

«Ecco, bene.»

Strinse gli occhi mentre mi scrutava il viso. «Che cazzo vuoi da me?»

«Voglio che tu inizi a far sentire la tua presenza. Smetti di girare in punta di piedi per casa come se non ci vivessi. Dillo, quando è il tuo fottuto compleanno.»

L'incredulità prese il sopravvento nella sua espressione mentre mi fissava. I nostri sguardi erano bloccati in una sorta di conflitto di volontà, anche se non ero certo di quale fosse l'oggetto del nostro conflitto.

A quanto pareva, vinsi perché improvvisamente le si riempirono gli occhi di lacrime. Non avevo mai odiato tanto vincere in vita mia. Ma continuai a trattenere il suo sguardo e scossi lentamente la testa. «Niente lacrime, piccoletta. Oggi è il tuo giorno.»

Le sfuggì una lacrima e le scivolò lungo la guancia. Le strinsi il viso con entrambe le mani, troppo ruvidamente. Lei ansimò e inciampò in avanti, il suo corpo si scontrò con il mio. Le asciugai la lacrima con il pollice.

«Ho detto niente lacrime, piccoletta.» C'era dell'intensità nel mio sussurro. Minaccia. Pericolo. Lei sbatté le palpebre rapidamente, come se stesse cercando di obbedirmi, così la lasciai andare e inclinai la testa verso il banco della pasticceria.

«Dai. Andiamo a prenderti una torta.» Altre lacrime le scesero lungo le guance mentre camminavamo, ma io le ignorai, e lei le asciugò via rapidamente. Quando arrivammo al bancone, lasciai cadere la mia mano sulla sua nuca, stringendola e rilasciandola. Massaggiandole il nodo stretto di muscoli alla base del collo. «Quale vuoi?»

Lei annusò. «Oreo.»

Feci un cenno all'addetta alla panetteria e lei si avvicinò. Era un membro del branco. Nessuno di importante. Non ricordavo il suo nome. «Wilde Woodward. Pensavo che tu fossi alla Duke.»

Sì, certo. Come se non avesse già sentito cosa era successo.

«Non al momento.» Fu la migliore risposta che riuscii trovare. Sapevo che avrei avuto bisogno di trovare una risposta migliore perché tutti in questa città avrebbero tentato di scoprire cos'era successo. Indicai la torta Oreo nella confezione. «Ho bisogno di quella torta. È il compleanno di Rayne.» L'inserviente guardò Rayne come se la vedesse per la prima volta. «Oh, giusto. La tua nuova sorellastra.»

Lo disse come se fosse uno scherzo. Come se mi stesse commiserando. Avrei voluto prendere ogni torta in esposizione e tirarla sulla sua faccia compiaciuta. Non tolsi la mano dal collo di Rayne, stringendolo di nuovo. Il suo profumo mi riempì le narici. Inviò una scossa di sollievo al mio sistema dopo aver sopportato il sale delle sue lacrime. Probabilmente non ero mai stato nei paraggi di così tante donne che piangevano prima. Sapevo che i lupi maschi erano fortemente colpiti dalle lacrime di una femmina, ma pensavo che riguardasse solo le loro compagne. Ma forse valeva per qualsiasi femmina. Aveva senso, evolutivamente parlando. Una protezione integrata per i lupi quando un maschio diventava troppo brutale. Il profumo avrebbe attivato il suo istinto protettivo per risolvere qualsiasi problema o un riflesso calmante per abbassare il suo livello di aggressività. L'inserviente tirò fuori la torta e iniziò a inscatolarla.

«Non puoi scriverci qualcosa sopra?»

Quella stronza guardò di nuovo Rayne, come se non valesse la pena il disturbo. «Oh. Non sapevo che lo volessi.»

«Sì. È il suo compleanno.» Stavo ricominciando a infuriarmi.

«Quindi... *Buon compleanno, Rayne?*» Arricciò il naso come se fosse una cosa di cattivo gusto da scrivere.

«Subito, per favore.» Dovevo accidentalmente aver aggiunto un piccolo comando alfa nella mia voce perché lei si tirò indietro, e spalancò gli occhi, poi si affrettò a obbedire. Per tutto il tempo rimasi lì con la mano sulla nuca di Rayne. Seriamente. Ora era la mia sorellina. Se qualcuno in questa città pensava di poterla sminuire o fare casino con lei, mi sarei segnato il nome e l'avrei preso calci in culo. Ignorai il fatto che i miei sentimenti non fossero del tutto fraterni. Certamente non lo erano stati quando le avevo sculacciato il culo nel pomeriggio. Non quando avevo sentito quel nucleo caldo stringersi sotto la punta delle dita. Ma non sapevo nemmeno cosa pensare. Non avevo intenzione di pensarci, perché non riuscivo a trovare un posto dove calzasse bene nella mia mente. Prendemmo la torta e la pagai con i pochi dollari in contanti che avevo nel portafoglio. Era già buio quando ritornammo verso la Jeep.

«Guidi tu? Non mi sento a mio agio a guidare di notte.»

Sapevo che avrei dovuto farglielo fare. Se l'indomani avesse preso la patente, avrebbe dovuto essere in grado di guidare di notte.

Ma probabilmente mi sentivo in colpa per averla fatta piangere perché le presi le chiavi dalla mano, spinsi indietro il sedile e scivolai al volante. Il suo odore era su tutto il sedile e sul volante, e lo inspirai attraverso le narici mentre camminava intorno alla Jeep per salire sul lato passeggero. Il cazzo mi si gonfiò contro la cerniera. Destino, cosa l'aveva provocato? Il suo odore? Nel momento in cui aprii lo sportello, a quel pensiero, il ricordo di averla sculacciata ritornò. Volevo farlo di nuovo.

Di brutto.

Abbastanza forte che avrei potuto decidere di farlo diventare un'attività costante per disciplinare la mia sorellina. L'avrei protetta dagli stronzi della città, ma avrebbe dovuto fare tutto quello che le dicevo. Obbedire a ogni mia parola. Essere una buona cucciolotta con me. Quell'idea mi soddisfò così tanto che il cazzo si tese dolorosamente tra le mie gambe. Dovetti rimetterlo a posto dopo averle consegnato la torta da tenere in grembo.

Rayne la fissò, la testa abbassata, i capelli che le cadevano sul viso.

«Buon compleanno, piccoletta» mi ritrovai a dirle.

* * *

Rayne

TREMAI UN PO' durante il viaggio verso casa. Tutto era sensibile: il mio orgoglio, le mie emozioni. Mi sentivo un po' accaldata e infastidita dal fatto di stare con Wilde, ma non nel modo in cui ero abituata. Non come se volessi sfuggirgli. Più come se ci fosse qualcosa di cui avevo bisogno da lui. Una sorta di prurito che avevo bisogno di grattare. Che volevo che *lui* grattasse.

Mi aveva fatta eccitare tutta con la sua mano tra le mie

gambe oggi, con quel tocco grossolanamente inappropriato, e ora ne volevo ancora.

O forse volevo solo avere ancora la sua mano sul collo. Quella presenza costante, calmante e protettiva che mi aveva dedicato quando eravamo nell'alimentari. Naturalmente, era stato lui a farmi agitare all'inizio, quindi non aveva senso che io volessi che mi confortasse. Per me non aveva neanche tanto senso che mi avesse comprato una torta. Insomma, questo ragazzo faceva continuamente il cazzone con me. Si risentiva della mia presenza in casa sua, poi mi diceva di smettere di girare in punta di piedi. Mi sentivo come se stessi perdendo la testa.

Stavo perdendo la testa?

Era passato molto tempo dal momento in cui avrei dovuto preparare la cena, e la Tahoe di Logan era nel vialetto quando arrivammo a casa. Mia madre e Logan erano seduti al tavolo della cucina mangiando la pizza direttamente da una scatola.

«Dove diavolo siete stati voi due?» chiese Logan. Mi guardò, rendendo il suo tono leggermente più educato. «Rayne, se non riesci a preparare la cena, devi avvisare tua madre. Stava morendo di fame quando le ho preso una pizza.»

«Va tutto bene. Rayne, tesoro, dov'eri?» Mia madre smise a malapena di infilarsi la pizza in bocca per parlare. Poi scorse la scatola della pasticceria tra le mie mani. La guardai spalancare gli occhi. Si bloccò come se stesse cercando di capire che giorno fosse. «Oh destino, Rayne! È il tuo compleanno! Oh, tesoro.» Saltò via dal tavolo e si precipitò verso di me.

Era ovviamente sconvolta. Così sconvolta che sentii il bisogno di confortarla.

«Va tutto bene, mamma.»

Prese la scatola della torta e la fece scivolare sul tavolo e poi mi strinse in un abbraccio. Il suo pancione mi premette contro le costole. Mia madre scoppiò in lacrime, il che fece balzare Logan dal tavolo come se dovesse salvarla da qualcosa.

«Va tutto bene, mamma.» Le diedi una goffa pacca sulla spalla. «Wilde mi ha comprato una torta dopo avermi fatto una lezione di guida.» Volevo assicurarmi che ottenesse punti per aver fatto quello che ci si aspettava facesse. Non sopportavo di convivere con la relazione tossica tra lui e Logan.

«Oh. Grazie, Wilde.» Si gettò su di lui, ora, facendolo gelare nel suo abbraccio stritolante e lacrimoso.

«Di solito non è così.» Sentii di dover spiegare il comportamento bizzarro di mia madre. Non sapevo se mi stavo giustificando con Wilde, suo padre o con entrambi. «È la gravidanza. Di solito è molto fredda.»

Mia madre liberò Wilde e tornò da me. «Rayne, tesoro. Mi dispiace così tanto di averlo dimenticato. Insomma, sapevo che stava arrivando, ho solo dimenticato che oggi era il giorno. Ho il tuo regalo. Ho solo bisogno di incartarlo.»

«Non devi farlo.»

«Lascia che lo incarti» borbottò Wilde dietro di me.

Feci spallucce. «Insomma... Potresti infilarlo in un sacchetto o qualcosa del genere.»

Mia madre scomparve, e Logan e Wilde rimasero entrambi in piedi goffamente.

«Io... non sapevo nemmeno quando fosse il tuo compleanno» disse Logan.

Non ero sicura che fosse davvero d'aiuto, ma *grazie, Logan. Davvero.*

Wilde si avvicinò alle scatole della pizza e prese quella in cima. C'era solo una fetta rimasta. Me la passò. Lo stomaco mi brontolò, ma il profumo zuccherino del cioccolato e degli Oreo mi riempiva le narici da quando avevamo lasciato il negozio. «Penso... che mangerò solo la torta.» Sembrava molto egoista. Mia madre avrebbe disapprovato: cercava sempre di spingere affinché mangiassi più proteine. Ma Wilde mi aveva appena detto di occupare più spazio, e la cosa mi fece sentire un po' ribelle e audace. Mi fece venire voglia di sedermi e mangiarmi la torta da sola. Senza nemmeno offrire a nessuno una fetta fino a quando non avessi finito.

«Fallo.» Wilde, re della ribellione in persona, mosse un sopracciglio come per sfidarmi. Presi una forchetta e un coltello e mi sedetti al tavolo, aprendo la scatola della panetteria per esporre la torta. Quando mia madre tornò nella stanza con una piccola scatola incartata, mi affettai un pezzo gigante di torta e lo mangiai proprio lì dal cartone.

Aveva un buon sapore. Non solo la torta. Il momento. Ero al centro dell'attenzione, mi stavo concedendo un pezzo gigante della mia torta preferita. Quella che il mio malvagio fratellastro mi aveva comprato dopo avermi urlato di occupare più spazio. Non era il compleanno che immaginavo. Aveva fatto schifo sotto più aspetti, ma in realtà non lo odiavo. Inoltre, non odiavo nemmeno l'orologio della Apple che mia madre e Logan mi avevano comprato. Una cosa che mia madre non avrebbe potuto permettersi da sola. E non odiavo nemmeno il modo in cui Wilde mi guardava mentre mangiavo. Come se avesse dei piani per me.

Piani malvagi e terribili. Piani che sicuramente *avrei odiato*.

CAPITOLO NOVE

Dopo essermi accordato con i miei professori sulla possibilità di lavorare da remoto fintanto che risolvevo i miei problemi legali, andai in officina per parlare con il prozio di Bo di un lavoro. O era alla disperata ricerca di aiuto ora che Bo e Cole si erano trasferiti, o era dispiaciuto per me perché disse praticamente che potevo lavorare lì in qualsiasi momento, secondo i miei programmi.

Lavorai durante tutta la giornata di scuola, e poi andai a trovare il Coach Jamison il giorno dopo proprio all'uscita di scuola. Oltre ad essere l'allenatore di football, era anche l'insegnante di educazione fisica, quindi lo trovai nel suo ufficio.

«Wilde. Cosa posso fare per te?»

«Lei, ehm, mi ha chiesto se allenarmi con la squadra era quello che volevo.»

«Sì»

«È così.»

L'allenatore alzò la testa. «Non sono sicuro di crederti, Wilde.»

Sapevo perché lo diceva. Perché ci stavo dentro solo al

cinquanta per cento. Una parte di me pensava che sarebbe stato umiliante tornare ad allenarsi con un gruppo di ragazzi delle scuole superiori. L'altra parte però bramava quella familiarità. Essere in una squadra con i miei fratelli di branco, per i quali avrei ucciso o sarei morto. Essere allenato da un lupo alfa che mi avrebbe guardato le spalle, qualunque cosa fosse successa.

Questo era ciò che mi mancava alla Duke. Avevo dei compagni di squadra, ma erano umani. Ero un impostore, e cercavo di adattarmi. Nascondendo ciò che ero veramente. A loro piacevo. Avevo amici. Ma non avrei mai potuto essere me stesso. Ero sempre in guardia, attento a non rivelare il mio segreto.

Faceva fottutamente schifo. Infilai le mani nelle tasche dei jeans. «Voglio lavorare con lei.»

Questa era la prima cosa onesta che avevo detto. L'espressione di Jamison si ammorbidì.

«Sarei onorato di lavorare con te, Wilde.»

Il senso di colpa mi si contorse nel plesso solare. Sicuramente non meritavo quel tipo di risposta da parte sua. Non dopo aver ricevuto da lui il dono del football ed essermici pulito il culo.

«Sì?» Mi si chiuse la gola con quella parola.

«Ti dirò una cosa. Potrei volere un assistente allenatore. Avevi capacità di leadership quando eri capitano della squadra. Abilità che sembra che tu abbia sprecato. Mi piacerebbe vederle tornare.»

«Cazzo, coach, davvero?»

Il suo sguardo si indurì. «Il linguaggio, Woodward.»

«Mi dispiace, coach.»

«Dovrai tirare fuori la testa dal culo, però.»

«Sì, signore.»

«Non ti farò entrare in campo se non fai il tuo dovere.

Ciò significa che se fai qualcosa per trascinare a picco il morale o l'onore di questa squadra, sei fuori. Capito?»

«Sì, signore.»

«Stai facendo uso di droghe, Wilde?»

Digrignai i denti. Era una domanda giusta, considerando le circostanze. Avrei potuto fare uso di droghe. Un muta-forma avrebbe comunque passato un test antidoping perché metabolizzavamo molto rapidamente. «No, signore.»

«Ne sei in possesso, non intendo solo addosso, intendo ovunque qui a Wolf Ridge?»

«No, signore.»

«E continuerai così.»

«Sì, signore.»

«Bene. Hai portato un cambio di vestiti?»

Annuii. Avevo un borsone nella Jeep.

«Cambiati. Ci vediamo in campo.»

«Grazie, coach.»

«Non deludermi, Woodward.»

«Non lo farò, signore.»

La campanella suonò mentre stavo uscendo. Trovai Rayne piegata contro la Jeep, con un'espressione di disagio. Mi infastidì a morte, cazzo. Forse era per questo che ero un cazzone con lei. Volevo vedere più di quel fuoco e meno del fiore che appassiva.

«Resto per gli allenamenti. Sembra che non potrò portarti a prendere la patente fino a sabato. E dovrai aspettare il tuo passaggio, piccoletta.»

Si allontanò dalla Jeep. «Immagino che sia andata bene con il Coach Jamison...»

Dovevo ringraziarla. Era stata lei ad aiutarmi a risolvere l'enigma. Ma mi sentivo un cazzone, quindi mi limitai ad aggrottare le sopracciglia. «Ha funzionato. Siediti qui nella jeep e aspetta.» Aprii lo sportello.

«Per due ore? No grazie. Troverò un altro modo per tornare a casa.»

Tutto quello a cui riuscii a pensare fu quel bastardo umano, Lincoln. Le afferrai il gomito e la tirai indietro per affrontarmi.

«Col cavolo» ringhiai, abbassando la testa per mettermi faccia a faccia con lei. «Ti ho detto di salire sulla Jeep e aspettarmi. Ora, fai come ti ho detto.»

Alzò la mano tra noi e lentamente tirò fuori il dito medio. «E io dico *vaffanculo*.»

«La piccoletta qui vuole morire» scherzò Abe Oakley, passandoci davanti.

Lasciai cadere il gomito di Rayne come se fosse un pezzo di carbone bollente. Una cosa era toccarla a casa. Qui a scuola, stavo stabilendo uno standard su come poteva essere trattata. Ora ero un mentore, come aveva appena sottolineato il coach.

«Porta il tuo culo sul campo, Oakley» ringhiai.

Abe alzò la testa, sorpreso dal mio tono. Mi conosceva da tutta la vita. Suo fratello era uno dei miei migliori amici, quindi ero sicuro che pensasse di ricevere un trattamento speciale da me. Sembrava quasi che stesse per controbattere, ma poi ci ripensò. «Va bene.» Fece spallucce e corse via.

«Chiamala di nuovo *piccoletta* e ti spacco quella faccia del cazzo» gli dissi dopo che si fu girato per andare. I mutaforma sentivano tutto, quindi sapevo che non gli era sfuggito.

«Oh, questo sì che è maturo» mormorò Rayne, alzando gli occhi.

«E tu porta il tuo culo nella Jeep.» Non sapevo perché stavo insistendo. Adoravo l'idea di farla aspettare per ore come una brava cuccioletta. Non mi dispiaceva nemmeno l'idea che lei mi guardasse mentre stavo sul campo. O strofinasse quelle gustose cosce sui sedili per riempire la mia Jeep con il suo profumo primaverile pulito. Ma era tornata alla sua versione ribelle. Sollevò quel piccolo mento verso di me, gli occhi furiosi. «Non mi hai sentito? Ho detto, *vai a farti fottere*.» Si girò e si allontanò. Questa volta, la lasciai andare, con un mezzo sorriso. «In realtà, penso che tu abbia appena detto, *vaffanculo*.»

Sollevò il dito medio oltre la spalla senza voltarsi indietro.

«Torna a casa con un essere umano e ci saranno conseguenze.» Tenni bassa la voce nel caso in cui ci fossero degli esseri umani a poca distanza.

«Prendo l'autobus, coglione!» mi gridò da sopra la spalla. I ragazzi nel parcheggio stavano ascoltando. Praticamente tutti. Eravamo senza dubbio oggetto di interesse.

Mi piaceva l'attenzione, nonostante la rabbia che avevo provato all'inizio per il fatto di essere legati per sempre nella mente dei residenti di Wolf Ridge.

Mi piaceva che tutti vedessero come mi insinuavo sotto la sua pelle. Inoltre, non mi dispiaceva che vedessero come rispondeva.

Quasi come se fossi orgoglioso di lei per avermi tenuto testa. Come se la stessi aiutando a dimostrare al mondo che non era poi così debole come tutti pensavano.

E se questo non era un modo folle di pensarla, non sapevo cosa potesse esserlo. Oh sì, forse rinunciare a un'intera carriera nel football professionistico senza motivo.

Questo sì, poteva esserlo.

* * *

Rayne

. . .

GRAZIE AL DESTINO. Ora che Wilde viveva qui, avere la casa tutta per me era una cosa rara, il che non mi dava il tempo di fare i miei video porno ai piedi. Mi divertivo a stare da sola.

Per prima cosa, feci uno spuntino. Ero così dannatamente affamata. Davvero, probabilmente mi stavo immedesimando in mia madre. Finché non mi fosse cresciuto anche il pancione, sarei sopravvissuta. Divorai un'intera scatola di cracker Graham spalmati di burro di arachidi. Poi mi diressi nella mia camera per spogliarmi fino alle mutandine e indossare delle scarpe sexy. Avevo sistemato il portatile sulla mensola sopra il letto per riprendere la parte superiore delle gambe e i piedi. Dal momento che il tempo poteva essere limitato, registrai due video di mezz'ora, cambiando scarpe e mutandine per il secondo.

Li caricai per inserirli nei miei account OnlyFans e Patreon, quindi vidi i messaggi privati che c'erano. Prenotavo delle sessioni private di trenta minuti per cinquecento dollari a slot, riuscendo di solito a farne un paio a settimana. Il problema era che se qualcun altro era in casa, non potevo farlo.

L'udito da mutaforma era una schifezza per chi in famiglia desiderava un po' di privacy. Avevo dovuto annullare un paio di appuntamenti da quando Wilde si era presentato. Forse ora che si stava allenando con la squadra, potevo riempire di nuovo la mia agenda. Inviai dei messaggi a un paio dei clienti abituali e dissi che il mio calendario degli appuntamenti era di nuovo aperto. Un ragazzo prenotò immediatamente per il pomeriggio.

Bene, funzionava. Dovevo usare il mio tempo per fare soldi quando ce l'avevo. Gli mandai la fattura e un link video. Nel momento in cui il denaro mi arrivò sul conto – quello che avevo creato con una banca online falsificando la firma di mia madre – misi il laptop sul pavimento, in modo che fossero inquadrati solo i piedi e poi aprii la chat video.

Il nickname di quel tizio era Footlover352. Non proprio originale, ma non ero lì per intrattenermi, ovviamente.

«Ehi Footlover» dissi sensuale. Ero seduta sul bordo del letto, dandogli una visione dei miei polpacci e dei tacchi a spillo che avevo indossato per il secondo video. «Come stai oggi?»

Fece un verso gutturale. La sua telecamera era accesa, quindi potevo vederlo. Indossava una giacca a vento con una maglietta sotto. Aveva il viso rotondo per il peso di troppo ed era leggermente calvo. Era strano. A volte sembravano perfettamente normali. A volte un po' nervosi. Quello non era un ragazzo normale con un capriccio. Era un disadattato sociale.

Da che pulpito.

«Togliti le scarpe, Rainbow.»

Mi allungai lentamente, prendendomi il mio tempo, accarezzando il cinturino sulla caviglia prima di slacciarlo. Feci scivolare il piede fuori dal sandalo e allargai le dita dei piedi come se li stessi sfoggiando per l'obiettivo.

«Avvicinati. Per favore, puoi avvicinarti?»

Spostai il piede nudo più vicino allo schermo, facendo roteare le dita. «Cosa vorresti che facessi con questi piedi se fossimo di persona? Magari camminarti sulla faccia?»

«Li cospargerò d'olio» disse. «Olio da massaggio. Per farti il miglior massaggio della tua vita.» «Oh sì? E come mi massaggerai i piedi?»

«Passerò tra ognuna di quelle piccole dita. Scoperò quelle dita dei piedi con le mani e l'olio.» «Uh-huh. Cos'altro?»

«Me li metterò in bocca. E li succhierò forte.»

«Mmm, mi piacerebbe. Mi piacerebbe così tanto» dissi sensuale. «Mi piacerebbe accarezzarti tutto il viso con le dita dei piedi. Sarebbe così bello.» La sessione continuò, e io la interruppi proprio al trentesimo minuto, nonostante la sua offerta di pagarmi per altri trenta. Non era un lavoro duro, ma mi esauriva comunque.

«Quanto costano le scarpe?» mi supplicò mentre stavo per spegnere la chat video.

«Le metterò all'asta sul mio sito.»

«No! Le voglio. Le compro io. Ho bisogno di quelle scarpe.»

Ero inquietata dalla disperazione nella sua voce. «Saranno messe all'asta. Alla prossima!»

Cliccai per uscire e sospirai. Era ora di preparare la cena. Nascosi le scarpe nell'armadio e indossai un paio di pantaloncini, quindi iniziai a caricare il primo video sulla mia pagina. Ci volle un'eternità perché il mio computer era vecchio, quindi lo lasciai lavorare mentre andavo in cucina.

Con Wilde in casa, scelsi la carne. Avviai la griglia. C'era una confezione da dodici hamburger surgelati che avevo tirato fuori dal congelatore questa mattina per scongelarli. Li presi dal frigorifero e li piazzai su un piatto. Li cosparsi con sale condito e salsa Worcestershire e tirai fuori i condimenti e i panini, quindi preparai un'enorme insalata con cheddar tagliuzzato in cima per condirla. Le arterie ostruite non sarebbero mai state un problema in questa casa. Appena sentii la macchina fermarsi, presi il piatto di hamburger e li misi sulla griglia, come una brava bambina. Cena pronta quando i genitori tornavano a casa. Mi stavo guadagnando il mio mantenimento.

Mia madre non mi raggiunse per baciarmi, e la cosa mi infastidì un po', ma finii e portai dentro il piatto di carne fumante.

Solo che non erano stati mia madre e Logan a parcheggiare.

Era stato Wilde. Ed era stato nella mia stanza.

In effetti, era in piedi in cucina con in mano il mio laptop.

«Hai intenzione di spiegarmi?»

* * *

WILDE

NON ERO sicuro di credere a quello che avevo visto sul portatile di Rayne.

Pornografia dei piedi?

Pensavo che si trattasse di quello.

Un video che si era fatta Rayne mentre camminava e si massaggiava le gambe. Si accarezzava i piedi.

Avevo visto sprazzi del suo culo coperto dalle mutandine che mi avevano fatto venire il cazzo dolorosamente duro e mi avevano fatto venire voglia di distruggere il computer proprio lì sul posto, così nessun altro avrebbe mai visto quel video.

La piccoletta era diventata pallida, gli occhi azzurri spalancati nel viso a forma di cuore.

«Cosa ci fai con quello?» scattò.

Cercò di recuperarlo, ma io lo tenevo in alto, facendola saltare.

Nonostante la spavalderia, sentivo che era nel panico.

Lo spostai in basso, in alto, dietro la schiena. Ero più veloce di lei e più alto di trenta centimetri. Non sarebbe mai riuscita a prendermi il laptop. Le risposi con un tono casuale. «Avevo bisogno di un cambio di vestiti, e visto che è la mia stanza, sono entrato.»

«I tuoi vestiti non ci sono più. Sono nei bidoni del garage.»

Stava parlando velocemente, muovendosi ancora a destra e a sinistra per raggiungere il laptop. «Stai facendo pornografia per i piedi, Rayne?»

«No. È, uh, un video per la classe. Lezione d'arte. A proposito di prospettiva.»

Risi. «Quella bugia non è nemmeno plausibile.»

«La verità è più strana della finzione.»

«Dimmelo o lo spiegherai a mio padre quando arriva.»

Smise di cercare di arrivare dietro la mia schiena, si bloccò. Era senza fiato, paonazza. Il fatto che io sapessi di che colore erano le mutandine sotto quei pantaloncini rese difficile non spogliarla nella mia mente. Potevo capire perché avrebbe potuto essere brava nella pornografia dei piedi se si trattava di quello. Aveva gambe formose. Piccoli piedi da geisha. Erano nudi in questo momento, e li guardavo da una nuova prospettiva. Sì, erano carini. Sembrava decisamente sexy, cazzo, quando si pavoneggiava nella mia camera da letto con i tacchi alti.

«Spiegamelo, Rayne.» L'auto di mio padre si fermò nel vialetto. Lo sguardo in preda al panico di Rayne si diresse verso il garage.

«Stai quasi finendo il tempo.»

Un'alta occhiata. «Va bene, va bene.» Iniziò a parlare velocemente. «È pornografia dei piedi. Paga davvero bene, e sto risparmiando per il college. Altrimenti, non ho altro modo di farcela, neanche con la borsa di studio parziale.» Allungò la mano. «Ora dammelo.»

La porta dal garage si aprì.

Ti prego, mormorò, con gli occhi spalancati e disperati. La feci soffrire per altri tre secondi, poi finalmente le consegnai il portatile. Tirò un sospiro di sollievo mentre me lo strappava di mano e correva nella sua camera.

«Ciao, tesoro» cinguettò Leslie, la mamma di Rayne, quando entrarono. «Oh, ciao, Wilde. Com'è andata la tua giornata?»

Mio padre mi regalò la sua ormai consueta occhiataccia. Ero ancora nei guai con lui. E a meno che non fossi riuscito a capire come tornare nella squadra di football della Duke o nella NFL, probabilmente lo sarei stato fino al giorno della mia morte.

«Bene. Ho ottenuto un lavoro in officina e sto assistendo il Coach Jamison con la squadra.» «Fantastico!» disse Leslie. Dovevo ammettere che in fondo non era così male. Aveva una presenza gentile, simile a quella di Rayne. Non odiavo il fatto che viveva qui con mio padre. Aveva bisogno di qualcuno come lei per smussare i suoi spigoli ruvidi. Rayne riemerse dalla sua stanza e si mosse, tirando fuori i piatti dalla credenza e mettendoli sul tavolo. Era come un topolino, che correva in silenzio, timoroso di attirare l'attenzione.

La amavo e la odiavo. Volevo che fosse così per me. Ma non mi piaceva che si facesse piccola intorno a mio padre. Volevo che avesse lo stesso temperamento che aveva con me, anche se la mancanza di rispetto per gli anziani non faceva parte della nostra cultura. C'era un ordine nei branchi e gli adulti erano alfa fino a quando non venivano sfidati. Ricordavo fin troppo bene quanto fosse stato difficile per Cole quando suo padre era diventato uno stronzo violento, e alla fine aveva dovuto decidere di sovvertire l'ordine. Ma cazzo, grazie al cielo lo aveva fatto, perché alla fine suo padre si era ripulito. Ora aveva anche un lavoro al birrificio. Non il suo vecchio lavoro, ma qualcosa che pagava le bollette.

«Non è necessario fare l'assistente allenatore. Devi mantenerti in perfetta forma per la Duke.» «Papà, sono un lupo in una squadra di umani. Non perdo la forma. Ma sì, mi allenerò con la squadra. Sto facendo quello che mi hai chiesto.»

«Penso che sia fantastico. Hai molto da offrire a quei ragazzi ora che hai giocato al college» disse Leslie.

Sul serio? In qualche modo mi sentivo più come il fallito che trascinava tutti a fondo, ma le sue parole mi fecero pensare a quello che avevo imparato alla Duke. Sì, forse alcune strategie interessanti. Mio padre mi fece un cenno severo e si sedette al tavolo.

«Rayne, grazie per aver cucinato gli hamburger. Cercherò di non mangiarli tutti.»

Nonostante le sue parole, impilò un piatto con tre hamburger per Leslie. Giurai che per un attimo, il suo sguardo si addolcì quando la guardò. Mi sorprese. Ero decisamente convinto che questo matrimonio nascesse dal dovere, non dall'affetto. Ma Leslie arrossì e gli fece un sorriso speciale quando lui le porse il piatto, e improvvisamente non ero più sicuro di cosa stesse succedendo tra loro.

Non erano compagni predestinati. Ovviamente. Se lo fossero stati, si sarebbero accoppiati nel momento in cui si erano odorati a vicenda durante la pubertà. Erano entrambi di questo branco. C'era solo una piccola percentuale di mutaforma che trovava effettivamente il compagno predestinato. Forse il quindici per cento dei mutaforma in tutto il mondo. Cole era stato abbastanza fortunato, anche se Bailey era un essere umano, quindi forse sfortunato era la scelta di parole migliore. Ma era felice, ed ero convinto che fosse quello che contava.

No, sembrava che mio padre e Leslie potessero aver trovato la base più umana per il matrimonio: l'amore.

Mio padre prese tre hamburger e io ne presi quattro. Ne rimasero due per Rayne, che sembrava un numero adeguato dal momento che era una piccoletta. Però li divorò entrambi abbastanza velocemente. La vidi con la coda dell'occhio mentre si leccava la punta delle dita e la cosa mi fece gonfiare il cazzo contro la cerniera.

«Wow. Oggi hai appetito» osservò Leslie come se fosse insolito per Rayne mangiare due hamburger. Presi il mio ultimo hamburger, tenendo il suo sguardo mentre lo mangiavo come per affermare il mio dominio. Regola del branco da queste parti: io mangiavo per primo. Ma mentre affondavo i denti nella carne, il sapore divenne rancido nella mia bocca.

«Sì. Penso che i tuoi ormoni stiano influenzando anche me» disse Rayne.

«Non credo che funzioni in questo modo» disse mio padre.

Rimisi giù l'hamburger. Cazzo.

Magari era così piccola perché non aveva mai avuto abbastanza cibo. Sapevo che era irrazionale. Ero sicuro che sua madre l'aveva nutrita crescendo, ma uno strano istinto protettivo si librò in me, e mi ritrovai a prendere un coltello da burro e a tagliare il mio hamburger a metà. Presi la metà intatta e gliela lanciai nel piatto.

«Mangia, piccoletta. Forse un giorno crescerai davvero.»

«E forse tu avrai davvero una personalità» rispose mentre lo afferrava, poi sembrò ricordare che aveva paura di mio padre e immediatamente abbassò la testa, arrossendo.

Sia mio padre che Leslie scelsero di ignorare quello scambio, il che fu positivo, perché Rayne aspettò che passasse il momento prima di mangiare l'hamburger, e vederlo lì integro faceva impazzire il mio lupo. Non perché volessi riprendermelo. Perché volevo che lo mangiasse.

E questo non aveva alcun senso.

Ancora non riuscivo a smettere di pensare a lei con quei tacchi alti. Una marea di pensieri sporchi mi attraversò la testa. Come costringerla a indossarli per me e a dedicarmi l'intera performance.

E fu allora che lo capii davvero.

Potevo.

Fondamentalmente ora la possedevo. Se non voleva che dicessi ai nostri genitori cosa stava facendo in quella camera, avrebbe dovuto fare tutto ciò che le dicevo.

Ogni. Singola. Cosa.

CAPITOLO DIECI

Rayne

Mia madre e Logan andarono a letto presto. E sì, nonostante la musica che mettevano per attutire il rumore delle loro attività, potevamo sentirli.

Che schifo.

Feci i compiti nella mia stanza e andai a lavarmi i denti completamente vestita. Non potevo credere che Wilde avesse visto cosa c'era sul portatile. Non riuscivo nemmeno a credere che non mi avesse tradita. Mi aveva anche dato metà del suo hamburger, che sembrava estremamente lontano dal suo modo di fare. Non sapevo cosa farmene. Ero solo super grata di averlo aiutato a capire cosa dire al Coach Jamison per portarlo a offrirgli la posizione di assistente allenatore. Un po' ce l'avevo con suo padre perché non gli aveva dato una possibilità. Insomma, capivo che non aveva perdonato Wilde per la questione dello spaccio di droga, o qualunque cosa fosse successa in South Carolina, e pensavo anche che Wilde fosse uno stronzo di primordine, ma in realtà stava facendo tutto ciò che suo padre gli aveva chiesto. Portarmi a scuola. Insegnarmi a guidare. Allenarsi con la squadra di football della WRH. Il piercing di diamanti finti che portavo su una narice mi infastidiva. Ultimamente, sembrava bloccato. Troppo stretto. Dovevo costantemente farlo roteare per cercare di farlo muovere.

Dopo essermi lavata i denti, decisi di toglierlo. Mia madre me lo aveva chiesto sei settimane fa, quando Logan aveva fiutato il fatto che era incinta di quattro mesi e aveva iniziato a venire a casa nostra. Quando mi aveva fatto pressione perché cambiassi il mio look e fondamentalmente mi ripulissi per renderci degne di Logan.

All'epoca avevo rifiutato. Era bastato cambiare acconciatura e smetterla con l'eyeliner pesante. L'anello al naso sembrava parte della mia identità emo. Ma ora prudeva e pizzicava e mi stava facendo impazzire. Quindi lo stavo facendo per me, non per Logan. O mia madre.

Ebbi difficoltà a tirarlo fuori come se la pelle non volesse lasciarlo andare. Mi ci vollero cinque minuti buoni. Me lo portai in camera dove trovai... *Oh destino*.

Wilde era disteso sul mio letto, le gambe incrociate, le mani dietro la testa.

«Cosa diavolo pensi di fare?» chiesi, tenendo bassa la voce perché non volevo che i genitori ci sentissero.

Le labbra di Wilde si aprirono in un sorriso lento e pericoloso. Decisamente selvaggio.

«Cosa ti sembra piccoletta?»

«Sembra che tu sia nella stanza sbagliata. Questa è la mia camera ora, ricordi?»

Ora mi stavo prendendo abbastanza spazio, coglione?

«È la mia stanza, piccoletta. Sono stanco di dormire sul divano. E considerando quello che so delle tue attività extrascolastiche, ora sei in mio potere.»

Tirò fuori uno dei cuscini da dietro la testa. «Dormi sul

pavimento stanotte, Rayne-bow. E se dici qualcosa, dirò a tutti – e intendo tutti – come hai fatto soldi.»

Il petto mi sprofondò tra le spalle, cedendo insieme alla mia determinazione a combattere. Non sarei mai e poi mai sopravvissuta a quel segreto trapelato. Digrignai i denti e strinsi gli occhi. «Ti odio, Wilde Woodward.»

«Odia tutto quello che vuoi, bambina. Ti possiedo comunque.»

Um... *bambina?* Proprio no.

E sicuramente non la sua bambina.

Mi schiarii la voce e mi mossi verso il cassettone, dove tirai fuori un pigiama. Lo portai in bagno per cambiarmi. Quando tornai, la luce era spenta.

Chiusi la porta e rimasi lì per un minuto. Non stavo solo aspettando che gli occhi si adattassero. Ero incazzata. In attesa che mi venisse qualche idea migliore che dormire sul pavimento duro.

Ma non fu così.

Wilde aveva ragione. Ora mi possedeva. Tutto quello che doveva fare era far penzolare questa merda sopra la mia testa, e avrei fatto qualsiasi cosa. L'unico modo per farla finire era... Ah. La mia migliore idea al momento. Dovevo capire come rimandare Wilde in North Carolina. Mi diressi verso il punto in cui aveva lasciato cadere il cuscino e tastai intorno nel buio finché non lo trovai. Non c'era una coperta. Nessuna imbottitura. Raggiunsi il letto e strappai il piumino da Wilde. Lo afferrò e ci mettemmo a fare il tiro alla fune per un minuto finché non sentii uno strappo e lasciai la presa. Ovviamente, non avrei mai vinto una gara di forza o velocità con questo ragazzo, quindi cercai di addolcirlo.

«Per favore, Wilde. Il pavimento è duro e io non sono una mutaforma.»

Funzionò. Lasciò la coperta. La piegai in tre parti per

verticale e mi ci sdraiai sopra. Meno male che avevo caldo in questi giorni dato che non avevo una coperta da mettermi sopra.

Ma significava anche che avrei avuto caldo con questi pantaloncini del pigiama. Perché non riuscivo a dormire molto bene in mutande come avrei fatto se non ci fosse stato un lupo maschio molto grande nella mia stanza. Mi rannicchiai su un fianco di fronte al letto e cercai di calmare il mio battito accelerato. Di raffreddare la febbrile vampata di calore che mi aveva attraversata nel momento in cui ero entrata in camera.

Strinsi le cosce, desiderando che il battito lento e costante tra le mie gambe si fermasse.

Non mi piaceva l'odore di Wilde. Perché avrebbe dovuto?

Era solo dovuto al fatto avere un maschio della mia età nella stessa stanza che mi stava stuzzicando la mente.

No... non la mia mente. Sicuramente, era il mio corpo ad avere quella reazione. Ondate di calore mi attraversarono. La pelle tra le mie gambe si strinse. Per qualche ragione, iniziai a pensare al cazzo di Wilde. Potevo giurare sul destino, non avevo mai pensato prima a un cazzo in vita mia.

Né di Wilde, né di qualsiasi ragazzo. Come avevo detto, ero stata piuttosto asessuata. Ma all'improvviso, mi stavo immaginando in ginocchio, al suo servizio. Roba da matti.

Non lo avrei mai fatto. Perché mai avrei dovuto immaginarlo? Perché avrei dovuto pensare a come sarebbe stato stare a cavalcioni su di lui e sprofondare su quel pennone?

Oh per il destino.

Le fiamme lambirono la superficie della mia pelle. Confluirono nel mio nucleo.

Strinsi forte gli occhi e iniziai a contare all'indietro da cento. Novantanove... novantotto... novantasette... novantasei... Wilde senza la camicia... novantacinque... Wilde che si faceva una sega sotto la doccia... novantaquattro... novanta-tré... Wilde che mi metteva sulle sue ginocchia e mi sculaccia-va... novantadue... Wilde che incombeva su di me su questo pavimento.

Un attimo, *lo stava facendo davvero?*

CAPITOLO UNDICI

Wilde

Avevo dovuto di nuovo farmi una sega sotto la doccia questa mattina. A giudicare dal rumore del suo respiro e dal modo in cui si agitava sul pavimento, Rayne non aveva dormito molto la scorsa notte. Neanche io. Il suo profumo primaverile mi aveva agitato, e potevo giurarlo, avevo sentito esplosioni di eccitazione provenire dal suo corpo.

Nonostante la tortura, ero oltremodo soddisfatto di me stesso. Per la nuova situazione. Dormire nella stessa stanza di Rayne rendeva il mio cazzo più duro della pietra.

Non che volessi scoparmela. Era la mia *sorellastra*. Mi piaceva il dominio. Farla dormire sul pavimento. Tenerla vicina, ai miei piedi.

Stasera, nel momento in cui i genitori si spostarono nella loro ala della casa, rinunciai a lavorare su un saggio che avevo da fare per irrompere in camera di nuovo.

Rayne sedeva a gambe incrociate sul letto facendo i compiti in canottiera e pantaloncini del pigiama. Aveva i capelli tirati su in una coda di cavallo.

«Come va, piccoletta?» sussurrai torvo.

Lei alzò gli occhi al cielo. «Non è nemmeno ora di andare a dormire, stronzo.»

«Ooh, attenta alla lingua, piccoletta. Non costringermi a sculacciare quel tuo culetto.»

Adorai il modo in cui le guance e il collo le si tinsero di rosa. Quando colsi il profumo della sua eccitazione, dovetti allontanarmi per nascondere il cazzo duro.

Mi coprii guardando tra le sue cose. Sul comò c'era una pila di libri e carte. Tirai fuori uno dei volantini della scuola dalla pila per leggerlo.

«Aspetta. Che cazzo è questo?» Lo girai per mostrarglielo. Il volantino era una lista dei candidati per i reali del ballo, e in qualche modo, incomprensibilmente, Rayne era finita sulla scheda elettorale. La sua mascella si serrò in una linea ostinata.

«È merito di Abe Oakley che pensa di essere divertente.»

Studiai di nuovo la lista. «Chi è Lauren?»

«Un essere umano. La gemella di Lincoln.»

«Eh. Non capisco lo scherzo.»

Rayne fece spallucce. «Non lo so. Immagino che sia solo perché così l'intera scuola può farsi una grande risata su quanto sia ridicolo che siamo sulla lista? Non vedo nemmeno cosa ci sia di così divertente.»

Sentii uno sbuffo addolorato da Rayne, e mi provocò qualcosa di pruriginoso alla pelle. Accartocciai il foglio che avevo in mano e lo buttai nel secchio della spazzatura. «Sì, è stupido.» Non sapevo cosa mi facesse essere d'accordo con Rayne su Abe. Soprattutto ad alta voce.

Continuai a guardare tra le sue cose, aprendo i cassetti. Frugando tra le sue mutandine. Mi fermai quando trovai un piccolo portapillole di plastica. Il mio corpo reagì con una scossa di elettricità che mi fece friggere e congelare allo stesso tempo. Lo aprii.

Sì. Contraccezione.

Un livello nucleare di rabbia mi attraversò. «*Con chi stai scopando?*» ringhiai, ricordandomi a malapena di tenere bassa la voce, in modo che i genitori non ci sentissero.

Se era quell'umano, lo avrei fatto a pezzi. Gli avrei spezzato ogni costola nel petto. Rayne lasciò cadere la penna e mi fissò, con un misto di shock e indignazione nella sua espressione. «*Prego?*» Aveva il petto e il collo pezzati di rosso e la rabbia le usciva da quegli occhi azzurri. Mi diressi verso il letto e le agitai il pacchetto di pillole davanti al viso, attento a non toccarla quando ero così arrabbiato «Con. Chi. Stai. Scopando?»

Lei cercò di strapparmi via le pillole, ma io le tenni fuori dalla sua portata. «*Chi*, Rayne?» Probabilmente rendendosi conto che non poteva vincere il confronto fisico per riprendersi le pillole, divenne impertinente. «Tuo padre, Wilde.»

Quasi andai in fiamme, anche se sapevo che non era vero. Tuttavia, l'idea mi fece venire voglia di radere al suolo l'intera casa.

«Chi è?»

«Sei davvero uno stronzo, non è vero?»

Ero lo stronzo che avrebbe ucciso chiunque avesse toccato Rayne.

«Dimmelo, Rayne, e non lo dirò ai nostri genitori.»

Mi confuse quando contrasse le labbra in un sorriso tirato.

«Vai pure. Ti prego. Vai assolutamente, vai a dirlo ai genitori. Dal momento che mia madre sa già che sto prendendo la pillola per i crampi, adoreranno sentire come hai fatto irruzione qui e hai perquisito il mio cassetto della biancheria intima.»

Ci volle un secondo perché le parole dipanassero la nebbia di rabbia che mi circondava.

La pillola per i crampi. Prendeva la pillola per i crampi.

Oh, per l'amor del cazzo. «Hai i crampi» ripetei come un totale idiota.

«Non più.» Incrociò le braccia sulle tette, facendole sollevare e gonfiare contro la scollatura della canottiera. Volevo far scivolare il cazzo proprio lì in mezzo.

Poiché ero ancora un cazzone totale, lasciai cadere le pillole sul letto e le afferrai entrambe le ginocchia. Le chiuse. «Non c'è stato nessuno tra queste cosce, Rayne-bow?»

Cazzo, non sapevo perché fosse così importante per me, ma era così. Non sopportavo l'idea che qualcun altro la toccasse.

Il profumo della sua eccitazione, che improvvisamente mi inondò le narici, non aiutò assolutamente. Come se il mio tocco irrispettoso l'avesse fatta bagnare.

Cercò senza successo di staccare una delle mie mani. «Non sono affari tuoi, Wilde.»

Avvicinai il viso al suo, inalando il suo profumo di creosoto e ginepro, insieme al dolce aroma della sua eccitazione. «Dimmelo, piccoletta. Ho bisogno di sapere se qualcuno ha assaggiato questa ciliegia.» Un'altra vampata della sua eccitazione mi si arricciò nelle narici. La stanza iniziò a girare. Si aggrappò a entrambi i miei polsi, affondando le unghie nella mia pelle mentre cercava di sollevare la mia presa dalle sue ginocchia.

«Dimmi la verità, e ti lascerò dormire sul letto stanotte.»

«No! Sono…» Il suo viso aveva assunto un'accesa tonalità di magenta.

Grazie al cazzo. Era ancora vergine. Non avrei dovuto uccidere nessuno stasera.

«Chi in questa città farebbe sesso con me, comunque?»

Strinsi gli occhi. «Un sacco di stronzi, Rayne. Ma nessuno di loro lo farà. Hai capito? Non se vogliono vivere.»

Batté le palpebre guardandomi, gli occhi azzurri le luccicavano di lacrime non versate.

Le lasciai le ginocchia, spostando le mani alla mia cintura.

Il suo sguardo seguì i miei movimenti.

Alzai le sopracciglia. «Dillo, piccoletta. Ho bisogno di sapere che sei d'accordo.»

CAPITOLO DODICI

Wilde

Invece di portare Rayne a fare l'esame per la patente sabato, andai a Tempe a vedere Bo e Cole giocare a football per l'ASU. Il mio piano era di guidare fino a Tucson da lì per incontrare Amber Green, la moglie umana di Garrett Green, che era un avvocato. Aveva accettato di parlarmi del mio caso. Avevo detto a Rayne che non potevo portarla come se fosse una punizione dover aspettare per ottenere la patente, anche se ero stato io a spingere perché la prendesse. Immaginavo che mi piacesse che dipendesse da me per andare in giro più di quanto volessi essere sollevato da quel fardello. Mi piaceva poterla schernire la mattina mentre la accompagnavo a scuola, ricordandole che ero io a comandare. Che non volevo che parlasse con quegli umani. Che pretendevo che mi aspettasse nella Jeep fino alla fine dell'allenamento.

Non lo faceva mai, ma io lo esigevo, comunque.

Amavo il fatto che mi sfidasse. Il modo in cui mi aveva guardato quando mi aveva detto che aveva capito che avrei ucciso qualsiasi ragazzo con cui avesse fatto sesso.

Ero in parte sollevato, in parte agitato di essere lontano

da Wolf Ridge. Lontano da quella piccoletta della mia sorellastra. Nonostante la mia brillante idea di riprendermi il letto, che ora profumava molto di Rayne, non ero riuscito a dormire tutta la settimana.

Avevo passato ogni notte ad ascoltare Rayne voltarsi, girarsi e sospirare. Se avessi avuto anche solo un briciolo di decenza, le avrei lasciato riavere il letto. Chiaramente non riusciva a riposare sul pavimento. Ma ogni volta che consideravo l'idea di liberarla dal mio piano malvagio, tutto in me vacillava. Non avrei lasciato quella camera da letto, anche se significava che non avrei dormito mai più.

Anche se significava che dovevo farmi una sega in bagno quattro volte al giorno. Non volevo scoparmi la mia sorellastra. Sarebbe stato sbagliato. Soprattutto non volevo scoparmi Rayne la piccoletta. Perché avrei dovuto essere attratta da una difettosa?

Ma qualcosa nel dormire in prossimità di una femmina mi aveva fatto agitare. Andare un po' fuori controllo. Quindi, sì, le seghe in bagno erano state assolutamente necessarie. Ero anche dovuto uscire e correre ogni mattina. In forma umana perché stavo cercando di mostrare a mio padre che mi stavo ancora allenando. Dovevo alzarmi presto comunque, in modo da non far capire ai nostri genitori che non stavo più dormendo sul divano.

Arrivai a Tempe in circa quarantacinque minuti e andai all'appartamento che Bailey, Cole, Sloane, Bo e Austin condividevano per ritirare il mio biglietto per la partita.

Le fidanzate di Cole e Bo, entrambe umane, erano entrate a Barrett, all'Honor College, quindi l'anno scorso erano state in un dormitorio speciale con Austin, anche lui un cervellone, che era lontano da dove vivevano Bo e Cole. Pensavo che l'avessero fatto principalmente per accontentare i genitori umani. Quest'anno, si erano dati da fare per vivere insieme. I ragazzi gli avevano scritto prima che erano già allo stadio, ma Bailey e Sloane mi avrebbero aspettato per darmi un biglietto. Bailey scese in strada quando gli mandai un messaggio. Aveva i capelli scuri stretti in un'alta coda di cavallo con una fascia rosa che pendeva davanti incorniciandole il viso.

Non sorrise. Mi porse il biglietto attraverso il finestrino ma appoggiò gli avambracci sullo sportello, quindi non riuscii ad andare via. C'era qualcuno dietro di me, non che me ne fregasse niente di farli aspettare.

«Ho sentito che stai facendo il cazzone con Rayne.»

Per qualche ragione, questo mi infastidì. Se me lo avesse detto qualcun altro, me ne sarei vantato. Certo, stavo dando del filo da torcere alla piccoletta. Era il mio dovere da fratellastro. Ma Bailey era la migliore amica di Rayne. Unica amica, a dire il vero, se non si contava l'umano che le stava facendo ripetizioni, ma no, io non lo contavo. Quindi tutto ciò che Bailey aveva sentito proveniva direttamente da Rayne. Il che significava che l'avevo davvero ferita.

Non mi piacque come mi si torsero le viscere a quel pensiero.

«Cosa hai sentito?» Non era una gran risposta, ma volevo sinceramente saperlo. Le aveva detto che la stavo facendo dormire sul pavimento? Che l'avevo sculacciata? Che l'avevo fatta venire con le dita? Ma Bailey scosse la testa, il che sospettavo significasse che non conosceva alcun dettaglio.

Capendolo, mi attraversò una sensazione che era un misto di sollievo e trionfo. Sollievo che Bailey non sapesse quanto ero vile. E trionfo che quello che c'era tra me e Rayne era rimasto tra noi due. Io, ovviamente, non avevo condiviso nessuna delle nostre interazioni. Né avevo intenzione di farlo. Erano cose private. Solo tra noi due. Come se avessimo un segreto che stavamo nascondendo. Non mantenendo. Mantenerlo avrebbe implicato che entrambi conoscevamo i contenuti del segreto. Ma non era così. Era tutto ancora in via di sviluppo. Da svelare e scoprire. Mentre tiravamo e attorcigliavamo le fila tra di noi.

E fu allora che mi resi conto esattamente di quanto mi sentissi proprietario di Rayne. Come se mi appartenesse, e nessun altro riuscisse a vedere cosa c'era tra noi. Insomma, immaginavo che fosse così. Era la mia sorellastra. La mia famiglia, ora. Lei mi apparteneva. Era quello che avevo affermato fin dall'inizio. Ma c'era anche della ferocia dietro la mia rivendicazione mentale su di lei. Come se avessi potuto fare a pezzi chiunque cercasse di tenermi lontano da lei.

Hmm. Strano.

«Rayne è al sicuro con me» mi ritrovai a dire a Bailey. Non sapevo nemmeno se fosse vero. Non era fisicamente al sicuro. Mi ero permesso di palpeggiarla ogni volta che lo avevo ritenuto opportuno. Non pensavo nemmeno che fosse al sicuro emotivamente, se non fosse che le sue lacrime mi avrebbero fatto spostare le montagne.

Ma credevo comunque a quello che stavo dicendo.

Non avrei permesso a nessuno di fare del male a Rayne davanti ai miei occhi, compresi i nostri genitori. Magari potevo volere che lei pensasse che ero pericoloso, ma in realtà non le avrei mai fatto del male.

Bailey non se la bevve però. Sbuffò. «Sei un dio in quella città. Potresti cambiare il modo in cui le persone trattano Rayne. Ma non vuoi che la tua preziosa reputazione subisca un colpo da una disadattata genetica, giusto?»

«Ciao, Bailey.» Tolsi il piede dal freno e lasciai che la Jeep avanzasse dolcemente. Fece un passo indietro e mi fece il dito medio mentre andavo via. Mentre guidavo verso lo stadio, cercai di evitare che le sue parole mi penetrassero nella mente.

Potresti cambiare il modo in cui le persone trattano Rayne.
Ma volevo farlo?
O volevo che rimanesse debole e indifesa e *tutta per me*?

Tutto quello che sapevo era che quando mio padre mi mandò un messaggio più tardi per dirmi che stava portando Leslie in luna di miele, e che dovevo tornare a casa stasera nel caso in cui Rayne avesse bisogno di qualcosa, il cazzo mi divenne duro.

Sticazzi di andare a Tucson a occuparmi dei miei problemi legali.

Io e la piccoletta a casa da soli per il fine settimana.

Pronti, via.

* * *

Rayne

Mi faceva male la schiena per aver dormito sul pavimento tutta la settimana.

Odiavo seriamente il mio fratellastro. Non avrei potuto essere più entusiasta quando Logan aveva deciso di portare mia madre in una tardiva e improvvisata luna di miele. Non mi ero resa conto di essere la ragione per cui non ce l'aveva portata prima, ma quando mi aveva detto che aveva chiesto a Wilde di tornare stasera in modo che non fossi a casa da sola, avevo immediatamente mandato un messaggio a Wilde.

Non tornare per me. Non ho bisogno di un babysitter.

Lui rispose immediatamente: *Oh, invece sì.*

Non riuscivo a decidere se stesse davvero tornando o se era solo un cazzone. Era difficile capire quanto fosse motivato a fare qualcosa.

Pensavo che fosse perché in realtà non era presente a se stesso.

Non ero sicura che sapesse nemmeno come era finito a Wolf Ridge. Era come se gli fosse semplicemente successo. Sembrava sentire poca responsabilità o rimorso per questo.

Anche con il rischio di essere buttato fuori dal branco, non sembrava essere così motivato a risolvere i suoi problemi. Eppure, allo stesso tempo, stava facendo tutto ciò che gli aveva chiesto il padre, come un buon lupo.

Non capivo.

Davvero.

Soprattutto non capivo cosa provasse per me. Mi odiava? Era attratto? Era tutto uno strano gioco di dominio per lui? Riguardava magari il fatto che era un lupo alfa non ancora nel pieno dei suoi poteri e che doveva mettere in atto con i membri del branco più deboli intorno a lui? Mi godetti il pomeriggio per me stessa e usai quel tempo da sola per mettermi lo smalto alle unghie dei piedi e fare un sacco di altri video. Una volta finito, li programmai per pubblicarli nel mio account Patreon, quindi aprii il mio programma per i privati.

Ancora una volta, Footlover352 fece l'accesso.

Ma quelle sessioni non erano piacevoli per me. Erano semplicemente qualcosa che cercavo di portare a termine, tutto qui. Pagavano un sacco di soldi, e avevo bisogno di tutti i soldi che potevo fare. Avevo già risparmiato ottomila cinquecento dollari. Se avessi continuato a questo ritmo, avrei messo a parte abbastanza per vitto e alloggio e il resto delle mie lezioni dell'anno prossimo.

Avevo intenzione di continuare con questo lavoro mentre ero al college per andare avanti. Ehi, alcune donne si spogliavano per pagarsi le lezioni. Quelle di noi con piedi carini e minuscoli facevano pornografia dei piedi. Era comunque un lavoro onesto, non importava come lo giudicassero gli altri.

Dopo cena – ero di nuovo famelica – iniziai la sessione con Footlover352. Indossavo le Manolo che mi aveva comprato. Usavo una lista dei desideri online che non dava il mio indirizzo ai miei fan. Le scarpe mi venivano spedite direttamente a casa, il che andava bene, perché ero io ad avere il compito di ritirare la posta a casa.

Camminai e parlai sporco con Footlover352. Gli concessi esattamente trenta minuti.

«Ok, il tempo è scaduto.»

«Non ancora» disse rapidamente. «Pagherò per un'altra sessione.»

Ah. Avrei dovuto prendere i soldi. Ne avevo sicuramente bisogno. Vacillai per un attimo poi accettai. Chissà quando avrei avuto di nuovo tempo da sola in casa. Avevo bisogno di sfruttarlo finché potevo.

«Va bene.» Impostai il timer per altri trenta minuti.

«Ti darò cinquecento dollari se mi spedisci quelle scarpe» mi offrì.

Lo schernii. «Ma poi perderei le mie scarpe da cinquecento dollari. Non è certo un affare, vero?» «Mille» si affrettò a dire. «Ti darò mille dollari. Anticipatamente. Te li mando ora. Voglio le scarpe. *Quelle scarpe.* Quelle che indossi per *me.*»

Difficilmente potevo rifiutare mille dollari, no?

«Manda i soldi» dissi. Aspettai di sentire il *ding* di conferma sul mio telefono prima di riprendere la sessione.

Girovagai come facevo sempre per la stanza e ballai mostrando i piedi e i polpacci. Provai una sorta di movimento in stile Tango, volteggiando e battendo un piede di lato, poi girando.

«Più vicino, Rayne» disse Footlover.

Mi stavo avvicinando quando lo colsi. «Come mi hai chiamata?»

«Rainbow. Non è questo il tuo nome?» Fece una risatina nervosa. Questo ragazzo era un tale sfigato. «Perché? Come vuoi che ti chiami?»

«Rainbow»

Pensai di aver sentito male.

«Avvicinati. Togliti le scarpe.»

Feci quello che voleva. Concedergli un po' di tempo a piedi nudi.

«Stai con i piedi divaricati, rivolti verso l'esterno. Ora piegati e fai scivolare le mani sui polpacci.» Ugh. Ora stava diventando fantasioso. Dovevo stare attenta a non mostrare la faccia sullo schermo. Quando avevo iniziato a girare i video e a fare gli incontri privati, indossavo una maschera, nel caso in cui la mia faccia fosse entrata accidentalmente nello schermo, ma ora ero diventata pigra. Credevo di sapere esattamente dove iniziava e finiva l'inquadratura e non avrei fatto confusione. Ora, mentre facevo scivolare le mani lungo la parte posteriore delle cosce, però, avrei voluto avere una maschera, solo per essere sicura.

Mentre la mia testa scendeva più in basso del bacino e potevo vedere attraverso la fessura delle mie gambe, controllai lo schermo.

Cazzo!

Aveva sicuramente visto una parte del mio viso. Senza dubbio aveva visto i miei capelli.

Vaffanculo. Basta.

«Il tempo è scaduto» dissi, anche se aveva ancora cinque minuti.

«Non ancora» piagnucolò.

«Scusa, caro. Oggi ti sto offrendo un cattivo servizio. Ma stai diventando troppo pressante.»

«Io.. sei...»

Terminai la diretta prima di poter sentire cosa stesse per dire. Il cuore mi batteva più forte di quello di un colibrì e uno strano senso di violazione mi si insinuò dentro, anche se ero io a vendermi. Chiusi il portatile e tornai in cucina in mutande. Sì, avevo di nuovo fame. Abbastanza fame da mangiare un intero chilo di gelato mentre guardavo la televisione in salotto, qualcosa che non riuscivo mai a fare quando c'erano gli altri in casa.

Era tardi, e me ne stavo rannicchiata a guardare *Emily in Paris* su Netflix quando sentii la jeep di Wilde parcheggiare.

Cazzo! Corsi verso la mia camera e mi tuffai nel letto e sotto le coperte. Non mi interessava quello che diceva Wilde, non avrei dormito sul pavimento stanotte. Speravo che sarebbe rimasto a Tempe con i suoi amici coglioni alpha. Comunque, ero stufa del pavimento. Poteva dormire nel letto di Logan stanotte. O dove voleva.

Non vedevo l'ora di avere la mia stanza tutta per me stasera, e non ci avrei rinunciato.

Sentii i grandi piedi di Wilde battere lungo il corridoio.

Chiusi a chiave la porta della camera da letto, ma lui riuscì ad aprirla.

«Non pensare che non ti abbia visto correre verso la camera da letto nelle tue mutandine, piccoletta. Stai fingendo di dormire adesso?»

«Vai via, Wilde. Stanotte dormo nel mio letto.»

Sbuffò, ma con mio sollievo, si allontanò. Lo sentii farsi uno spuntino in cucina, poi lavarsi i denti, qualcosa che avrei voluto avere il tempo di fare. Considerai l'idea di alzarmi per indossare dei pantaloncini del pigiama, ma ero troppo impegnata a rivendicare la mia pretesa su questo letto.

Con mio dispiacere, Wilde tornò in camera, si tolse le scarpe, si tolse i jeans e salì sul letto.

«Sul pavimento, piccoletta.» Mi afferrò per la vita e mi fece rotolare sul suo corpo fino all'esterno del letto, facendomi penzolare oltre il bordo, in modo che se mi avesse lasciata andare, sarei caduta.

Buttai in fuori le braccia per attutire la mia caduta, ma lui non mollò la presa.

«Non ci dormo sul pavimento» sostenni.

«Dimentichi quello che so di te, piccoletta?»

Puntai sulla verità. «Mi fa male la schiena. Non sono un mutaforma. Il mio corpo non può semplicemente sopportare l'abuso e recuperare all'istante. Dormire sul pavimento fa schifo.» Wilde era tranquillo, come se stesse effettivamente considerando la mia argomentazione. «Bene, allora vai a dormire sul divano.»

«No. Sono arrivata qui per prima. Dormo nel letto.» Sì, mi stavo comportando come una bambina. E quindi?

«Io dormo nel mio letto, Rayne.»

«Beh, anch'io. Quindi spostati.» Non sapevo cosa mi avesse spinto a fare questa affermazione. Dovevo essere completamente fuori di testa. In realtà non volevo passare la notte nello stesso letto di Wilde. Era già abbastanza brutto dormire nella stessa stanza. Avevo dormito a malapena tutta la settimana!

«Oh sì? Cosa pensi che succederà se dovessi dormire accanto a te?» C'era una minaccia nella voce di Wilde che non capivo.

Intendeva che era disgustoso? O...

Il secondo successivo, mi stava facendo rotolare all'interno del letto e mi bloccò sulla pancia. La sua figura enorme era sopra alla mia e... Oh.

Uhm, wow.

Non era disgustato.

No... Wilde stava sfoggiando un'erezione delle dimensioni di un siluro, ed era *proprio tra le mie gambe.*

«Pensi davvero» ringhiò, proprio contro il mio orecchio, «una piccoletta come te sia al sicuro da un grosso lupo cattivo?»

Non mi mossi. Il respiro si fece affannato. Le gambe si allargarono. Non come un invito, ovviamente no. Solo per fare spazio al suo enorme cazzo. Per evitare che mi toccasse. Ma, naturalmente, questo non funzionò. Perché attraverso i suoi boxer e le mie mutandine, sentii l'asta premere contro il mio nucleo. «Pensi di poter strisciare nel mio letto con indosso solo le mutandine, senza che io faccia niente?» Spostò la mano sotto i miei fianchi per abbracciare audacemente il mio monte di Venere. Mi attraversò un brivido e mi bagnai immediatamente, inzuppando il tassello delle mutandine. Sapevo che poteva sentirlo. Volevo disperatamente che mi toccasse ancora, e questo mi faceva arrabbiare. Non mi piaceva aver bisogno di lui.

Mosse le dita mentre dondolava i fianchi per spingere contro il mio culo.

«Potrei farti scoppiare l'imene nel sonno, cucciolo. Ma no» sollevò i fianchi e li spostò di qualche centimetro, premendo il cazzo contro la fessura del mio culo e ondeggiando le dita tra le mie gambe. «Penso che salverei la tua verginità e prenderei solo questo bel culetto. Perché è lì che lo prendono i cuccioli, giusto, Raynuccia? Nel culo?»

Avrei dovuto oppormi. Avrei dovuto gridare e provare ad attaccarlo. Graffiarlo e morderlo e fare tutto il possibile per svicolare da sotto di lui.

Ma, invece, il mio corpo era arenato nella sottomissione. Volevo che continuasse con i suoi tocchi osceni. A parlare sporco. Anche ad essere crudele. Volevo tutto.

Emisi un gemito.

* * *

WILDE

IL PROFUMO DELL'ECCITAZIONE di Rayne mi si insinuò nelle narici e, improvvisamente, il mio lupo si scatenò. Non avevo mai perso il controllo con una femmina prima d'ora, né lupa né umana, ma avere Rayne bloccata sotto di me e sapere che era eccitata mi provocava qualcosa.

La capovolsi sulla schiena e le sfilai la maglia per rivelare le tette più perfette che avessi mai visto. Era piccola, ma i seni non lo erano. Erano pieni e rotondi. Proporzionati, ma spettacolari, cazzo.

Quello che mi persi nella frenesia era che avevo spaventato Rayne a morte. Reagì, schiaffeggiandomi la faccia e liberando una gamba per scalciare.

Lo schiaffo rimise il mio lupo sotto controllo, ma poiché ero comunque un cazzone, le bloccai i polsi accanto alla testa.

E fu allora che successe: gli occhi di Rayne diventarono argentati.

Non un luccichio d'argento. Non un riflesso della luce. Erano cambiati dal blu all'argento.

Rayne non era difettosa.

Aveva una lupa dentro di lei in attesa di uscire.

Mi bloccai.

Stava ancora lottando freneticamente sotto di me, il suo lupo lottava per uscire per aiutarla a salvarsi. Ero così affascinato dallo scorcio del suo lupo, che non mi mossi per un momento, la tenni giù e guardandola lottare e sudare.

E poi esultai. «Vieni qui.» Saltai giù dal letto e la afferrai per la vita, trascinandola in aria. «Devi vederti.» La portai verso lo specchio a figura intera dietro la porta, mentre scalciava e si agitava. Quando provai a metterla in piedi, non riuscì a stare dritta, troppo occupata ad agitarsi. «Alzati, Rayne.» La misi davanti a me, con una mano intorno alla gola, costringendola a guardarsi allo specchio.

Gli occhi d'argento erano spariti, però.

Strinsi la presa intorno alla gola per spaventarla e usai la mano libera per tirarle su la maglietta per farla incazzare.

Gli occhi cambiarono.

«Guarda.» La scossi finché non guardò. Spalancò gli occhi per la sorpresa e inspirò scioccata.

CAPITOLO TREDICI

Rayne

«Guardati, Rayne. Hai avuto una lupa lì dentro per tutto questo tempo.»

Mi lasciai scappare un singhiozzo quando vidi il mio riflesso nello specchio.

Una lupa. *Ero una lupa.* Avevo una lupa dentro di me.

Incredibile.

Avevo sperato e desiderato per tutta la mia infanzia che alla fine mi sarei trasformata in una normale mutaforma, ma nulla in me sembrava puntare in quella direzione.

Non avevo le capacità di guarigione che avevano gli altri cuccioli. Non riuscivo a vedere al buio. Il mio udito faceva schifo. Il mio naso non serviva a nulla.

Anche così, quando mi era venuto il ciclo e mi era cresciuto il seno, avevo sperato, desiderato e implorato il destino affinché anche io imparassi a mutare come le altre ragazze del branco.

Ma, ahimè, sembrava non essere per me. Alla fine, avevo accettato ciò che tutti sospettavano fin dall'inizio: ero difettosa.

Ma ora, mentre venivo trattenuta dal mio fratellastro, il bullo che non voleva lasciarmi in pace, finalmente era emersa.

Ed era bellissima. Almeno i suoi occhi lo erano. Argento, come la luna che adoravamo. Mi sfuggì un altro singhiozzo. Se Wilde non mi avesse tenuta in piedi, sarei caduta in ginocchio e avrei pianto come una bambina.

«Occhi d'argento» mi sussurrò all'orecchio. C'era una nota di meraviglia nella sua voce come se anche lui pensasse che la mia lupa era bella. Come se riconoscesse la magia e il potere che era presente nella stanza. Il luccichio e il bagliore intorno a me. Tutto quello che riuscii a fare fu singhiozzare, però.

«Ehi.» Wilde mi tirò giù la maglietta per coprirmi il seno nudo, e la mano alla mia gola scivolò giù per tenermi per la vita. «Stai bene.»

«Lo so!» singhiozzai. «Sono una lupa.»

Wilde finalmente mi liberò e sorrise. I nostri sguardi si incontrarono nello specchio. «Certo che lo sei.»

Mi girai e gli diedi una spinta forte, che non lo mosse nemmeno di un centimetro. «Cosa mi stavi facendo?» La mia voce era strozzata dalle lacrime. Ero dannatamente confusa per il tripudio di sensazioni nel mio corpo. Il calore pulsante tra le gambe. Il fatto che il mio fratellastro forse avesse appena cercato di violentarmi. L'idea che in parte volevo che lo facesse.

Per una volta, Wilde sembrò offrirmi una risposta onesta. Allargò le mani. «Non lo so. Credo... che il mio lupo abbia sentito che era lì dentro. Ho sentito il tuo odore, e mi ha fatto impazzire. Non intendevo cercare di spogliarti. Mi dispiace. Ma poi ho visto i tuoi occhi...» Sorrise. «Così l'ho fatto di nuovo davanti allo specchio per mostrarti quello che ho visto.»

Respiravo a fatica. «Forse... forse è per questo che ho avuto così caldo di notte. Ed ero affamata tutto il tempo.»

La gola di Wilde faticò a deglutire. Mi resi conto di poterlo vedere perfettamente nell'oscurità. «Forse è per questo che non riesco a lasciarti in pace.»

Rimasi scioccata da quella ammissione.

E stuzzicata. *Molto* stuzzicata. Ma ero troppo esposta e confusa per concentrarmi. In questo momento avevo un vantaggio. Wilde era semi-rispettoso per una volta.

«Wilde.» Sollevai il mento e indicai la porta. «Vattene.» Stavo tremando dappertutto. Caddi in ginocchio davanti allo specchio e fissai il riflesso, desiderando che la lupa dagli occhi d'argento ritornasse, ma se n'era andata. Apparentemente, solo Wilde poteva evocarla.

CAPITOLO QUATTORDICI

Dovetti mutare e correre per evitare di tornare nella camera di Rayne. Al mio lupo non piaceva ricevere dei no e, a quanto pareva, pensava che ne avrebbe ricevuto qualcuno. Dopo non essere riuscito a dormire sul divano, mi alzai e preparai due enormi piatti pieni di pancake. Il tipo che mio padre preparava per me il giorno di una partita importante, con polvere proteica e noci mescolate e una pila di fette di pancetta canadese a completare il tutto.

Rayne avrebbe avuto bisogno di proteine se voleva mutare. Ricordavo di quando avevo attraversato la pubertà, non riuscivo mai a mangiare abbastanza. Ero affamato e arrapato tutto il tempo.

Quando vidi che Rayne non compariva ancora alle dieci del mattino, entrai nella sua stanza. No, non mi preoccupai di bussare. La possedevo ancora, anche se l'avevo lasciata dormire nel letto la scorsa notte. Era sveglia, appoggiata ai suoi cuscini, e lavorava al suo vecchio laptop.

Vidi un flash dei suoi piedi sullo schermo. Cercò di chiudere il portatile, ma glielo strappai di mano prima che ci riuscisse.

Era la stessa cosa che avevo visto l'altra volta: il suo account Patreon dove pubblicava foto e video. Sembrava che avesse anche un account OnlyFans. Aveva una testa per gli affari, a quanto pareva.

Lessi i commenti. Dannazione, questi ragazzi erano davvero eccitati da lei.

«È una cosa sicura, piccoletta?»

«Certo che lo è.»

«Nessuno conosce il tuo vero nome o sa dove vivi?»

«Non sono un'idiota, Wilde.»

«E mostri solo i piedi, giusto?» Era l'unica cosa che avevo visto. E l'unica ragione per cui non ero andato a fare la spia quando l'avevo scoperto. Insomma, i piedi non erano pornografici per me. Capivo che lo fossero per i suoi clienti, ma non sentivo il bisogno di uccidere qualcuno perché li aveva visti. Se fossero stati lì a guardarle il culo, gli avrei dato la caccia, fino all'ultimo di quei coglioni. E dovevo anche ammettere che i suoi piedi erano dannatamente carini. In alcune delle foto indossava adorabili anelli alle dita dei piedi e cambiava il colore dello smalto scegliendo tonalità vivaci.

«Sì, solo i piedi. Non che siano affari tuoi.»

«Sbagliato. Tutto di te è affar mio.»

«Wilde, non dovresti preoccuparti del tuo caso giudiziario? E capire come far cadere le accuse, in modo da poter tornare al college?»

C'era della gentilezza nel suo tono – e una genuina curiosità – e questa fu l'unica ragione per cui non la zittii immediatamente.

«Non voglio tornarci.»

Ecco. L'avevo ammesso davanti a lei. La cosa che non avevo nemmeno ammesso a me stesso. Fui un po' sorpreso quando vidi compassione nel suo sguardo. Si alzò, mettendosi in ginocchio sul letto, e il cazzo mi divenne duro.

«Sì, ma verrai espulso dal branco se non risolvi la cosa. È una specie di situazione perdente per te.»

Lasciai cadere il portatile sul letto e mi infilai la mano tra i capelli. «Hai notato anche quello, eh?» «Hai ammesso qualcosa quando sei stato portato in prigione?»

Scossi la testa. «Non ho detto una parola.»

«Erano anche tue le droghe?» La guardai, sorpreso che di tutte le persone che avrebbero potuto chiederglielo lei fosse l'unica che l'aveva effettivamente fatto. «Cosa te lo fa pensare?»

«Perché stai schivando la domanda?»

Ragazza intelligente.

All'improvviso non riuscii più a tenere le mani lontane da lei. Le avvolsi le mani intorno alle braccia e la sollevai in aria per farla penzolare sul pavimento per un attimo prima di lasciarla cadere dolcemente in piedi.

«Preoccupati dei cazzi tuoi, Rayne.» Le schiaffeggiai il culo. «Ho fatto i pancake.»

«Per me?» Si girò per guardarmi da sopra la spalla. Sembrava scioccata.

Sbuffai. «Cosa, pensavi che li avessi fatti per me e li avessi mangiati tutti?»

«Beh... sì.»

Le diedi di nuovo uno schiaffetto sul culo. Forse ero un po' ossessionato dall'idea di sculacciarla. Di essere responsabile per lei. Di darle un'altra lezione. Prendermi cura di lei durante la sua transizione.

Uscì, dirigendosi direttamente in cucina, il che provocò infinito piacere al mio lupo.

«Hai bisogno di molte proteine in questo momento. La mutazione richiede una tonnellata di calorie, soprattutto all'inizio, quando il tuo corpo sta cambiando.» Tirai fuori una sedia dal tavolo della cucina e misi uno degli enormi piatti di cibo davanti a lei insieme a una forchetta.

«Uhm, grazie.» I suoi grandi occhi azzurri mi seguirono mentre prendevo il secondo piatto e mi sedevo accanto a lei per mangiarlo.

Mangiò in silenzio per alcuni minuti, infilandosi il cibo in bocca come se stesse morendo di fame. «Pensi davvero che io possa mutare?» chiese.

«Oh sì, muterai» dissi anche se non ero sicuro che fosse vero. Ora che aveva piantato il seme del dubbio, potevo capire che avrebbe potuto avere ragione a preoccuparsi. Solo perché aveva una lupa lì dentro da qualche parte non significava che avrebbe capito come tirarla fuori. Probabilmente avrei dovuto portarla da Alpha Green, in modo che potesse usare il comando alfa su di lei per farla mutare, ma per qualche ragione, mi sentivo proprietario della mutazione di Rayne. Come se nessun altro dovesse venire a saperlo tranne me. O almeno, non fino a quando non l'avessi curata. Volevo essere io a insegnarle a mutare. Ad aiutarla nella transizione.

E no, non era sicuramente per devozione fraterna.

Il mio lupo bramava Rayne. Non sapevo cosa significasse. Se si trattava solo di una reazione al fatto di vivere nella stessa casa di una donna che attraversava la transizione o se era qualcosa di più.

Tutto quello che sapevo era che la sentivo mia.

E l'unico cazzo di modo in cui tutto questo potesse mai andare a finire bene era tirare fuori quella lupa da Rayne. Perché non sarei mai stato il perdente che si scopava la sua sorellastra difettosa.

«E se non ci riesco?» chiese.

«Ci riuscirai. Ho visto la tua lupa. Lei è lì dentro, e vuole uscire. Quindi dimentica le lezioni di guida. Oggi ti farò lezione di mutazione. E continueremo a farne finché non vedrò quella stronza dagli occhi d'argento.»

Rayne nascose il viso dietro i capelli, piegando la testa verso i suoi pancake. Dopo averne divorati molti altri, chiese: «Pensi che sia grigia?»

«Forse. Oppure potrebbe essere bianca. Sarebbe interessante, no?»

Soprattutto considerando che il mio lupo era nero. Saremmo stati come yin e yang. Positivo e negativo. Bianco e nero. Non sapevo perché pensassi a noi come a un *noi*. Era strano.

Rayne non riuscì a finire più della metà del piatto che avevo preparato per lei, ma era una tonnellata di cibo, quindi ero soddisfatto. Pulii i piatti, coprendo il suo con della pellicola trasparente e lo misi in frigorifero per dopo.

«Va bene. Vediamoci sul portico sul retro tra cinque minuti.»

«Io...» Rayne parve in procinto di protestare, ma poi sembrò cambiare idea. «Va bene.»

Mi raggiunse sul retro con indosso un paio di jeans e una maglietta.

Alzai un sopracciglio. «Via i vestiti, piccoletta, o te li strapperai.»

«Non mi tolgo i vestiti per te, Wilde.»

Tutto quello che sentì il mio cazzo fu *tolgo i vestiti per te, Wilde*.

Sorrisi e mi sfilai la maglia. «Tieni.» Gliela consegnai. «Vai a mettertela. È abbastanza larga per te, che potrebbe non strapparsi quando muterai. A meno che la tua lupa non sia enorme, il che sarebbe esilarante.»

Il suo sguardo si spostò sul mio petto nudo e un rossore si insinuò lungo il suo collo.

«Ok.» Afferrò la maglietta.

«Niente mutandine!» le urlai contro mentre spariva dentro. Ridacchiai quando la sentii borbottare qualcosa come, *il destino mi aiuti*.

Mi tolsi i jeans e mi allungai sotto il sole del tardo mattino. Fui molto più contento di quanto avrei dovuto essere quando Rayne tornò indossando nient'altro che la mia maglia. Stavo anche morendo dalla voglia di tirarla su e vedere tutto sotto. Invece, mi costrinsi a sedermi sul bordo del portico. Toccai il posto accanto a me. «Vieni qui, piccoletta.» Si sedette con il culo nudo accanto a me. «Chiudi gli occhi. Immagina una lupa. Voglio dire, non immaginarla, ma immaginati come tale. Come se sentissi il tuo corpo sotto forma di lupo.»

Rayne socchiuse gli occhi. «È piuttosto difficile da fare visto che non sono mai stata una lupa prima.»

«Stai zitta e provaci.»

Chiuse di nuovo gli occhi.

Chiusi i miei e richiamai un livello di comando alfa. «*Muta.*» Infusi nella mia voce la potenza di un'alfa. Non successe nulla.

Rayne aprì di nuovo gli occhi e scosse la testa. «Wilde, non so se questo funzionerà...»

«Muta» ordinai di nuovo.

Niente.

«Immagina di essere nella tua forma di lupa.»

«Non so come ci si sente!» protestò.

«Fai finta di farlo.»

Cercai di comandarla più volte, ma ogni volta sembrava avere sempre meno effetto su di lei. Come se si stesse arrendendo. Mi alzai e mi tolsi i boxer.

Rayne si coprì gli occhi. «Un minimo di avvertimento sarebbe gradito» mormorò.

Mutai e urtai le sue ginocchia con il mio corpo gigante. Mi raggiunse, seppellendo le dita nella mia pelliccia. Lasciai che mi accarezzasse. Non sapevo perché, mi faceva sentire bene, immaginavo.

Non ero nemmeno sicuro di cosa speravo di ottenere

mostrandole il mio lupo. Forse volevo che lui chiamasse la sua.

Invece, lei si alzò. «Beh, non credo che funzionerà, Wilde.»

Provai con l'intimidazione. Se la sua lupa avesse pensato che Rayne avesse bisogno di protezione, sarebbe potuta uscire.

Ringhiai a Rayne, saltandole accanto per bloccarle la strada verso la porta. Mostrai i denti e ringhiai, inseguendola in avanti. Rayne non fu impressionata. «Ti conosco, Woodward. Non mi spaventi. Bel tentativo però.»

Mi avventai su di lei. Lei sfrecciò indietro, più veloce di quanto potesse indietreggiare un umano. I suoi riflessi stavano diventando più veloci. Mi chiesi se potesse guarire più velocemente. Probabilmente avrei dovuto pensarci prima di agire, ma non lo feci. Mi buttai in avanti e le morsi il polpaccio. Lei urlò. Ora la paura prese il sopravvento. Lo capii dal suo odore. Dal bagliore argenteo dei suoi occhi. Sentii la crepa delle articolazioni come se stesse per mutare, ma non successe nulla. Lasciai la presa dalle mie fauci e cercai di leccare la ferita per chiuderla, ma lei si stava già dimenando.

«Mi hai morso!» Sembrava incredibilmente offesa.

Cazzo. Se non avesse avuto capacità di super guarigione, mio padre mi avrebbe buttato fuori da questa casa per sempre. La seguii in casa, passando quando cercò di sbattermi la porta addosso.

«Allontanati da me! Non posso credere che tu l'abbia fatto. Sto sanguinando!»

Provai a leccare di nuovo la ferita, ma lei mi prese a calci in faccia. «Ti ho detto di andartene! Sei fottutamente pazzo!»

Corse verso la porta d'ingresso, afferrando le chiavi della mia jeep lungo la strada. Tornai alla forma umana, impiegando alcuni preziosi secondi per correre verso i miei boxer sul portico sul retro. E fu allora che sentii strisciare e lo schianto di metallo contro metallo.

«*Rayne!*» Gridai mentre correvo per la casa e fuori dalla porta.

* * *

Rayne

Ohdestinoohdestinoohdestinoohdestino.

Che cosa avevo fatto?

Avevo appena distrutto la jeep di Wilde. Non sapevo nemmeno cosa o chi avessi colpito perché avevo sbattuto la faccia sul volante all'impatto.

Avevo distrutto la jeep di Wilde. Non avevo nemmeno la patente. L'avevo presa senza il suo permesso.

Ero decisamente morta.

Nell'istante successivo, la portiera si spalancò e Wilde mi strattonò, lottando con la cintura di sicurezza fino a quando non mi liberò.

«Mi dispiace!» squittii, pensando che fosse furioso. «Mi dispiace tanto. Non avrei dovuto prendere la tua jeep. Ti prego, non uccidermi.»

«Rayne. *Cazzo*. Stai bene? Guardami.»

Wilde mi fece mettere in piedi, mi appoggiò alla jeep e le sue mani vagarono su di me, controllando le ferite.

Alzai il collo per guardarmi intorno oltre la sua figura per vedere cosa avevo colpito. Oddio. La cassetta postale. Avevo spinto la Jeep a tutta velocità proprio sopra la fioriera di cemento e contro il palo metallico della cassetta delle lettere. Il parafango posteriore della Jeep ora era completamente avvolto attorno al montante inclinato.

Mi strofinai la fronte livida. Mi ero fatta un cazzo di male in quel momento, ma il dolore era già diminuito, il che sembrava strano. Ero molto più preoccupata a questo punto di ciò che Wilde avrebbe fatto una volta vista l'entità del danno. O peggio – oh destino – quello che Logan avrebbe fatto o detto.

Ero davvero fottuta.

Fottutissima.

Feci un respiro singhiozzante e scoppiai in lacrime. «Mi dispiace. Mi dispiace così tanto di aver distrutto la tua Jeep. Pagherò i danni. Ti darò i soldi che ho messo da parte per il college. Ti prego, non dirlo a tuo padre.» Cercai di concentrarmi sul volto di Wilde tra le lacrime. «Ti prego. Possiamo inventarci qualcosa?»

Wilde sembrava essersi calmato.

«Va bene, Rayne. Entra in casa. Fammi tirare fuori la Jeep dalla fioriera prima che qualcuno veda cosa è successo qui.»

Sollevata dal fatto che Wilde sapeva almeno cosa fare, obbedii, camminando sulle mie gambe tremanti verso casa dove affondai nel divano. Pensavo di essere sotto shock perché nessun pensiero mi si muoveva in testa. Non notai il passare del tempo. Non presi coscienza di nulla fino a quando Wilde non tornò in casa e chiuse la porta. Fu allora che le lacrime ricominciano automaticamente a scorrere. «Mi dispiace tanto. Pagherò i danni. Per favore, non dirlo a tuo padre. Ti prego…»

Wilde alzò una mano, e io mi fermai, a metà supplica. «Puoi tenere i soldi del college, Rayne.» Lo guardai sorpresa. Quando mai Wilde era magnanimo?

«Probabilmente sarò in grado di occuparmi della riparazione in officina. E sì, possiamo tenerlo tra noi.» Inclinò la testa e mi fece un sorriso arrogante. «Subito dopo averti fatto diventare il culo rosso.» Si sedette accanto a me mentre scattavo in piedi. Wilde mi afferrò per la vita. «Oppure puoi affrontare l'ira di Logan. Credo che tu abbia notato che può essere un vero duro.»

Rimasi ferma, considerando la sua offerta.

La sua mano destra scese dalla mia vita, lungo la parte esterna della mia coscia per afferrarmi il polpaccio.

«Guarda, Rayne» disse dolcemente.

Guardai giù e sussultai. Il punto in cui mi aveva morso si era già rimarginato. Era ancora dolorante. Si vedevano i segni dei denti, ma sembravano vecchi di una settimana, piuttosto che freschi. Ora avevo capacità di super-guarigione!

Quando incrociai il suo sguardo, trovai qualcosa di sconosciuto. Apprezzamento? Meraviglia? Quasi riverenza. Non per me, ma per la lupa dentro di me.

«Vieni qui.» Mi tirò delicatamente più vicino. «Il tuo culo fa venire troppa voglia di sculacciarlo per non decidere di gestire le cose in questo modo.»

Bah. Odiavo il fatto che mi eccitasse così tanto vederlo umiliarmi in questo modo. Odiavo non avere le mutandine e…

Mi piegò sulle sue robuste ginocchia. La maglietta che indossavo mi scivolò sulla schiena. Strinsi le natiche.

«Sì.» Sentii della soddisfazione nella sua voce. «Questo è il modo in cui voglio gestirla.»

Mi svolazzò la pancia. Scalciai, e poi lui iniziò. Mi sculacciò forte, schiaffeggiandomi una natica, poi l'altra, riscaldando la metà inferiore del mio culo con schiaffi costanti. Si mosse verso la parte posteriore delle mie gambe, poi di nuovo sul mio sedere, concentrandosi sul punto in cui mi sedevo.

Non faceva male. Insomma, lo faceva, ma non registrai nulla come dolore. Tutto quello che sentivo era calore. Formicolio. Un po' di bruciore. Eccitazione. Una febbrile frenesia di energia che mi turbinava nel bacino. Pulsione tra le gambe.

Wilde si fermò e strofinò via il bruciore. Come la prima volta che mi aveva sculacciata, le sue dita vagarono tra le mie gambe. Solo che questa volta ero nuda. Poteva sentire la mia eccitazione. Il gonfiore della mia signora.

«Non farlo.» Accavallai le gambe per tenerlo fuori, e lui ritirò le dita. «Ti fa male quaggiù, Rayne-bow?»

Emisi un verso incomprensibile.

«Non vuoi che ti faccia stare meglio.»

«No.» Sembrai imbronciata. Forse ero incazzata per il fatto che gli avrei permesso di farlo. Perché ne avevo un disperato bisogno. Ma non volevo dargli quel potere su di me. Wilde mi strofinò il culo con un altro paio di movimenti circolari, poi ricominciò a sculacciare.

Ne fui sollevata perché avevo bisogno di qualcosa in più: altro tocco, più stimoli. Ma non era proprio così. Erano le sue dita tra le mie gambe che volevo, non questo.

Wilde mi fece girare bruscamente.

«Che c'è?»

«Ti voglio qui.» Mi prese con entrambe le mani avvolte intorno alla vita e mi portò fino al bordo del divano. Poi mi sfilò la maglietta.

Mi coprii il seno con l'avambraccio. «Cosa stai facendo?»

Mi girò e mi spinse il busto sul bracciolo del divano. «Voglio che tu sia nuda per la tua sculacciata, Rayne-bow.»

Oh, destino.

Ooooooooh destino.

Cosa stava succedendo?

Wilde mi spalancò i piedi e ricominciò a sculacciarmi. Era dieci volte più erotico in questa posizione. Non sapevo perché, forse perché avrebbe facilmente potuto scoparmi da dietro. O forse perché avere le gambe divaricate significava che poteva vedere la mia figa nuda che faceva capolino. O forse per la ragione più ovvia… che ora ero completamente nuda.

Qualunque cosa fosse, un calore insopportabile iniziò a rotolarmi attraverso il corpo.

Mi lamentai. Forte. Con piagnistei e piagnucolii. Ero stordita.

Wilde mi sculacciò tra le gambe. Sculacciate leggere che mi fecero andare fuori di testa ancora di più. Mi afferrò i capelli e mi sollevò la testa. Abbassò il viso all'altezza del mio e mi scrutò. «Vedo la tua lupa» mormorò.

Sbattei le palpebre. I suoi occhi si illuminarono di verde. «Io vedo il tuo» sussurrai.

«Ho bisogno di assaggiarti.» Mi girò, mi prese in braccio e mi appoggiò il culo sul bracciolo del divano. Quando mi sollevò un ginocchio, ruzzolai all'indietro, ma il suo braccio era dietro le mie spalle. Mi abbassò delicatamente la schiena sulla seduta del divano, quindi mi trovai inarcata sul bracciolo del divano, un ginocchio piegato verso l'alto per esporre il mio nucleo.

«Lascia che ti faccia sentire bene, Rayne-bow.»

Tenne il mio sguardo. Oh. Stava aspettando una risposta. Voleva il permesso.

«Sì» sussurrai.

Nel momento in cui gli diedi il via libera, divenne un selvaggio, abbassando la testa tra le mie gambe e leccandomi dentro.

Era così follemente intenso. Urlai e cercai di scacciarlo. Non perché non mi piacesse. Lo volevo. Mi piaceva troppo.

«Goditela Rayne-bow.» Mi stava succhiando le labbra, mettendo la bocca su tutta la figa. La sua lingua era dappertutto, scavava tra le mie labbra sottili, mi penetrava, turbinava quando mi mordeva. L'interno delle cosce mi fremette.

«Devi venire?»

«Sì» dissi.

«Cazzo» imprecò Wilde, come se riuscisse a malapena a trattenersi.

Sentire la sua voce ruvida di desiderio mi rese ancora più folle.

«*Ora*, Wilde!» Stavo diventando prepotente.

Riportò la bocca al mio nucleo nello stesso momento in cui iniziò ad avvitarmi dentro un dito. Mi lamentai. Non bastava. Sicuramente non era abbastanza. Non buono come la sua lingua.

«No.»

Fece scivolare la punta del dito verso l'esterno. «Sei così stretta, Rayne-bow. Hai conservato questo imene per me, non è vero?»

Uhm, cosa? La mente mi turbinava in piena confusione. Era questa la ragione per cui Wilde era così incazzato quando aveva trovato la mia pillola? Voleva essere lui a togliermi la verginità? Era... pazzesco.

Davvero pazzesco.

Mi faceva anche sentire al sicuro a un livello fondamentale. Come se quella tempesta impetuosa che era stato per me Wilde si fosse improvvisamente stabilizzata, offrendomi uno scenario che capivo.

Tutta la sua meschinità. La sua aggressività. Erano radicate nel desiderio.

Forse era arrabbiato per ciò che desiderava, soprattutto perché avrei dovuto essere off-limits in quanto sorellastra, ma era comunque me che voleva.

«Userò il mignolo.»

Le lacrime mi bagnarono gli occhi. Perché ora capivo. Perché Wilde voleva soddisfarmi. Si stava prendendo cura di me. Mi resi conto che non era arrabbiato quando mi aveva tirata fuori da quella jeep, era spaventato. Pensava che fossi ferita. Wilde dovette annusare le mie lacrime perché alzò la testa allarmato.

«Fa male?»

Sbattei le palpebre e scossi la testa, cercando di ingoiare il groppo in gola. «No» sussurrai. «Continua.»

Tornò a divorarmi, dandomi convulsioni quasi ogni volta

che la lingua si avvicinava al mio clitoride. Poi posò le labbra attorno al nocciolo pulsante nello stesso momento in cui fece scivolare un dito dentro di me. Doveva essere il mignolo perché si adattò meglio anche se ancora tirava e bruciava un po'.

«Va bene?»

«Uh-huh.»

«Vieni qui, piccola.» Fece scivolare il dito fuori e ne sentii la perdita nel mio nucleo. Mi strinsi intorno al nulla.

Ma Wilde aveva qualche altra idea. Mi tirò i polsi per farmi sedere, poi mi prese per la vita e mi sollevò in aria. «Gambe sulle mie spalle.»

Che cosa? Oh. Uhm, wow. Sollevai le gambe per appoggiarle sulle sue spalle, il che piazzò la mia figa proprio all'altezza del suo viso. Mi palpeggiò il culo e mi tenne in posizione mentre la sua lingua ritornava tra le mie pieghe. Mi aggrappai alla sua testa, urlando e ridacchiando mentre camminava verso la camera da letto succhiandomi e leccandomi. «Finirai per cadere» risi. «Non riesci nemmeno a vedere.»

«Non ho bisogno di vedere» rimbombò. In camera, mi abbassò sul letto e si arrampicò tra le mie gambe. Poi tornò al lavoro, lambendo i miei succhi mentre mi avvitava un dito dentro. Mi appoggiai sui gomiti per vedere. Questa volta usò il dito indice. Sollevò la testa e sorrise, con le labbra lucide del mio nettare. «Rompiamo il tuo imene, Rayne-bow.» Lo disse con orgoglio come se stesse vincendo un'importante partita di football. Se qualcuno mi avesse mai chiesto da chi avrei voluto farmelo fare, o come, mai in un milione di anni avrei desiderato questo. Eppure...

Era meglio di qualsiasi cosa avessi mai potuto immaginare. Wilde Woodward era in adorazione tra le mie gambe. Si prendeva cura di me. Svelava i miei segreti. Quelli che nemmeno io conoscevo di me stessa o del mio corpo. Iniziò a muovere quel dito dentro di me lentamente, un po' dentro, un po' fuori. Poi girandolo. Allungando il mio ingresso stretto, lubrificandolo. Lo premette fino in fondo e mi accarezzò dentro. Le gambe mi sobbalzavano in risposta come se fossi una marionetta, e lui avesse appena tirato i fili.

«Sì? Ti piace, Rayne-bow? Ho trovato l'ambito punto G?»

Oh. Destino.

Doveva averlo fatto ogni volta che strofinava lì, mi sentivo come se stessi per esplodere come un fuoco d'artificio.

«Vieni per me, caramellina.»

Caramellina. Era un nomignolo molto più carino del suo dispregiativo *piccoletta*.

Accattivante. Adorabile.

Mi toccò di nuovo dentro, e io mi frantumai, esplodendo in un milione di direzioni. Una bomba scintillante di energia che esplodeva nel mio corpo. Nella mia stanza. In tutta l'atmosfera sopra Wolf Ridge. Singhiozzai e rabbrividii e strinsi e tremai, scalciai, i miei muscoli si strinsero e strinsero ancora intorno al suo dito. Wilde imprecò dolcemente. Sollevò il dito e mi baciò dolcemente la figa. Teneramente. Uno strato di baci da cima a fondo, che mi fece sentire curata. Amata, anche. Nel momento in cui finì, rotolai sulla pancia e nascosi la faccia nel cuscino.

CAPITOLO QUINDICI

Wilde

Rayne nascose il viso dopo essere venuta.

Per un momento, fui inorridito. Avevo fatto qualcosa che non voleva? Avevo preso qualcosa che non mi era stato concesso?

Ma no. Me lo aveva chiesto. Mi aveva detto che voleva di più.

Quindi ora era solo imbarazzata. O si sentiva vulnerabile.

Bene, non era una sorpresa, considerando che avevamo costruito zero fiducia.

Quindi non le diedi spazio perché avevo paura che se lo avessi fatto, mi avrebbe tagliato fuori per sempre. Invece, le accarezzai il culo arrossato con il palmo della mano. Glielo strizzai ruvidamente. Mi arrampicai su di lei. «Sei così bella dopo essere stata sculacciata da me» le mormorai cupamente nell'orecchio. Il mio cazzo era grosso e pesante per lei, ma non avevo intenzione di provare altro. Rayne era vergine. L'avevo già spinta abbastanza oltre.

Rimase prona.

Le morsi la spalla. Le succhiai il lobo dell'orecchio. La

accarezzai su e giù per la sua esile schiena. Quando ancora non si girò, le massaggiai la parte posteriore della testa. «Fa male?» Scosse la testa, il viso ancora nel cuscino.

«No, le tue capacità di guarigione sono entrate in pieno vigore, non è vero? Fammi vedere quella protuberanza sulla tua testa.»

La feci rotolare delicatamente. C'era così tanta incertezza nella sua espressione, e avrei voluto darmi un pugno in faccia per averlo permesso. Tracciai leggermente il livido che le era venuto per l'incidente d'auto. «Va già meglio.» Ci premetti sopra le labbra.

Non avevo mai baciato questa ragazza sulle labbra. Mi era venuta sulle dita, ma non avevo assaggiato quella bocca. Le strinsi la mascella. «Posso baciarti, Rayne?» Eccolo lì. Alla fine, il rispetto che il Coach Jamison ci aveva inculcato con le donne affiorò.

Deglutì, quegli occhi azzurri puntati su di me, la fronte aggrottata come se stesse cercando la fregatura. Fui così fottutamente sollevato quando fece un piccolo cenno del capo.

Mi mossi lentamente, abbassando la mia bocca verso la sua, librandomi sopra il suo corpo, in modo che non sentisse quanto era grande l'erezione che avevo per lei.

All'inizio non si mosse. Ricevette il mio bacio ma non lo ricambiò. Inclinai le labbra sulle sue in una direzione, poi nell'altra. Premetti la mia lingua nella sua bocca, scopandola con essa, ancora lentamente. Non fu un bacio casto, in nessun modo, ma non fu nemmeno aggressivo. Fu solo audacemente esplorativo.

Dopo pochi istanti, iniziò a ricambiare il bacio, la sua lingua si aggrovigliò con la mia, le sue labbra si mossero.

Gemette.

Era completamente nuda sotto di me, i capezzoli si sollevarono in due punte, i suoi fianchi iniziarono a roteare. Il profumo della sua eccitazione riempì di nuovo la stanza. Stava facendo impazzire il mio lupo. Se non mi fossi tirato indietro presto, avrei perso il controllo.

Mi allontanai da lei. «Hai fame, Rayne-bow?»

Scoppiò a ridere. «Sì.»

A malincuore scesi da lei. «Hai bisogno di una tonnellata di proteine in questo momento. Preparo il pranzo.»

Rayne tirò su il bordo della coperta per coprirsi. Odiavo che sentisse il bisogno di nascondersi da me. Avrei voluto tornare indietro, strappare via quella coperta e dirle che non aveva il permesso di coprire ciò che era mio. Ma era pazzesco.

Non era mia. Non poteva essere mia.

Solo che quell'idea aveva preso piede. E se... E se Rayne fosse stata la ragione per cui mi sentivo così determinato a tornare a Wolf Ridge? Insomma, non aveva davvero senso. Non c'era stata una logica nella mia scelta di tornare qui, eppure avevo sentito di dover venire. Stare a Durham mi stava letteralmente uccidendo. E se... *Cazzo*! E se fosse stata la mia compagna predestinata e il mio lupo mi avesse riportato qui per la sua transizione?

Rayne la piccoletta, *la mia compagna*!

Non avevo avuto l'impulso di marcarla, ma non era ancora mutata. Il suo nuovo odore non si era ancora palesato completamente. Avevo bisogno di saperlo con certezza. Dovevo capire come farla mutare. E no, non ero ancora disposto a ricevere aiuto esterno. Rayne era il mio progetto. La volevo tenere tutta per me. Nessun altro conosceva la trasformazione che stava subendo.

Andai in cucina e tirai fuori un pacchetto di pancetta, fette di tacchino, una pagnotta, senape e maionese. Feci a ciascuno di noi un paio di panini giganti con tacchino, pancetta e avocado. Rayne entrò indossando... un vestito. Era un abito casual, realizzato in materiale nero per t-shirt, con una gonna corta e svasata e maniche lunghe che si allargano e si aprivano sui polsi. Immaginavo che fosse una sorta di richiamo alla sua fase gotica, ma era anche divertente e civettuolo. Ero assolutamente affascinato. «L'hai indossato per me, Rayne-bow?»

Ignorò la domanda e prese il piatto di cibo, portandolo alla finestra anteriore per guardare fuori. «Quanto è messa male?»

Era ancora preoccupata per l'incidente.

«Mi occuperò io della Jeep.» Resi fermo il tono della voce. «Mangia il tuo panino, e poi andremo a fare un giro.»

Gemette. «Basta con la guida.»

«È per questo che andiamo. Non voglio che tu sia spaventata. Quello che è successo nel vialetto non è stata colpa tua. Ti ho morso e sei andata fuori di testa. Non stavi prestando attenzione a quello che stavi facendo. Non succederà più.»

«È il tuo modo di scusarti?»

Sorrisi ma scossi la testa. «Non mi dispiace affatto, piccoletta.» Mi resi conto – sì, troppo tardi – che il nomignolo *piccoletta* era crudele, e presi nota mentalmente di non chiamarla più così.

Spinse in fuori un fianco. Aveva ancora in mano il suo piatto di panini intonsi, e la cosa infastidì il mio lupo. Voleva darle da mangiare.

«Non ti dispiace?»

«Nemmeno lontanamente. Per prima cosa, ti ho quasi fatta mutare, quindi è stata una vittoria. Inoltre, le tue abilità di guarigione sono entrate in azione. E, cosa più importante, ho avuto modo di sculacciare il tuo bel culo facendolo diventare rosso e poi di farti venire su tutto il mio dito e la mia faccia.»

Il profumo dell'eccitazione di Rayne riempì la stanza.

Scossi lentamente la testa. «Dovrai smettere di bagnarti

in quel modo, o ti riporterò in camera da letto e farò un secondo giro.»

Un suono soffocato le uscì dalla bocca, e le ginocchia cedettero, facendola inciampare come se la terra si fosse appena mossa.

«Ora siediti e mangia quei panini.»

Quando ancora non si mosse, fisandomi con quei giganteschi occhi azzurri, aggiunsi un piccolo comando alfa alla mia voce. «Subito caramellina.»

«Va bene, va bene.» Si lasciò cadere sul divano e mangiò dal piatto lì.

Soddisfatto, portai il mio piatto e mi unii a lei.

«Non sei al comando, Wilde Woodward» affermò mentre masticava il suo panino.

«Continua a convincerti, Rayne-bow. Vedremo chi ti farà urlare di nuovo stasera.»

Rayne strinse le ginocchia e la attraversò un brivido. Mi sporsi e le morsi il collo.

«Adoro farti bagnare» le mormorai tra i capelli.

Rayne si allontanò da me. «Non sono il tuo giocattolo, Wilde.»

Abbassai le palpebre. «Oh, sì che lo sei, Rayne-bow. E prima ti arrendi, più ci divertiremo.»

* * *

Rayne

NON ERO MAI STATA COSÌ SBILANCIATA in vita mia. Non sapevo cosa farne. Wilde stava effettivamente mostrando della gentilezza. Attrazione per me persino, *scioccante!*

Ma, naturalmente, era ancora un arrogante coglione alfa nel cuore, quindi tutto ciò che gli usciva dalla bocca erano ancora cazzate. Il che, purtroppo, rendeva la sua attenzione ancora più avvincente. Mi sarebbe piaciuto essere il tipo di ragazza che gli faceva il dito medio e gli diceva, *vai a farti fottere. Sei stato uno stronzo con me fin dall'inizio, e non ho intenzione di cedere perché mi hai dato un misero orgasmo.* Ma non ero una ragazza forte e sicura di sé.

Ero Rayne la piccoletta.

Un rifiuto che era stato evitato dal branco per tutta la vita.

E uno dei membri della famiglia reale aveva improvvisamente mostrato interesse per me. L'accettazione da parte di Wilde avrebbe potuto cambiare la mia intera esistenza.

Una parte di me continuava a cercare la fregatura.

Come con Abe che mi aveva messo sulla scheda elettorale per la reginetta del ballo, sentivo che anche Wilde poteva fregarmi. Facendomi innamorare di lui solo per farmi deridere da tutta la scuola. O forse questo lo faceva per punire suo padre per aver sposato mia madre.

Una specie di vendetta tipo *scopati la sorellastra.* O anche un feticcio tipo *scopati la sorellastra.* Eppure, anche con quel terribile pericolo che incombeva su di me, non ero abbastanza forte per dirgli di no. Desideravo ardentemente la sua attenzione come desideravo ardentemente il mio prossimo respiro. Mi stava facendo sentire speciale. Degna, per la prima volta nella mia vita. Sentimenti pericolosi, ne ero sicura. Devastanti, probabilmente. Ma valeva la pena rischiare. Non potevo allontanarmi da questa offerta. Wilde si prendeva cura di me. Mi preparava dei panini. Mi comprava torte di compleanno. Mi baciava. Mi dava orgasmi. Affermava una sorta di pretesa sul mio corpo.

Mi piaceva troppo.

Finii entrambi i panini e mi leccai le dita. Wilde aveva già divorato il suo cibo, e ora mi guardava, poi allungò la mano per afferrarmi il polso. Si portò le mie dita alla bocca e le succhiò.

A ogni dito, il mio pavimento pelvico si sollevava e si stringeva.

Ero impotente con questo ragazzo. Il mio corpo rispondeva indipendentemente da ciò che faceva. Mi tolse il piatto di mano. «È ora di guidare, caramellina. Perché non andiamo a trovare il tuo amico umano?»

«Chi, Lincoln?»

Lo sberleffo di Wilde mi fece indietreggiare. «Bailey» ringhiò. «Pensavo che Lincoln fosse solo il tuo tutor.»

Oh. Oh. Per tutto questo tempo avevo pensato che a Wilde non piacesse che uscissi con un essere umano perché danneggiava la sua reputazione. Improvvisamente, un nuovo pensiero mi entrò nella mente.

Era geloso.

Ecco perché era andato fuori di testa anche per le pillole anticoncezionali. Wilde non sopportava l'idea che io stessi con un altro ragazzo. Il pensiero mi lasciò senza fiato.

«Non sono interessata a Lincoln» gli assicurai. Non che meritasse la mia rassicurazione. Era più per la sicurezza di Lincoln. «Siamo *amici*. Neanche Lincoln è interessato a me.»

«Cosa te lo fa pensare?»

Feci spallucce. «Semplicemente lo percepisco. Siamo saldamente nella friendzone. Niente di più.»

«Ucciderò quel ragazzo se ti tocca.»

Avrei riso della ridicolaggine della possessività di Wilde, solo che sapevo che non era uno scherzo. I lupi maschi potevano diventare dannatamente territoriali. Così mi sporsi in avanti e gli destinai il mio sguardo più provocatorio. «Sarai gentile con lui perché lui e Lauren sono i miei unici amici.»

Incredibilmente, funzionò. Wilde si sedette. Sbatté le palpebre un paio di volte. Sembrò assorbire la mia richiesta.

«Bene.» Si alzò dal divano. «Purché non ti tocchi. Ora mettiti le scarpe. Andiamo a guidare.»

Mi misi le scarpe e andai alla Jeep. Ero completamente devastata per quello che avevo fatto al parafango posteriore, ma Wilde non mi permise di fermarmi ad esaminarlo.

«Ci penso io» disse con fermezza mentre mi prendeva per il gomito e mi tirava al posto di guida. Mi mise dentro di peso, mi allacciò la cintura e chiuse lo sportello.

Emisi un verso vagamente di scherno. Solo che non era dovuto all'indignazione per il suo comportamento possessivo. Questa volta si basava più sul piacere. Ora che l'avevo capito meglio, stavo iniziando ad amare l'ossessione di Wilde per me. Ciò non cambiava la mia sindrome da stress post traumatico riguardo alla guida, però. Mi tremarono le mani quando avviai la Jeep, lo scricchiolio del metallo ancora fresco nelle mie orecchie.

«Sai farlo. Guida e basta, Rayne.»

Feci marcia indietro e mi misi in moto.

«Andiamo a Tempe?»

Ero nervosa. Guidare in autostrada nel traffico mi intimidiva.

«Aspetta, fammi fare una telefonata.»

Wilde tirò fuori il telefono e compose un numero. «Garrett? Wilde Woodward. Sì, mi dispiace di non essere passato ieri. Dovevo tornare a casa per prendermi cura della mia sorellastra.» Mi lanciò uno sguardo più subdolo che meschino, e mi fece battere il cuore. «Comunque, mi chiedevo se c'è qualche possibilità di venire ora? Sì? Bene. Ok, ci vediamo lì. Grazie.»

Wilde attaccò e mi guardò. «Andiamo a Tucson.»

«Uhm...» Non volevo dire di no perché mi rendevo conto che l'incontro era importante. Se non avesse risolto i suoi problemi legali, lo avrebbero bandito dal branco. Ma Tucson era a due ore e mezza di distanza, e poi saremmo tornati indietro di notte.

Wilde sembrò leggere i miei pensieri. «Va bene, caramellina. Guiderò io al ritorno.»

Feci un respiro lungo e lento. «Ok, ma non so dove andare.»

«Ti indirizzerò io. Tu rilassati e guida. Questa sarà una buona pratica per te.»

Annuii, ma le spalle quasi mi toccarono le orecchie per la tensione. Anche se non fossi andata a sbattere di nuovo, avrei avuto un esaurimento nervoso con tutti gli ormoni che si riversavano nel mio sistema. Ma poi Wilde lasciò cadere la sua grande mano sulla mia nuca e strinse.

«Rayne» mormorò. «Puoi farlo.»

* * *

WILDE

La piccoletta (non avrei più dovuto chiamarla così) guidò decentemente. Si era un po' innervosita e agitata per i cambi di corsia e la guida nel traffico intenso, ma si era ambientata.

Incontrammo Garrett e Amber al Club Eclipse, la discoteca di Garrett in Congress Street, nel centro di Tucson. Non ci ero mai stato prima.

Strinsi la mano di Garrett. «Garrett. Conosci Rayne?»

«No.» Le tese una mano, e poi la abbracciò. Sembrò considerarla davvero. Non c'era nulla dei modi sprezzanti che il branco di Wolf Ridge le aveva riservato. Gli si infiammarono le narici mentre ne inspirava l'odore.

«Sei nel branco di mio padre?»

«Uhm, sì. Più o meno.» Rayne alzò le spalle in modo sprezzante, spostando lo sguardo.

Garrett emise un verso gutturale che sembrò indicare che capiva cosa significasse e non necessariamente lo approvava.

Certo, lui e suo padre non erano d'accordo su molte cose. La leadership del branco avrebbe potuto essere una di queste.

«Questa è la mia compagna, Amber.»

Stringemmo la mano all'umana. Amber era una femmina snella. Non era piccola come Rayne, ma sicuramente mi sembrava fragile. Non sapevo come Garrett potesse vivere sapendo che la sua compagna era umana e sarebbe potuta morire in qualsiasi momento in molti modi orribili. Rayne poteva essere piccola, ma aveva il sangue di una mutaforma. Aveva una lupa dentro di sé che la rendeva potente. Una lupa che intendevo far emergere.

Perché dovevo sapere se era mia.

Ci sedemmo al bar e Amber chiese esattamente cosa fosse successo il giorno del mio arresto. Le diedi i miei documenti e la versione breve e senza fronzoli.

«C'era una festa nella mia stanza d'albergo, e c'era della droga. Il mio compagno di stanza era uscito a prendere le birre. Il mio lupo si è risvegliato, così ho guardato fuori dalla finestra e ho visto due auto della polizia fuori. Ho detto a tutti di andarsene. I poliziotti si sono presentati mentre le ultime persone stavano uscendo. Hanno visto la droga e mi hanno messo le manette. Non ho detto nulla in quel momento e mi sono dichiarato non colpevole il giorno dopo. Tutto qui.»

«E stiamo parlando di cocaina?»

«Sì, signora.»

«Puoi chiamarmi Amber. Quanta ne è stata trovata?»

«Non lo so. Più di dieci grammi, credo. È quello che ci vuole per un'accusa di spaccio.»

«L'hanno trovata addosso a te o nella stanza?»

«Nella stanza.»

«Ti hanno fatto un test antidroga?»

«Sì. Ero pulito.»

«Va bene. Mi sembra circostanziale. Potrebbe essere possibile far cadere le accuse. Dipende da quali altre prove hanno raccolto in quel momento. Posso chiamare il tuo difensore pubblico e chiedere di essere ammessa come tuo avvocato fuori giurisdizione in questo caso.»

La guardai inebetito.

«Non sono autorizzata ad esercitare in South Carolina, ma posso essere ammessa come parte del tuo team legale. Ci sono buone probabilità che il tuo difensore possa gestire tutto, però. Lui o lei conoscerà i giudici e gli ufficiali che ti hanno arrestato.»

Chinai il capo. «Grazie. Io, ehm, non ho soldi per pagarti in questo momento, ma…»

Amber agitò una mano. «Va tutto bene. Sono felice di aiutarti.»

Guardai Garrett. «Potresti inserirmi in un combattimento al prossimo giro di incontri mutaforma?»

Garrett aveva permesso a Bo di combattere un paio di anni prima per soldi quando lui e la sua ragazza Sloane erano nei guai.

«No. Non è necessario. Facciamo in modo di riportarti alle tue lezioni.»

Giusto.

Le lezioni. Quella sensazione di malessere che se n'era stata in fondo al mio stomaco per tutto l'anno e un quadrimestre che ero stato alla Duke ritornò a galla con tutta la sua forza.

«Sì. Io, uh… Non ho fretta di tornarci.»

Sentii lo sguardo blu di Rayne su di me, e mi fece venire l'orticaria. «Ma sarà cacciato dal branco se non faranno cadere le accuse.»

Fui riscaldato dal suo interesse per il caso. Non sapevo nemmeno che avesse prestato attenzione alla mia situazione.

Garrett chiuse gli occhi. «Quindi verrai bandito se non lo risolvi, ma in realtà non ti interessa tornare indietro.»

Non risposi. Questa era la stessa cosa che suo padre aveva colto e che lo aveva fatto incazzare. «Beh, cosa vuoi, Wilde? Perché non ho intenzione di far perdere tempo ad Amber se hai intenzione di sabotare i risultati.»

Per un attimo non riuscii a respirare.

«Ti sentivi fuori posto lì» intuì Rayne.

Garrett aspettò che io parlassi.

Non sapevo davvero cosa dire. Rayne aveva ragione, ovviamente. Odiavo fottutamente vivere con gli umani. Fingere di esserlo. Avevo avuto nostalgia di casa ogni giorno che avevo passato lì. Non potevo correre come un lupo. Non ero mai mutato. Cavolo, avevo avuto paura di dimenticare come si facesse.

Mi schiarii la gola. «Non li saboterò. Non voglio essere bandito.»

Questo era vero.

«Beh, puoi venire da me se lo fanno. Questo lo sai.»

Mi si strinse il petto e annuii. «Sì. Grazie, Garrett.»

Garrett guardò Rayne. «Anche tu. Abbiamo tutti i generi qui.»

Ricordavo che il branco di Tucson non era composto solo da lupi. C'erano orsi e volpi e persino alcuni disadattati. Difettosi, ma non come Rayne. Alcune creature fatte in laboratorio, avevo sentito.

Impallidì. «Oh. Ehm... Grazie.»

Le posai la mano sulla nuca. «Rayne è una fioritura tardiva, tutto qui. Ha una lupa dagli occhi d'argento che sta per uscire.»

Rayne lanciò uno sguardo indecifrabile verso di me.

«A prescindere» disse Garrett con fermezza. «Siete entrambi i benvenuti nel mio branco.» «Grazie, Alpha» disse Rayne dolcemente.

«Non sono il tuo alfa. Ma la porta è aperta.» Garrett si alzò dallo sgabello del bar, indicando che la riunione era finita. «Tornate a casa stasera?»

«Sì. Rayne va a scuola la mattina.»

«Ti contatterò, Wilde» disse Amber mentre facevamo un altro giro di strette di mano.

«Grazie mille. Apprezzo molto il tuo aiuto.»

«Sono felice di aiutarti.»

Ci avviammo verso la jeep e, invece di aprire la portiera lato passeggero per Rayne, la inchiodai contro di essa di fronte a me e le scostai i capelli dagli occhi.

«Ti ha offeso?»

Lei arrossì. «No. Voglio dire...» scosse la testa. «No. Io... Chissà com'è il suo branco. Sembrano fighi.»

«Vero?»

Lo stomaco di Rayne brontolò.

Mi allontanai da lei.

«Andiamo a cercare ancora un po' di carne. Quella lupa ha bisogno di essere nutrita.»

Mentre la aiutavo a entrare nella jeep, lei distolse il viso. Non sapevo cosa la stesse turbando, ma lo avrei capito. Subito.

CAPITOLO SEDICI

Rayne

Feci la doccia quando tornammo a casa. Avevo lo stomaco sottosopra anche se non riuscivo a individuare cosa mi rendesse ansiosa. Era qualcosa che riguarda Wilde e la mia lupa. Gli piacevo solo ora che sapeva che avevo una lupa dentro? E il suo affetto era condizionato dal volerla tirare fuori? Perché pensavo che fosse assolutamente possibile che non sarebbe mai successo.

Solo perché i miei occhi avevano cambiato colore non significava che mi sarei trasformata. E, onestamente, considerando quanto fossero deboli i miei geni mutaforma, ero terrorizzata di mutare. Cosa sarebbe successo se l'avessi fatto solo parzialmente? O se l'avessi fatto e non fossi riuscita a tornare indietro? In entrambi i casi, avrebbero dovuto abbattermi con un proiettile d'argento.

Forse ero una cretina, ma sentivo quasi che era meglio non provare. Avevo vissuto così a lungo come una difettosa. Avrei anche potuto continuare. Di certo non avrei avuto meno amici.

Ma Wilde aveva bisogno che io fossi presentabile come sua sorellastra.

O compagna.

Questo pensiero mi arrivò come un piccolo sussurro all'orecchio. Una cosa che non osavo nemmeno pensare. Wilde sicuramente non voleva accoppiarsi con me. Era pazzesco.

Era attratto da me per qualche motivo. Immaginavo perché eravamo entrambi sotto lo stesso tetto o qualcosa del genere. Forse alcuni dei groppi che sentivo in pancia riguardavano cosa sarebbe accaduto stasera.

I nostri genitori erano ancora lontani. Avrei trovato Wilde nella mia camera una volta uscita dalla doccia? In qualche modo, ero sicura di sì.

Chiusi l'acqua e mi asciugai. Ero stata attenta a portarmi il pigiama in bagno questa volta, così non avrei dovuto cambiarmi nell'armadio se lui era lì. Non che non mi avesse vista completamente nuda. Era solo... Tutta questa confusione che sgorgava in me mi aveva portata al limite.

Oh destino.

Mi aveva vista completamente nuda. Solo dodici ore prima.

Entrai in camera, non sorpresa di trovarlo sdraiato sul mio letto con il mio laptop aperto. Stava guardando i miei video fetish.

«Wilde! Puoi lasciarlo?»

«Cosa?» Mi fece un sorriso da cattivo ragazzo. Un sorriso pigro, arrogante, bello che mi mandò in confusione e mi fece indebolire le ginocchia. «Mi piace guardarti mentre ti pavoneggi con i tacchi alti. Non sono un tipo a cui piacciono i piedi, ma le tue gambe sono fottutamente sexy.»

Lo guardai a bocca aperta.

Pensava che le mie gambe fossero sexy? Oh... Wow.

Chiuse il portatile e si sedette sul letto. «Vieni qui, Raynebow.» Mi puntò un dito contro.

Mi fermai. Era questo che volevo? Fare questa cosa – qualunque diavolo di cosa stessimo facendo – con Wilde avrebbe dato al mio cuore una svolta selvaggia. Una cosa era vivere con un attrito costante con il mio fratellastro. Una cosa completamente diversa era andare a letto con lui, lasciare che fosse lui a decidere tutto, iniziare a farmelo piacere, e poi fargli decidere che ero roba vecchia. Anche se non lo avesse fatto, era destinato a tornare alla Duke.

Sì, ma lui non voleva farlo.

Questa era la mia voce cattiva, quella che voleva qualcosa di più. Che voleva esplorare queste sensazioni con lui.

«Avevi ragione» disse, improvvisamente serio.

«A proposito di cosa?»

«Odiavo la Duke perché non mi adattavo. Insomma, fingevo completamente. Avevo un'intera confraternita e una squadra che pensava che io fossi il miglior ragazzo di sempre, ma nessuno sapeva nemmeno lontanamente chi fossi. Lì non posso mutare. Non posso correre. Devo stare attento a non arrabbiarmi o arraparmi e mostrare il mio lupo. Non mi piace vivere con gli umani.» Mi ritrovai a camminare verso di lui, dimenticando ogni esitazione. Appoggiai leggermente una mano sul suo braccio. «Che schifo.»

Mi prese la mano e passò le sue dita sulle mie. «Vieni qui, Rayne-bow.» Mi fece girare, così le nostre mani giunte si ritrovarono avvolte intorno alla mia vita, e io mi sedetti sulle sue ginocchia. «Preferirei rimanere qui e torturarti.» Le parole suonarono leggere nel mio orecchio.

«E se non volessi essere torturata?» La mia voce aveva un tono tremolante.

«Oh, ma penso che tu lo voglia.» Mi morse la spalla, e la cosa mi fece attraversare da un forte brivido. I lupi segnavano le loro compagne con un morso sul collo, quindi sembrava super intimo. Molto personale.

«F-forse potresti trasferirti all'ASU. Giocare a football con Bo e Cole?»

«Sì» disse Wilde dolcemente. «Darei qualsiasi cosa per farlo.»

Mi girai per guardarlo, sorpresa di sentire una qualche forma di chiarezza da parte sua su ciò che voleva.

«Allora fallo accadere.»

Si incupì e lanciò un'occhiata in direzione della stanza di suo padre.

Giusto. Stava vivendo il sogno di Logan in questo momento. Probabilmente non aveva avuto scelta nell'andare a Duke tanto per cominciare.

Non rispose. Invece, disse: «Dormirò nel tuo letto stanotte, caramellina. Vuoi andare sul pavimento o pensi di rischiare stando con me?»

Il cuore mi batteva forte. Wilde mi stava chiedendo qualcosa invece di fare il bullo.

«Non ci dormo sul pavimento» mi ritrovai a dire con un tono di sfida prima ancora di aver avuto la possibilità di pensarci. Prima che il mio io più saggio tirasse il freno a mano.

Non ero pronta a dormire accanto a Wilde Woodward. Soprattutto non dopo quello che era successo la scorsa sera. Solo che stavo mentendo a me stessa perché l'idea di dormire – o anche solo sdraiarmi – accanto a lui mi mandò di nuovo tremori di eccitazione che mi sfrecciarono lungo la spina dorsale e giù per le membra.

Wilde mi liberò e mi fece alzare in piedi con gentilezza, poi si alzò e si diresse verso il bagno. Usai il tempo da sola per spegnere la luce e infilarmi sotto le coperte. Nel momento in cui lo feci, il mio corpo andò in fiamme. Scalciai e allungai le gambe sotto le coperte. Stavo morendo di caldo. Stavo letteralmente morendo. Tolsi le coperte per prendere un po' d'aria fresca sulla pelle. Avrei voluto togliermi il pigiama, ma sarebbe ovviamente stato un messaggio sbagliato da inviare a Wilde.

O quel messaggio era già stato inviato nel momento in cui avevo accettato di entrare in questo letto con lui?

Perché l'avevo fatto? Volevo una ripassino della scorsa sera? Oh, chi stavo prendendo in giro?

Certamente. Forse avevo una perversione riguardo il mio fratellastro. Il coglione alfa proibito e irraggiungibile che mi faceva cose sporche nel mio letto.

Wilde tornò in camera da letto e si tolse i boxer. Lo vidi nell'oscurità – forse la mia visione notturna stava migliorando – e il suo corpo era perfetto. C'era anche qualcosa di completamente diverso in lui in questo momento. L'arroganza era assente. Era solo... Wilde.

Un ragazzo che si infilava nel letto con me.

Oh, destino. *Si stava infilando nel letto con me!*

Tirai la coperta fino al mento nello stesso momento in cui Wilde prese l'altra estremità per salire.

Mi sfiorò la gamba con la sua. «Cazzo, stai bruciando.» Buttò le coperte ai nostri piedi. «È la transizione.» Guardò verso la finestra. «E la luna sta crescendo.»

«Oh. Immaginavo che avesse senso. Pensavo di avere reazioni empatiche alla gravidanza di mia madre.»

Wilde sbuffò. «No. Il calore fa parte del processo. E la fame. E l'eccitazione.» All'improvviso fu sopra di me, bloccandomi i polsi come aveva fatto la scorsa sera. «Hai intenzione di mostrarmi di nuovo quella lupa, caramellina?»

Questa volta non opposi resistenza. Invece, piegai le ginocchia come se stessi facendo spazio per lui. Le abbassò, gentilmente, roteando lentamente i fianchi prima di sollevarsi di nuovo. «Hmm. Sembra che tu non abbia più paura di me. Questo potrebbe essere un problema.»

«Un problema per chi?» Tenne il mio sguardo mentre

spostava lentamente e deliberatamente una delle sue mani dal mio polso per avvolgermela alla gola.

«Dov'è lei?» mormorò poco prima di iniziare a stringere.

Aveva ragione, però.

Non avevo paura. Non sapevo assolutamente di cosa parlasse Wilde, ma ne sapeva più di quanto non ne sapessi prima. Sapevo che mi trovava desiderabile. E forse il suo odio per me era stato mitigato dal fatto che aveva visto una lupa dentro di me. Che forse non ero così difettosa come la gente credeva. E mentre era un sollievo non affrontare l'esplosione completa del suo risentimento ora, odiavo il fatto che la sua approvazione fosse condizionata. Non gli importava di me, la vera me. La me che ero ora. Era interessato solo alla lupa che credeva io potessi essere.

Mi bloccò il respiro, guardandomi attentamente. Tenni il suo sguardo con aria di sfida. Mi rifiutavo di giocare a questo gioco. Non mi avrebbe spaventata e mi non mi avrebbe convinta a combatterlo. La mia determinazione durò fino a quando la mia testa non divenne pesante e l'oscurità mi piombò addosso.

Allora non riuscii più a farne a meno. Cominciai a dimenarmi sotto Wilde, agganciando i piedi ai suoi fianchi per spingerlo via. «Eccola» sussurrò Wilde. Rilasciò la presa sulla gola e io sussultai nel mio respiro. Feci diversi lunghi respiri e nel momento in cui riuscii a parlare, urlai: «Va a farti fottere, Wilde!»

Lui ridacchiò. «Con piacere, Rayne-bow.»

Scalciai di nuovo, più forte che potevo, colpendo con il tallone i suoi addominali duri. «Non è divertente.»

Mi si riempirono gli occhi di lacrime e si riversano sulle mie ciglia. Mi afferrò la caviglia e la tenne.

«Shh.» Mi accarezzò il polpaccio. «Hai ragione. Mi dispiace. Sono andato troppo oltre.»

Continuò ad accarezzarmi su e giù per il polpaccio con la grande mano, calmandomi. «Va tutto bene, bambina.»

Ero un po' scioccata dalle sue scuse. Ancora di più dal suo uso del termine *bambina*.

«Va tutto bene.» Mormorò di nuovo. Spostò la mano che mi teneva la caviglia per massaggiarmi la pianta del piede. «È stato un bel calcio, Rayne-bow.» Sembrò dirlo con vera ammirazione. «C'era della potenza.» Annuì consapevolmente. «Potenza da mutaforma.»

«Va' a farti fottere» brontolai di nuovo. Mi rifiutavo di essere ammirata per qualsiasi cosa legata alla mutazione. Usò entrambi i pollici per massaggiarmi il piede, e cominciai a sciogliermi nonostante la rabbia. «A *te* piacciono i piedi, Rayne?»

Sbuffai una risata sorpresa. «No. È solo un modo per guadagnare soldi.»

«Beh, credo di aver colto il punto. Hai i piedi più carini mai visti.» Si portò il piede alla bocca e mi succhiò l'alluce.

Cercai di strattonarlo via, scioccata dal calore della sua lingua, dalla sensualità inaspettata del gesto, ma ovviamente mi tenne stretta. Piagnucolai quando la lingua turbinò tra le dita, e lui succhiò il dito successivo.

Questa cosa non avrebbe dovuto essere erotica. Insomma, capivo che lo era per i miei clienti, ma non avevo idea di quanto sarebbe stato incredibile. Sentii l'odore della mia eccitazione nello stesso momento in cui le narici di Wilde si infiammarono, assorbendolo.

I suoi occhi assunsero un bagliore verde nell'oscurità mentre prendeva il mio terzo dito in bocca facendogli lo stesso trattamento. Allo stesso tempo, mi accarezzò una gamba fino all'apice. Più si avvicinava alle parti della mia signora, più l'interno delle mie cosce fremeva. La pancia mi svolazzò. L'anticipazione del suo tocco mi faceva attivare ogni terminazione nervosa. Iniziò solo con un tocco leggero:

il dorso delle sue dita scivolò sul cavallo dei pantaloncini del pigiama. Sollevai i fianchi dal letto. Prese il mio quarto dito in bocca. Il tocco successivo sul mio cavallo fu più deciso, gli andai incontro, seguendo la sua mano con i miei fianchi per averne di più.

Si spostò verso il mignolo, facendo roteare la lingua tra le dita dei piedi. «È così piccolo, bambina. Così fottutamente carino.»

Eccoci. Il pollice premette contro il clitoride e io gemetti ad alta voce. Mi succhiò il dito del piede e mi accarezzò con forza la figa, proprio dove ne avevo bisogno.

«Quindi devi dirmelo.» La voce era profonda e ruvida come se fosse eccitato come lo ero io. «Preferisci la mia lingua tra le dita dei piedi o tra le gambe?»

Emisi un lamento. Era il modo in cui ammettevo che Wilde avrebbe ottenuto tutto ciò che voleva da me. Qualsiasi cosa mi chiedesse. Il suo tocco era troppo inebriante per rifiutare.

«Hmm, piccola?»

«T-tra le gambe... per favore.»

In un lampo, Wilde lasciò cadere il piede e mi tirò giù pantaloncini e mutandine, gettandoseli oltre la spalla. I suoi occhi erano di un verde brillante e luminoso ora, bello e spaventoso. Fece scivolare le mani sotto il mio culo, poi sollevò tutto il bacino fino alla bocca invece di abbassarsi verso di me.

«Wilde.» C'era una nota di allarme nella mia voce quando dissi il suo nome, anche se non ero sicura di cosa avevo paura. L'intensità del piacere che mi stava per dare?

«Mmm hmm. Esatto, piccola. Voglio che tu dica il mio nome quando la mia lingua è dentro di te.» Mi leccò dentro, non con passaggi delicati e sfumati, ma selvaggi e bagnati. Aggressivi e ruvidi. Mi succhiò le labbra e prese tutta la mia figa in bocca in una sola volta. Mi trafisse con la lingua, penetrandomi.

«T-ti prego» Stavo ansimando. Elemosinando. Bisognosa.

Wilde mi abbassò i fianchi sul letto. «Hai intenzione di prendere le mie dita come una brava ragazza, Rayne-bow?»

Non avevo idea di cosa intendesse. Non ero nemmeno sicura di quello che aveva detto. Tutto quello che sapevo era che i miei fianchi si stavano sollevando e abbassando, alla disperata ricerca del suo tocco.

Avvitò un dito nella mia stretta apertura. «Ancora stretto, cazzo, piccola. Fa male?»

Gemetti e scossi la testa mentre andava più a fondo.

«No? Stai bene?»

«Sì» ansimai. «Sto bene.»

«È quello che voglio sentire.» Mi avvitò un secondo dito dentro. Mi contorsi e piagnucolai un po' allo spessore. «Prendile, Rayne. Come una brava ragazza.»

Non sapevo cosa intendesse, ma quelle parole mi eccitarono. Le sue dita mi allargarono, sentii un bruciore, e sembrò che avesse colpito una specie di blocco. Si abbassò su di me e mi reclamò la bocca con un bacio infuocato. Passò la lingua sulle mie labbra roteandola a lungo e lentamente, e, allo stesso tempo, spinse le dita oltre la barriera.

Sussultai e sobbalzai.

Wilde sorrise sulle mie labbra. «Ho appena fatto scoppiare la tua ciliegia, Rayne.»

Sembrava orgoglioso di sé stesso. «Ti sentirai meglio fra un minuto, piccola. Lo prometto.»

Iniziò una lenta spinta delle dita dentro di me, e mi accorsi che aveva ragione. Sembrava incredibile. Soprattutto quando iniziò ad accarezzarmi la parete interna.

Emisi un verso. Un grido di piacere. Di bisogno. «Sì.»

«È quello, piccola? Proprio lì?» Wilde continuò a

pompare, la punta delle dita colpì il punto che mi fece contorcere e strillare e raggiungere la testiera.

«Wilde, sì. Ti prego! Wilde, oh destino... oh destino... Oh, oh!» Le mie pareti interne si strinsero. Puntai i piedi come una ballerina. Il cervello mi andò in cortocircuito. Persi la cognizione del tempo. Scorreva, era fermo. Non ne ero del tutto sicura. Wilde fece scivolare le dita fuori e mi strofinò il clitoride, e io venni di nuovo – un altro spasmo delle mie pareti interne, stringendo e strizzando l'aria. Emisi un gemito soddisfatto.

«Meglio, piccola?» Mi accarezzò lentamente la figa.

Non ero sicura di cosa mi stesse chiedendo. Il mio cervello non era ancora tornato nella stanza. Mi fece rotolare sul fianco e si dispose dietro di me, il suo corpo molto più grande intorno al mio. «Vedi? La febbre è sparita ora.» Tirò su le coperte intorno a noi. «Ti scoperò per farti dormire ogni notte che ne hai bisogno.»

Registrai la sua oscura promessa proprio nel mio nucleo dove provocò una spremitura, un formicolio e un ronzio.

«Forse anche le notti in cui non ne hai bisogno.»

Un'altra strizzata.

Mi morse il collo. «Forse avere una sorellastra non è la cosa peggiore del mondo.»

Tirai il gomito indietro per colpirlo sulle costole. «Vaffanculo, Woodward.»

I suoi denti affondarono così profondamente nella mia spalla che per poco non bucarono la pelle, ma quasi non mi accorsi del dolore.

Fu il suo cazzo indurito che premeva contro il mio culo che mi fece congelare.

E adesso...

CAPITOLO DICIASSETTE

Wilde

Soffiai nel fischietto e agitai la mano nel segnale predeterminato, e i giocatori della Wolf Ridge High si divisero e si fusero esattamente come indicato. Era strano ma non insoddisfacente guardare la squadra invece di giocare. Il sole autunnale era caldo ma non bruciava, la maggior parte dei raggi erano coperti dalla montagna a quest'ora. Guardai verso il parcheggio e ricevetti un brivido di piacere quando vidi Rayne seduta nella mia jeep. Mi aveva mandato un messaggio dopo la scuola per dirmi che stava andando in biblioteca per fare ripetizioni con Lincoln e che mi avrebbe aspettato nella Jeep dopo.

Se ti tocca, è un uomo morto, avevo risposto.

Mi aveva mandato un'emoji che mi aveva fatto sorridere. Questa mattina, mi ero assicurato che Rayne mangiasse un'enorme colazione a base di pancake e pancetta canadese avanzati da ieri, poi avevo aperto una finestra nella sua stanza e cambiato le lenzuola. I nostri genitori sarebbero tornati oggi, e sicuramente avrebbero sentito l'odore di tutto ciò che era successo tra me e Rayne. Avevo buttato le lenzuola nella lavatrice e l'avevo avviata prima di accompagnarla a scuola, poi avevo portato la Jeep danneggiata in officina per vedere cosa aveva da dire Greg sulla riparazione. Come sospettavo, mi avrebbe aiutato a ripararla a un costo molto basso. Dovevo solo andare dallo sfasciacarrozze per trovare un parafango, e lui mi avrebbe aiutato a riparare l'ammaccatura e sostituirlo. Fischiai tre volte e la squadra passò allo schema successivo.

Mi piaceva assistere il Coach Jamison. Forse era una cosa saltuaria, ma sentivo che il campo della Wolf Ridge High era il posto a cui appartenevo. Dove ero diventato un lupo. Dove ero diventato un uomo. Dove avevo imparato a conoscere la fratellanza del branco e la gloria della giovinezza. L'allenatore mi aveva chiesto di insegnare alla squadra qualcosa di nuovo che avevo imparato alla Duke, quindi avevo prima esaminato alcune formazioni e schemi sulla lavagna, e poi eravamo andati sul campo per metterli in pratica.

La squadra aveva impiegato solo in un'ora a padroneggiare ciò che il team umano della Duke aveva impiegato mesi per perfezionare.

«Cosa ne pensi?» mi chiese Jamison. «Vanno alla grande.»

«D'accordo. Gestisci tu il potenziamento di forza e agilità e poi fagli fare stretching prima che vadano.»

Si allontanò, lasciandomi completamente al comando. Era una strana sensazione godere della sua fiducia in questo modo. Sapere che pensava che io fossi degno di guidare una squadra che avevo lasciato solo un anno e un quadrimestre fa. Scomparve, mostrando alla squadra la sua fiducia in me, riapparendo solo quando tutto era finito.

«Ovviamente non vedrete molti di questi schemi sul campo questo fine settimana» avvertì il coach. «Ma queste abilità vi torneranno sicuramente utili quando sarete abbastanza grandi per competere nei giochi mutaforma.» Si riferiva alle competizioni regionali che servivano come vetrina.

Un'opportunità per tutti i mutaforma della regione di riunirsi e annusarsi a vicenda. Vedere se riuscivano a trovare il loro compagno predestinato.

«Questo fine settimana voglio vedervi eccellere nel perdere fino all'ultimo quarto. Questo è il gioco. Stare a guardare mentre tutto va male. Far sembrare tutto sfortunato. Quindi schiacciarli alla fine. Capito?» Ecco come si comportavano i giocatori della Wolf Ridge. Non potevamo sembrare troppo bravi, quindi giocavamo temporeggiando e recuperando. Per apparire umani.

«Sì, coach» disse in coro la squadra.

«Ok, andate a fare la doccia. L'allenamento è finito.» Mi diressi anche io negli spogliatoi per lavarmi rapidamente, poi incontrai Abe. Avevo rimuginato su ciò che Bailey mi aveva detto sul cambiamento dello status di Rayne qui e avevo deciso che aveva ragione.

«Oakley, cos'è questo?» Gli sventolai la scheda di votazioni del ballo in faccia.

Mi fece un sorriso arrogante. «Cosa?»

«Hai messo Rayne sulla scheda. Perché?»

Il suo sorriso si allargò. «Non so. Ho pensato che sarebbe stato divertente avere un'umana e la dif...»– si interruppe quando vide il mio labbro superiore sollevarsi in un ringhio. «Mi dispiace, fratello.» Alzò la mano in segno di resa.

Gli afferrai la camicia e lo buttai contro gli armadietti della palestra. Tutti i ragazzi lì dentro stavano già ascoltando, ma ora erano completamente silenziosi.

«Beh, visto che l'hai messa sulla scheda elettorale, faresti meglio ad assicurarti che vinca.»

Le sopracciglia di Abe si alzarono per la sorpresa. «Cosa?»

«Fa che sia la regina.»

Abe si lasciò scappare una risata sorpresa. «Perché?» Indietreggiò per qualcosa che vide nel mio volto. Non sapevo cosa, forse i miei occhi avevano cambiato colore. «Va bene. Va bene, amico. Assolutamente.» Fece del suo meglio per allungare il collo e guardarsi intorno verso gli altri ragazzi, il che fu difficile perché lo tenevo ancora inchiodato agli armadietti. «Lo avete sentito, tutti? Rayne – Rayne regina del ballo.»

Lo lasciai lentamente e annuii. «Bene. Tu prova a fare casino di nuovo con lei, e io ti finisco.» «Mi dispiace, Wilde» disse immediatamente Abe. Poteva anche essere un alfa alla Wolf Ridge High, ma sapeva che ero di gran lunga superiore a lui. Il suo lupo si sottomise al mio.

«Bene. Mi aspetto di sentire che viene trattata con rispetto.»

Detto questo, uscii dagli spogliatoi, il mio lupo era pieno di energia e desideroso di salire su quella jeep baciata dal sole. Sarebbe stata piena del profumo di Rayne.

E sì, il suo odore stava sbloccando nuove note ogni singolo giorno. Note che mi facevano battere il cuore e diventare duro il cazzo.

Non potevo aspettare che imparasse a mutare, cazzo.

Salii sulla jeep e assunsi un'espressione feroce. «Ti ha toccata?»

Rayne mi ignorò, guardò dritto davanti a sé e scosse la testa per l'esasperazione. «Non essere ridicolo.»

Sorrisi e avviai la Jeep. «Meglio per lui che non lo abbia fatto.»

«Wilde. Te l'ho detto. Non è un problema. Ok? Rilassati.»

Non sapevo perché, ma adoravo le sue rassicurazioni. Il fatto che pensasse che me le meritassi. Sapevamo entrambi che non era così. Non avevo assolutamente il diritto di rivendicare Rayne, ma ovviamente l'avevo fatto. E ora stava rispondendo come se accettasse questa affermazione. Quindi mi stavo godendo la vittoria.

Andammo a casa e trovammo il SUV di mio padre nel garage.

«Oh» disse Rayne come se fosse delusa quanto me dal fatto che fossero tornati.

«Già.» Entrammo dalla porta laterale. «Le lenzuola devono ancora andare nell'asciugatrice» mormorai perché ovviamente sarebbe sembrato strano se l'avessi fatto io.

«Ok» mormorò. Le toccai leggermente la schiena mentre ci separavamo. Un ultimo messaggio segreto su ciò che avevamo condiviso. Che avevamo forgiato diventando qualcosa di clandestino e nuovo. Qualcosa proprio tra noi due. Solo per noi due. Ma, naturalmente, il segreto piacere condiviso non poteva durare.

«Che cazzo hai fatto alla tua Jeep?» mormorò mio padre dal salotto.

Rayne mi lanciò uno sguardo inorridito. Scossi la testa verso di lei e la spinsi via nella sua stanza. Le avevo detto che l'avrei gestita io, e lo avrei fatto. «Me ne sto occupando io» dissi con voce annoiata mentre camminavo verso il soggiorno per salutare mio padre. «Greg mi aiuterà a ripararla gratuitamente.»

«Cosa hai fatto?»

«Stavo mandando un messaggio mentre guidavo. Ho colpito la cassetta della posta. Aggiusterò anche quella. Stasera.» Mi sarei preso a calci per non averlo risolto ieri. Errore mio, di sicuro. Sembrò che la testa di mio padre stesse per girare e saltar fuori. Chiuse gli occhi diretto verso di me.

«Tu» agitò le mani in aria. «Hai colpito la cassetta della posta? A che velocità avresti fatto quel tipo di danno?»

Annuii. «Probabilmente troppo veloce.»

«Probabilmente?»

Tenni la gola esposta in segno di sottomissione al lupo. «C'entrano le droghe e l'alcol?»

«No, signore.»

«Allora perché stavi andando indietro così velocemente?» Mentire a un mutaforma era un affare complicato. Se qualcosa nel tuo odore cambiava, se c'era qualche segnale di paura, lo avrebbero rivelato. Quindi provai con ciò che era più vicino alla verità. Il motivo per cui Rayne stava indietreggiando così rapidamente.

«Ero incazzato.»

«Eri incazzato» ripeté in tono di condanna. «A proposito di cosa?»

«Di dover tornare qui per fare da babysitter a Rayne.»

Aspetta. Cazzo. Grosso, grosso errore.

Gli occhi di mio padre lampeggiarono d'oro e il suo labbro superiore si arricciò in un ringhio. «Ce l'ho con te. *Prendi le tue cose e lascia questa casa.*»

* * *

Rayne

No.

Destino, no. Che cosa avevo fatto? La mia codardia poteva costare tutto a Wilde. Uscii dalla camera nello stesso momento in cui mia madre uscì dalla camera padronale. Due punti per l'udito da mutaforma.

«Logan» disse mia madre. «No.»

Logan alzò le mani in aria. I suoi occhi brillavano di ambra. «Se Wilde non può mostrare del rispetto di base per la sua nuova famiglia, non merita di vivere sotto il mio tetto.»

«È una cosa stupida!» gridai, dimenticando la mia paura di quell'uomo. Dimenticando di essere rispettosa.

Wilde scosse la testa verso di me in segno di avvertimento. «Rayne.»

«No. Ho distrutto io la Jeep. Va bene?»

«La sto gestendo io» tagliò corto Wilde, con voce ferma.

«Stai zitto!» Ero prossima alle lacrime. Mi girai verso Logan, con i pugni chiusi. «Wilde si sta solo prendendo la colpa per me. Come ha fatto per chiunque comprasse e vendesse droga nella sua squadra.»

Lo shock attraversò visibilmente Wilde alle mie parole. «Come hai fatto…»

Buttai fuori le mani per l'esasperazione. «Perché ti conosco!» Tornando a Logan, dissi: «E dovresti conoscerlo anche tu. Se sei così cieco che non riesci a vedere l'eroe che è tuo figlio, o il fatto che stava soffrendo vivendo dall'altra parte del Paese, completamente separato da tutta la cultura del lupo, non meriti di cavalcare il suo successo.»

«Basta, Rayne» tagliò corto bruscamente mia madre.

«No, è vero. Questo è quello che sta facendo. Non gli importa di ciò che Wilde vuole. O della sua felicità.»

«È vero?» La voce di Logan si era calmata. I suoi occhi erano tornati alla normalità.

«Certo che è vero!» esclamai.

«Rayne.» Mia madre fece un movimento verso di me, ma Wilde le passò davanti, bloccandole la strada. Le sue sopracciglia si alzarono, ma non in modo arrabbiato. Più per la sorpresa. «Huh» disse pensierosa, poi mi guardò.

Ero ancora disperatamente impegnata a riparare il mio errore. «Ho guidato la jeep di Wilde. Ero incazzata con lui perché faceva il prepotente, e sono partita troppo veloce. Ho colpito la cassetta della posta. Wilde è venuto correndo fuori per salvarmi. Era» – alzai una mano in aria – «più preoccupato per la mia sicurezza che per il fatto che avessi distrutto la Jeep.» Le lacrime mi scesero lungo le guance.

Wilde emise un piccolo ringhio in gola, le sue narici si infiammano come se stesse assimilando il loro odore. Allungò un braccio verso di me. Immaginai che non avremmo fatto finta che ci fosse distanza tra di noi. Passai sotto e lasciai che mi tirasse contro il suo fianco in modo protettivo. Mia madre e Logan ci fissarono come se ci stessero vedendo per la prima volta. Riscrivendo nel loro cervello qualsiasi cosa pensassero fosse la nostra relazione prima.

«Possiamo dimenticarci della Jeep?» Si sentiva della stanchezza nella voce di Wilde. «È stato un incidente, e me ne occuperò io.»

Logan si strofinò il viso. «Sì.»

Il suo sguardo scivolò verso di me, e io mostrai la gola in segno di sottomissione da lupo.

«Ovviamente avrei preferito che entrambi foste onesti con me, ma credo di avere un quadro chiaro di quello che è successo.» Fece una pausa, poi aggiunse: «Grazie, Wilde, per essertene fatto carico.»

Wilde deglutì e annuì.

«Ora vuoi dirmi cosa è successo veramente in South Carolina?»

«Rayne» disse mia madre. «Dai. Diamo loro un po' di privacy.» Wilde mi strinse la spalla prima di liberarmi, e io seguii mia madre fuori di casa e nella sua macchina.

«Dove stiamo andando?»

«Al fast food a cena. Sono troppo affamata per aspettare che finiscano di fare qualcosa.»

Un senso surreale della realtà si stabilì intorno a me. Alcuni spostamenti e rimodellamenti dei modelli delle nostre vite. Come se avessi appena capito che questa era la nostra nuova esistenza. Io e mia madre avremmo vissuto con Logan e Wilde, per tutto il tempo in cui io e lui saremmo stati qui. Eravamo davvero una nuova famiglia, come aveva detto Logan. Una famiglia fottuta e strana ma forse semi-funzionale. Insomma, fino a quando non avessero scoperto che io e Wilde avevamo giocato nella nostra camera da letto.

«Com'è andata la tua luna di miele?» chiesi, i miei pensieri finalmente si allontanarono dal dramma che avevamo appena lasciato. Mia madre sorrise. Era bellissima incinta. In parte anche perché ora si stava prendendo cura di sé stessa. Sembrava solo esausta e stanca. Prima di rimanere incinta, era troppo magra e fumava come una ciminiera perché le sigarette non potevano far male a un mutaforma. Ma nel momento in cui era rimasta incinta del cucciolo di Logan, aveva smesso di fumare. Aveva iniziato a interessarsi al suo aspetto. Tutti i suoi lati duri si erano ammorbiditi insieme al suo corpo.

«È stato meraviglioso.»

«Dove siete andati?»

Sorrise. «In un resort a Scottsdale. Non abbiamo mai lasciato la camera da letto.»

«Bleah mamma. Per favore. Nessun dettaglio.»

Ridemmo entrambe. Mi resi conto che io e mia madre non avevamo avuto una conversazione che fosse solo nostra da quando Wilde era arrivato qui.

Mi era mancata. Ma amavo anche questa nuova versione di lei.

Avevo pensato che avesse lavorato sul suo aspetto e si fosse trasformata in qualcosa che non la rappresentava per compiacere Logan, per rendersi degna, ma improvvisamente mi venne in mente un pensiero diverso. Forse i cambiamenti erano il risultato del fatto che aveva delle attenzioni. Era amata.

All'inizio avevo un'intensa antipatia per Logan, ma dovevo ammettere che era dannatamente dolce con mia madre. La stavo guardando prendere vita con lui. Mi sentivo esclusa e a volte gelosa della perdita della sua attenzione, ma almeno sembrava felice. Non potevo rimproverarglielo, no? Forse mia madre era solo affamata di attenzione e gentilezza da parte di questa comunità. Tutto ciò di cui aveva avuto bisogno per sbocciare era un po' di affetto.

«Rayne» disse mia madre dolcemente. «So che questa è stata una transizione difficile.»

«Va tutto bene, mamma.» Cercai di tagliare corto.

«Fammi parlare, tesoro. È un grande cambiamento per te. Per tutti noi. E sei stata un soldatino. Lo apprezzo, e mi dispiace se non ci sono stata per...»

«*Mamma*. Va tutto bene.» Gli occhi di mia madre si riempirono di lacrime. «Non riesco ancora a credere di aver mancato il tuo compleanno» disse con voce soffocata.

Ora mi si offuscò la vista. Dannazione. Abbassai la testa e trattenni un singhiozzo.

«Tesoro.» Mia madre sterzò la Subaru sul ciglio della strada e mi strinse in un abbraccio. Piangemmo insieme per un minuto.

«Va tutto bene, mamma» le assicurai. «Ti voglio bene.»

«Ti amo così tanto, piccola. E questo nuovo cucciolo non prenderà mai il tuo po...»

«Mamma. Ho diciotto anni. L'anno prossimo me ne andrò. Spero. Non sono gelosa del cucciolo.» «Tesoro, non so se possiamo permetterci di mandarti al college.»

«Lo so.»

Mi allontanai e deglutii. «Ma ho intenzione di ottenere delle borse di studio. Capirò come fare.» «Beh, non è necessario. Voglio dire, avrò bisogno di aiuto con il cucciolo. Potresti rimanere e...» «No.» La interruppi prima di rendermi conto di quanto suonassi acuta.

Potevo aver detto a mia madre che non ero gelosa del cucciolo e poteva anche essere vero, ma non ero nemmeno abbastanza forte per uscire in una città dove ero stata ostracizzata per tutta la vita e crescere il cucciolo perfetto e non difettoso di mia madre. Perché ero sicura che questo bambino sarebbe stato speciale.

I geni di Logan erano perfetti generatori di alfa.

No. No grazie.

«Voglio dire,,,»

«Va bene. Capisco.» La delusione di mia madre mi colpì dritta allo stomaco. «È che sarebbe stato bello per il cucciolo essere accudito dalla famiglia, sai? Ma va bene. Troveremo una babysitter o qualcosa del genere.»

«Non pensi che potresti stare tu a casa con il bambino? Insomma, Logan guadagna abbastanza soldi, giusto?»

Mia madre si mordicchiò il labbro. «Non lo so. Non ne abbiamo ancora parlato. Voglio dire, abbiamo parlato del fatto che c'eri tu...»

Ugh. Sbattei la testa all'indietro contro il poggiatesta. Le lacrime mi solcarono gli occhi.

«Non importa, tesoro. Troveremo qualcos'altro. Abbiamo solo pensato che potesse essere una buona idea.»

Certo, Logan avrebbe voluto che fossi io a stare a casa a guardare il suo cucciolo. Questo era tutto ciò che poteva fare una disadattata come me, no? Nessuna borsa di studio alla Duke per me. Naturalmente, quel particolare percorso scolastico non era un dono, ma una maledizione per Wilde...

Come se mia madre avesse intuito i miei pensieri, cambiò argomento. «Cosa sta succedendo tra te e Wilde?»

Trattenni il respiro. Non potevo dirle cosa stava succedendo. Davvero non potevo. Wilde era il mio fratellastro. Quello che avevamo fatto era inappropriato nella migliore delle ipotesi.

«Uhm... è un po' una situazione di amore-odio» ammisi. «È un cazzone, ma è anche simpatico, e non sono davvero sicura di come gestirlo.»

«Huh» disse mia madre per la seconda volta stasera. «Beh, sta affrontando parecchie cose in questo momento. Mi viene il dubbio che l'intera questione dell'arresto sia stata una reazione sua al fatto che Logan mi abbia sposato.»

Quel pensiero aveva una nota nauseante di verità. Sembrava quasi che Wilde fosse tornato a casa per fare la guerra. Con me. Sapevo che odiare la scuola e prendersi la colpa per la squadra aveva avuto un ruolo importante in questa storia, ma mia madre avrebbe potuto avere ragione.

Ancora una volta, la mia sola esistenza provocava le persone nel modo sbagliato.

«A causa mia, intendi» dissi.

«Non a causa tua» disse mia madre con fermezza. «A causa del recente divorzio dei suoi genitori. Potrebbe essersi risentito per il fatto che Logan sia andato avanti.»

Il mio stomaco brontolò rumorosamente. Mia madre mi fece un sorriso comprensivo.

«Sto morendo di fame anch'io. Prendiamo da mangiare.»

Concordai, sollevata di essere uscita dal tema *Wilde*. O Logan. O di me che diventavo la loro tata permanente. Prendemmo una dozzina di hamburger e patatine fritte da Wendy's e tornammo a casa.

«Siamo a casa con la cena» gridò mia madre quando entrammo, ma i ragazzi non si trovavano da nessuna parte.

«Mamma.» Indicai due pile di vestiti che giacevano vicino alla porta sul retro.

«Destino.» Mia madre aggrottò le sopracciglia. «Speriamo che significhi che stanno ricucendo il legame come lupi.»

«Oppure?»

«Oppure Wilde potrebbe aver deciso di sfidare suo padre per il dominio del branco.»

Sussultai e mi coprii la bocca con la mano.

«Destino. Non crederai...?»

* * *

WILDE

· · ·

ASPETTAI FINO a che non furono le dieci e sentii la musica nella camera padronale, e poi mi insinuai nella stanza di Rayne. Non potevo credere che avesse combattuto per me. Contro mio padre. Che temeva, ne ero abbastanza sicuro. Sapevo che i coglioni alfa mi coprivano le spalle, ma quello che mi dava Rayne era diverso.

La mezza calzetta con cui ero stato solo perfido. La ragazza che non mi doveva assolutamente nulla se non qualche calcio veloce alle palle. L'adorabile piccola cucciola di lupo con cui non vedevo l'ora di passare la notte.

Aveva una gamba fuori dalle coperte come se stesse avendo un altro dei suoi attacchi di calore. «Ehi, Rayne-bow.» Strisciai accanto a lei, e lei si spostò verso il muro. «Dove stai andando?» La raggiunsi e la tirai indietro contro la mia fronte.

«Da nessuna parte» disse dolcemente.

«Grazie per aver preso le mie difese, caramellina.»

«Mi dispiace, Wilde.» Si girò verso di me. Con la mia visione notturna, vidi che la sua fronte era corrucciata per la preoccupazione. «Non intendevo causare così tanti problemi.»

«Fanculo» mormorai. «Non è stato un tuo problema. È solo che mio padre è stato un cazzone.» «Quando io e mia madre siamo tornate a casa e abbiamo visto i vostri vestiti vicino alla porta sul retro, temevamo che lo avessi sfidato per il grado.»

Rayne si appoggiò su un gomito. I suoi seni si spostarono sotto la canottiera, facendomi indurire il cazzo al punto da fargli colpire i boxer.

Sbuffai leggermente. «Probabilmente vincerei.» Le sfiorai uno dei capezzoli con le nocche. Si irrigidì in un picco sotto il tessuto.

«Ma tu sei ancora un bravo figlio» disse Rayne.

«Non direi.»

«Lo sei. Cosa è successo con tuo padre?»

«Eh. Gli ho detto quanto odiavo la Duke. Abbiamo discusso sul perché è nel mio interesse tornarci. Non siamo arrivati da nessuna parte. Vuole che domani chiami il coach Granview e gli dica che sono innocente.»

«Lo farai?»

«Non lo so.»

«Allora, come mai siete finiti a quattro zampe?»

«Mio padre ha suggerito di andare a correre. Questo è il modo in cui vive il legame.»

«Si è scusato?»

Sbuffai. «Certo che no. Non lo fa mai, il che è una parte importante del motivo per cui mia madre se n'è andata nel momento in cui sono andato al college.»

Cercai traccia di dolore o ferita per la loro separazione nel suo tono, ma non ne trovai.

«Ora sono entrambi più felici. Questo è ciò che conta. Mi dispiace solo che siano rimasti insieme così a lungo per me.»

«Oh. Me lo ero chiesto.»

«Sì. Devono essere successi troppi eventi non superati tra di loro. Chissà? Mio padre può essere una vera rottura a volte.»

«Mmm» concordò Rayne.

«Ma immagino che la mela non cada lontano dall'albero, giusto, caramellina?» Le tirai il capezzolo. Si dimenò e il profumo della sua eccitazione riempì la stanza. Emisi un leggero ringhio. «Non farti venire quel dolce nettare tra le gambe. Non credo di poterla fare franca leccandoti la figa senza che tu faccia un sacco di rumore.»

Rayne emise un verso strozzato e si allontanò da me, dandomi la schiena.

Ridacchiai. «A pensarci bene, forse potrei trovare un

modo. La trascinai contro di me e feci scivolare il braccio sotto la sua testa per tapparle la bocca. Con l'altro braccio, le palpeggiai il monte di venere. «Questo dovrebbe funzionare. Giusto, Rayne-bow?»

Gemette contro il mio palmo.

«Shh.» Feci scivolare la mano dentro i pantaloncini da notte per arrivare alla figa nuda. Tastai con le dita le sue pieghe scivolose, nello spazio sottostante. Mi presi il mio tempo, esplorando dolcemente, imparando tutti i piccoli angoli e le curve della sua dolce figa. «Mi piace toccarti, Rayne» le mormorai contro la nuca.

Mi piace era un eufemismo. Sentivo bombe energetiche che esplodevano dal mio centro verso l'esterno, ondate di lussuria e piacere solo per il fatto di avere il suo corpicino rimboccato contro il mio, di possedere i suoi orgasmi. La accarezzai finché non fu bagnata, poi avvitai il dito medio dentro di lei. Agitò le gambe intorno alla mia mano, i suoi gemiti ovattati divennero più insistenti. «Ti piace, Rayne-bow?»

Annuì. «Mmmh hmmph.»

Adoravo controllare la sua bocca. Facendole trattenere quei rantoli e gemiti come trattenevo questo corpicino.

La scopai con il dito, premendo lentamente e uscendo, lasciando che il suo bisogno aumentasse, provocandole una frenesia disperata. Quando agitò i fianchi e lei mi strinse il polso tra le gambe, presi il ritmo, spingendo più velocemente. Strusciò il monte di Venere sul palmo della mia mano, stimolando il clitoride.

«Ecco, caramellina.» Continuai a lavorarci.

Si dimenò e gemette.

«Vieni.»

Ancora qualche scatto dei suoi fianchi, e lei ansimò e si strinse intorno al mio dito nel pulsare più dolce e stretto che avessi mai sentito. Il cazzo mi stava per esplodere, ma spostai i fianchi allontanandoli dal suo culo succoso, temendo che avrei potuto provare a fare qualcosa. Dovevo essere sicuro che Rayne fosse pronta prima di cercare di ottenere la mia soddisfazione. Si trattava solo di darle sollievo. Di aiutarla nella sua transizione.

Questo era quello che mi raccontavo, comunque. Era la giustificazione che mi vagava nella testa per quello che stavo facendo, ma sapevo che in fondo era decisamente riprovevole. Ma tutto il mio modo di comportarmi nei confronti di Rayne lo era stato. E per qualche ragione, ogni interazione che avevo con lei mi rendeva più affamato. Avrebbe finito per darmi tutto, ogni centimetro di quel corpo, mente e anima. Presto.

CAPITOLO DICIOTTO

Rayne

J.J., il rappresentante di quest'anno della classe dei senior, si trovava di fronte alla mia aula di inglese. «Sto distribuendo le schede per l'elezione dei reali del ballo. Segna il tuo re e la tua regina preferiti e passale a qualcun altro.» Benissimo. La scheda su cui si trovava il mio nome. Ecco un altro giorno di umiliazione per me alla Wolf Ridge High. A peggiorare le cose, Casey Muchmore era in questa classe. Non era propriamente un membro del mio fan club da quando avevo scoperto i suoi affari. Se solo avessi avuto informazioni segrete su ogni coglione alfa in questa scuola.

Mi feci piccola al mio posto. Tuttavia, rabbrividii al pensiero di cosa avrebbe potuto farmi come rappresaglia per il fatto che il mio nome osasse essere sulla stessa scheda elettorale in cui si trovava il suo.

Sì. Tutti mi lanciarono occhiatacce mentre raccoglievano le loro schede. Come se si stessero chiedendo se mi avrebbe presa a calci in culo.

Presi la mia scheda e barrai coraggiosamente il nome di Lauren, quindi mi astenni dal votare un re. Abe non aveva bisogno di altri voti. Questi ragazzi pensavano di essere così divertenti. Avrei davvero riso se Lauren fosse stata eletta reginetta, e Abe avesse dovuto condividere il primo ballo con un'umana. Ero pronta a scommettere che nulla lo avrebbe irritato di più.

Queste cose erano così stupide, comunque. Perché dovevamo votare per dimostrare ciò che tutti nel branco già sapevano? Lo facevano solo per poter indossare una corona? Dubitavo che Casey Muchmore si preoccupasse di una stupida corona da principessa. Sapeva già di essere un'alfa. Sorrisi ricordando Bailey che scherzava sul fatto che avrebbe rubato la corona del ballo e me l'avrebbe data dopo che Cole e la sua raccapricciante ex l'avevano ottenuta il loro ultimo anno. Probabilmente mi ero sentita amareggiata anche allora, per l'intero stupido processo.

Casey mi guardò mentre girava la sua scheda e tirò su le sopracciglia. Lo stomaco mi si contorse in un grosso nodo. Non avevo idea di cosa significasse quello sguardo. Probabilmente qualcosa come *Nei tuoi sogni, stronza.* O forse, *sei morta, piccoletta.*

Dopo la scuola, Lincoln mi venne incontro al mio armadietto per le ripetizioni. Eravamo stati in biblioteca dopo la scuola quasi ogni giorno questa settimana. Non sapevo se avevo ancora bisogno del suo aiuto con la matematica. Controllavamo i problemi e facevamo i compiti insieme, ma soprattutto, si era trasformato in un appuntamento sociale. Per me andava bene, perché a Wilde faceva piacere che lo aspettassi nella Jeep quando finiva l'allenamento, quindi mi dava qualcosa da fare. Wilde... Il mio fratellastro estremamente sexy e subdolo. Il ragazzo che mi faceva cavalcare le sue dita ogni sera a letto.

Stavo usando il termine *faceva* in modo inappropriato poiché io partecipavo più che volentieri. Onestamente mi sentivo una persona diversa. Gli orgasmi notturni mi stavano cambiando. Anche se a scuola non era cambiato nulla, ero più rilassata. Sicura. Mi sentivo più carina. Non mi interessava più tanto quello che tutti pensavano di me. Lincoln appoggiò la spalla contro l'armadietto accanto a me.

«Ehi, vuoi venire al ballo con me? Come amici?»

Esitai.

Cazzo.

Wilde avrebbe ucciso Lincoln. Insomma, davvero, avrei temuto per la sua incolumità.

Ma certamente *lui* non poteva portarmi. Né *avrebbe voluto*. E non ero mai stata a un ballo scolastico. A nessuno. Nessuno me l'aveva mai chiesto. Non avevo nemmeno un gruppo di amici con cui andare.

Lincoln fece un sorriso quando non risposi.

«No? Va bene. Ho capito. Sono di basso rango in questa scuola.»

«Non è quello.» Allungai la mano e gli afferrai la camicia per impedirgli di allontanarsi. Si voltò indietro in quel suo modo trasandato-disinvolto. Questo ragazzo aveva fiducia in abbondanza. Adorai quanto fosse rimasto imperturbabile riguardo al rifiuto che aveva percepito da parte mia. «Beh?» mi chiese quando ancora non riuscii a trovare le parole. «Come ho detto, siamo solo amici. Non sono a caccia di un appuntamento se è quello che ti preoccupa.»

«Mi piacerebbe» me ne uscii, sorprendendomi.

Aspetta, *cosa?*

Lo avrei fatto davvero? Andare al ballo con un ragazzo? Un *umano?* Un ragazzo che *non era Wilde?*

Ugh. La mia solita fortuna. Abe, J J. e Markley erano passati proprio mentre lo dicevo. Abe si fermò.

«Che succede qui? La piccoletta e il ragazzo nuovo vanno al ballo insieme?»

J.J. lasciò cadere una mano sulla spalla di Abe. «Abe.» Lo disse come un avvertimento, che non capii. Abe rivolse la sua attenzione direttamente su Lincoln. «È un doppio appuntamento?» Lincoln ed io lo fissammo confusi.

«Chi porta tua sorella?» insistette.

Lincoln lasciò trasparire in volto la sua avversione per Abe. «Il suo ragazzo.»

La mia sorpresa passò in secondo piano rispetto al mio interesse per la risposta di Abe.

Rabbia pura. Il collo gli divenne rosso e chiuse i pugni.

«Oh sì? Chi è?»

«Non sono affari tuoi, Abe.»

Chiusi il mio armadietto e afferrai il braccio di Lincoln per allontanarmi.

«Attenzione picc… Rayne» lo sentii borbottare dietro di me.

Non riuscii a capire perché si fosse corretto e avesse usato il mio nome. Tutto quello che sapevo è che probabilmente mi ero buttata di testa nelle sabbie mobili. Non sapevo come sarei mai riuscita ad andare al ballo con Lincoln senza che Wilde bruciasse la scuola per impedirlo.

Ma immaginavo che questo avrebbe dovuto farmi notare quanto fosse sbagliato il mio rapporto con Wilde. Perché avrei dovuto sprecare pensieri su qualcuno che non solo non poteva mostrare il suo interesse per me ma neanche lo *avrebbe fatto*? A meno che non avessi tirato fuori una lupa e dimostrando alla città che non ero difettosa, dopo tutto.

Beh, fanculo.

Andai in giro con Lincoln per un'ora, poi mi diressi verso il parcheggio per aspettare nella jeep di Wilde. Forse i ragazzi non gli avevano detto di Lincoln e del nostro appuntamento per il ballo. Insomma, perché avrebbero dovuto? Abe lo aveva chiesto solo perché aveva qualche problema con Lauren, da quello che ero riuscita a capire.

Ma quando vidi Wilde che si dirigeva verso la Jeep, capii che sapeva.

Gli occhi gli lampeggiavano di verde mentre saliva al volante.

Non mi disse nulla. Assolutamente nulla. Che non era da lui. Stava ribollendo. Un brutto segno. Poi, non tornò a casa. Guidò fino alle montagne, oltre la mesa dove i ragazzi si ritrovavano e bevevano nei fine settimana.

«Dove stiamo andando?» osai finalmente chiedergli.

Non rispose.

Alla fine, si fermò davanti a uno chalet. Conoscevo questo posto. Beh, ne avevo sentito parlare. Era lo chalet di Abe e Austin. O del loro papà. Un posto che usavano durante le corse di luna piena. O per sgattaiolare via e fare sesso.

Il cuore iniziò ad accelerare. «Cosa stiamo facendo?»

Wilde saltò fuori dalla jeep e si diresse verso lo chalet. Lo seguii. Prese la chiave sopra la cornice della porta e la aprì.

«Wilde?»

Si girò a guardarmi con occhi da lupo e puntò la testa in direzione della porta che tenne aperta per me. «Entriamo. Ti schiaffeggerò il culo mentre mi spieghi perché Lincoln pensa di poterti portare al ballo.»

* * *

WILDE

Avrei ucciso quel ragazzo. Seriamente, avrei strappato la gola a quell'umano per aver chiesto a Rayne di andare al ballo.

Continuavo a pregare che ci fosse una spiegazione. Qualcosa che non riuscivo a vedere attraverso la foschia verde della frenesia gelosa del mio lupo.

Perché cazzo Rayne avrebbe accettato di andare con lui?

Non aspettai che entrasse. Le avvolsi un braccio intorno

alla vita e la portai dentro, dritta al lato del divano dove la misi a pancia in giù. Iniziai a sculacciare prima ancora di poter pensare.

«Ow! Wilde!» Allungò una mano indietro per coprirsi il culo. Gliela torsi dietro la schiena e continuai a sculacciare. Non ero sicuro che il mio cervello e la mano fossero collegati. Tutto quello che sapevo era che mi dava soddisfazione sentire l'impatto. Essere solo con lei qui. Tenerla bloccata, completamente sotto il mio controllo. Il mio cazzo spingeva contro la cerniera dei jeans.

Volevo di più. Volevo sentire la sua pelle nuda sotto il mio palmo. Vedere fiorire la mia impronta della mano sul culo.

Mi fermai e la lasciai. «Toglieteli.»

Lei si girò, il viso rosso, il petto gonfio. «Cosa?»

«I tuoi vestiti. *Toglili*. Sai come ti punisco.» Sollevai le sopracciglia. «Nuda.»

Invece di combattermi o discutere, Rayne cadde contro il mio corpo, calmando il mio lupo. Le sue mani mi costeggiarono il petto per salirmi al collo. Le mie braccia le fasciarono la schiena. «*Calmati.*» Tenne il mio sguardo, mostrandomi che era qui con me. Eravamo solo noi due. Non c'era nessun altro tra noi ora.

«Posso spiegare? Per favore?»

Feci un cenno a scatti. Non ero sicuro di essere in grado di aprire la bocca per qualcosa che non fosse un ringhio o un ordine. Doveva essere l'avvicinarsi della luna piena e le palle gonfie che mi erano venute dormendo accanto a Rayne ogni notte.

Nel momento in cui Abe mi aveva detto che Lincoln aveva chiesto a Rayne di andare al ballo, e lei aveva detto di sì, ero diventato un selvaggio. Non sapevo come avevo fatto a superare il resto dell'allenamento. Mi era toccata una doccia ghiacciata nello spogliatoio.

Rayne si arrampicò su di me come se fossi un albero,

avvolgendo le sue gambe sexy intorno alla mia vita come un koala e infilando il viso nel mio collo. Nonostante la sua offerta di spiegarsi, non disse nulla per un momento.

Andava bene così, però. Avere il suo corpo fuso contro il mio riusciva a calmare il mio lupo. I miei muscoli iniziarono a rilassarsi mentre respiravo il suo profumo di pioggia primaverile.

«Non sono mai stata a un ballo scolastico. Mai.»

Ci volle un attimo perché il significato delle sue parole filtrasse attraverso il mio cervello e si diffondesse per avere un senso. Rayne non era stata... Voleva andare a un ballo scolastico.

Cazzo.

Certo che lo voleva. Era il suo ultimo anno. Doveva provarlo... Soprattutto perché sarebbe stata la reginetta.

«Lincoln me lo ha chiesto come amico. Lo ha chiarito – due volte – che era una cosa tra amici.» Le mie mani si strinsero su di lei alla menzione di Lincoln. Torsi le labbra in un ringhio.

«Shh» mi mormorò all'orecchio. «Solo. Amici. Voglio andare al ballo. Ovviamente, tu non mi ci porterai.»

Quell'affermazione mi colpì al petto. Non ero sicuro di quale fosse la parte *ovvia*, perché era la mia sorellastra o perché era Rayne la piccoletta, la ragazza con cui non avrei voluto essere associato neanche morto prima che i nostri genitori si sposassero? Una sorta di malessere, un senso di colpa mi riempì la pancia a quel pensiero.

In ogni caso, aveva ragione. Non l'avrei portata a quel ballo. E lei meritava di andarci.

Ma cazzo!

Non volevo nessun ragazzo vicino a lei.

Forse il mio cervello non funzionava ancora completamente perché mi ritrovai a muovermi verso una delle camere da letto.

«Dove stai andando?» chiese Rayne.

Avrei dovuto cogliere la nota nervosa della sua voce, ma non fu così. La lanciai al centro del letto e mi sfilai la maglietta.

«Cosa stai facendo?»

«Ti scopo, Rayne» dichiarai come se non avesse scelta. Come se stesse per succedere nell'immediato. Certo, mi sarei tirato indietro se avesse mostrato di non volerlo, ma il bisogno di reclamarla stava in parte cancellando i miei istinti da gentiluomo in questo momento.

Mi tolsi le scarpe, poi le tolsi le sue. «Ti scoperò e tu lo prenderai. E dopo, potremo parlare di quel dannato ballo.»

Scattò in piedi sul materasso, velocemente. I suoi riflessi da lupa stavano sicuramente crescendo. Invece di scappare, però, venne di nuovo verso di me. Non ero sicuro di come avesse capito che concedersi a me era l'unica soluzione, ma lo fece. Istinto di lupa, immaginai.

Si lanciò verso di me, mi avvolse di nuovo le braccia intorno al collo.

«Wilde. Ho paura.»

Questo fu tutto ciò che servì. Il mio lupo si calmò immediatamente. Come se quelle parole contenessero la stessa essenza delle sue lacrime, qualcosa di abbastanza potente da costringere un lupo infuriato e possessivo a cuccia. Le mie mani furono istantaneamente su di lei, vagando su e giù per la schiena, stringendole il culo.

«Bambina, va tutto bene. Sei al sicuro. Non ti farò del male.»

Le tirai su la maglia e iniziai a baciarle la pancia. «Mi dispiace di averti spaventata.» Scavai l'ombelico con la lingua. «Non intendevo fare il cazzone.»

Le sbottonai i jeans e li feci scivolare lungo i fianchi. Aprii la mascella e accolsi più figa che potevo in bocca, facendo scivolare i denti sulla pelle, soffiando il mio alito caldo contro il suo nucleo. «Ma ho bisogno di entrare in questa figa stretta, piccola. *Subito.* Me lo lascerai fare?»

Il desiderio di dominarla completamente, di avere quel corpicino sotto di me, di farla urlare di soddisfazione mi fece strappare via i jeans. Le mie palle erano pesanti e il cazzo pulsava dolorosamente. Le morsi l'interno coscia, poi la presi e la lasciai cadere sulla schiena per togliersi i jeans dalle caviglie. Strisciai su di lei, impegnandomi per calmare il mio respiro.

«Hai ancora paura?»

Scosse la testa.

Per il destino, era stupenda. I capelli biondo sabbia le cadevano sul viso a forma di cuore. Li spostai indietro. Rivendicai la sua bocca. Fu un bacio forte e insistente. Del tipo che sembrava volerle dirle che mi apparteneva. Che le sue labbra erano a mia disposizione. Spinsi la lingua.

Roteò i fianchi contro i miei.

Grazie cazzo.

Il suo primo semaforo verde. Avevo così disperatamente bisogno di infilarmi tra quelle gambe. «Hai intenzione di prendere il mio cazzo come una brava ragazza, Rayne-bow?»

Infilai la mano nel suo reggiseno e pizzicai un capezzolo. Lei gemette dolcemente. «Hmm?»

Avevo davvero bisogno di un vero semaforo verde qui.

Potevo anche essere un mezzo pazzo, ma non avevo intenzione di prendere qualcosa che non mi era stato dato volontariamente.

Il profumo inebriante della sua eccitazione mi avvolse la testa e mi trascinò in una foschia ancora più profonda.

«Fai piano» sussurrò.

Avrei voluto contemporaneamente esultare e cadere in ginocchio e ringraziare il destino. «Lo farò» promisi, pregando che fosse vero. Pregando di potermi trattenere. Intendevo prendermi il mio tempo. Ma in qualche modo le sue mutandine finirono in pezzi tra le mie mani, e la stavo leccando come se ci fosse un fuoco da spegnere con la lingua.

Forse c'era. Stava bruciando, la sua pelle bruciava contro le mie labbra. Ma non avevo alcun desiderio di spegnere quelle fiamme. No. Avevo intenzione di alimentarle. Mi ci vollero meno di sessanta secondi per portarla al primo orgasmo. Uno solo con la lingua. Altri sessanta per strappargliene uno con due dita infilate dentro di lei.

«Sei pronta, piccola?»

Gemette e si coprì il seno, facendomi uscire di testa per la lussuria. Finii per strapparle il reggiseno. La maglia si aggrovigliò intorno al collo. Succhiai a morte un capezzolo, poi l'altro. «Ho bisogno di stare dentro di te.» La voce mi uscì roca e profonda. Mi tolsi i jeans e i boxer. Lo sguardo di Rayne volò sul mio cazzo, i grandi occhi azzurri lucidi di piacere, le pupille spalancate. Strisciai su di lei e strofinai la cappella lungo la sua fessura, separandola. «Prendimi, piccola.»

Mi spinsi avanti verso il suo ingresso, con una sola spinta.

Roteò un po' i fianchi per accogliermi.

«Lo vuoi? Vuoi che vada più in profondità?»

Mi fece un piccolo cenno del capo, con lo sguardo fisso nel punto in cui i nostri corpi si univano. Mi feci avanti, centimetro dopo centimetro. Era stretta, cazzo. Incredibile. Deliziosa.

Ero sicuro che i miei occhi avessero cambiato colore perché la mia visuale si affinò. L'animale dentro di me divenne irrequieto. Il momento era carico. Ero sospeso in uno spazio simile a quello tra inspirazione ed espirazione. Punto zero. Il momento subito dopo aver finito una vita e iniziare la successiva. In qualche modo sapevo che stava per cambiare tutto. Anche se non sapevo come. «Non posso... trattenermi... non più» sibilai tra i denti serrati.

«*Wilde.*» Rayne sembrò allarmata, ma era troppo tardi. Stavo spingendo.

A fondo.

Cazzo. Era così piccola, probabilmente l'avrei aperta in due.

Lei gridò, allungando la mano verso le mie spalle. Le sue gambe mi avvolsero la vita, il che mi impedì di muovermi in lei. Lasciai che seguisse i miei fianchi su e giù senza attrito.

Lo adoravo, cazzo. Il suo calore stretto e umido mi strinse come un pugno e mi spinsi un po' più in profondità ogni volta che dondolavo i miei fianchi contro i suoi.

«Wilde.»

Mi piaceva che dicesse il mio nome con quella vocina affannata e in preda al panico. Mi piaceva troppo.

«A chi appartieni?»

«Wilde...»

«Esatto. Ripeti il mio nome.»

«Wilde, ti prego.»

In qualche modo, mi costrinsi a contenere la potenza delle mie spinte. «Stai bene, piccola?"»

«Sto bene» ansimò. «Ho bisogno di...»

«Di cosa hai bisogno?» Parte della nebbia si diradò dal mio cervello. La mia femmina aveva bisogno di soddisfazione, ed era mio compito dargliene. Rallentai il movimento.

«No» piagnucolò. Portai il pollice al clitoride e strofinai.

«Oh!» Sollevò i fianchi, spingendosi verso il mio cazzo, cosa che, ovviamente, mi fece perdere il controllo di nuovo.

Tenendomi su un braccio accanto alla sua testa, mi buttai dentro, accarezzando il suo bel viso con la mano libera mentre le demolivo la dolce figa.

Gli occhi le rotearono indietro. Inarcò la schiena. «Wilde... Wilde...ti prego.»

«Prendilo, piccola. Prendimi tutto.»

«Sì...sì....oh!» I muscoli interni di Rayne si strinsero

intorno al mio cazzo – come se non fosse già abbastanza stretta – e un ringhiò disumano mi sfuggì dalla gola. Il freno che avevo sull'ultimo brandello di controllo saltò. Colpii Rayne mentre la stanza girava. Mi si strinsero le palle. Ero febbricitante come lei ora e alla disperata ricerca di essere liberato.

«Cazzo, Rayne, cazzo!»

Mi spinsi in profondità e venni dentro di lei, riempiendola di ruscelli e flussi del mio seme caldo. La gratitudine si schiantò tutt'intorno a me, mandandomi a sbattere dentro Rayne, toccandole la nuca e baciandole la tempia, la fronte, il naso, infine atterrando sulle sue labbra dove mossi pigramente la mia bocca mentre dondolavo lentamente dentro e fuori.

«Fa male, piccola?»

«Mmm.»

Sollevai il viso per scrutarla. «Hmm?»

Il suo sguardo era pesante. «Mi piace il dolore» mormorò.

Mi dondolai un po" più a fondo. «Sì?»

Intravidi dei riflessi d'argento nei suoi occhi.

«La tua lupa si sta mostrando» sussurrai.

Tutto il corpo di Rayne si irrigidì.

* * *

Rayne

«Che c'è?» Wilde si sfilò lentamente. «Troppo dolorante?»

Scosse la testa. «Sto bene.»

Cercai di allontanarmi da lui. Il vero punto dolente era l'argomento della mia lupa, ma non me la sentivo di parlarne. Wilde si alzò dal letto e tornò con un panno caldo che mi passò tra le gambe, pulendomi. L'intimità di quel gesto fu quasi più coinvolgente del nostro atto sessuale. Perché questa era la versione gentile di Wilde. Quella che sospettavo che la maggior parte delle persone non avrebbe mai visto.

Non che mi dispiacesse la versione quasi selvaggia di Wilde. Era stato incredibile sapere di averlo influenzato in quel modo. Che la sua gelosia e possessività lo stavano spingendo a reclamarmi. Insomma, non a *reclamarmi*, a rivendicarmi. Non come si faceva nel branco con un morso di accoppiamento. Ma comunque, era sicuramente deciso a dimostrare che gli appartenevo.

Davvero, ricevere la sua sborra dentro di me era stato come un battesimo. Come se in qualche modo mi avesse cambiato. Wilde si arrampicò di nuovo accanto a me e mi fece rotolare su un fianco, in modo che potesse avvolgere il suo corpo intorno a me. Adorai assolutamente la sensazione.

Era così che avevamo dormito la scorsa notte. Il braccio gigante di Wilde drappeggiato sul mio busto, un peso da cui non avrei mai voluto sfuggire.

«Parliamo di questo ballo, Rayne-bow.» Mormorò quelle parole contro il mio orecchio, facendomi sentire al sicuro dalle sue solite stronzate. C'era affetto nel suo corpo e nella sua voce. «Va bene.»

«Puoi lasciare che quel coglioncello ti porti, a tre condizioni.»

«Quali?»

«Uno: gli dirai di noi.»

«Cosa?» Mi voltai a guardarmi alle spalle sorpresa.

Wilde annuì. «Ho bisogno che lui sappia a chi appartieni. E che ti concederò il permesso di andare.»

Mi arrabbiai per la parte *della concessione del permesso*, ma fui anche segretamente entusiasta. Su tutta la faccenda – Wilde era d'accordo sul fatto che andassi. E voleva rivendicarmi pubblicamente. Naturalmente, dirlo a un essere umano non contava davvero come *pubblicamente* in questa città. Ed ero convinta che non mi avrebbe reclamata di fronte agli altri fino a quando non avessi effettuato la transizione. Se mai fosse successo. Questa era la parte che bruciava davvero. «Fallo ora.» Wilde mi allontanò da lui.

«Va bene, prepotente.»

Mi schiaffeggiò il culo mentre mi alzavo per dimostrare il mio punto.

Tirai fuori il telefono dalla tasca e mandai un messaggio a Lincoln mentre Wilde mi guardava alle spalle.

Devo dirti una cosa. Il motivo per cui ho esitato quando mi hai chiesto di andare al ballo, scrissi. «Dannatamente diretta» borbottò Wilde dietro di me.

È perché in realtà c'è qualcosa tra me e il mio fratellastro. Ovviamente è confidenziale. Ma volevo che tu lo sapessi. E ne ho parlato con lui, ed è d'accordo con il fatto che mi porti <emoji sorridente>

«Contento?» chiesi a Wilde. Mi prese il telefono e mi tirò sopra di lui. «Non direi contento» brontolò. Mi accarezzò i fianchi. «Anzi, me lo rimangio. Sono contento.»

Era vero. Sembrava felice. C'era un sorriso pigro sul suo volto, e il pensiero che avrebbe potuto essere a causa mia mi fece battere il cuore. «Quali sono le altre due condizioni?»

«Due: dopo il ballo ti sculaccerò via il suo odore di dosso.»

«Non sono sicura che funzioni così con gli odori.»

Wilde inarcò un sopracciglio con aria severa.

Arrossii. A questo ragazzo piaceva davvero sculacciarmi. Era in parte scoraggiante, in parte sexy. «Va bene. E la terza?»

«La terza condizione è che ti scoperò prima e dopo.»

Scoppiai in una risata. «Sei pazzo.»

«Sono dannatamente serio. Abbiamo un accordo?»

Annuii e sorrisi. «Affare fatto.»

Mi baciò il setto nasale. Fu un gesto sorprendentemente tenero, e mi fece saltare qualche battito. «Dovremmo tornare indietro. Devo preparare la cena.»

Wilde gemette. «Non voglio lavare via il tuo profumo.»

Mi resi conto, con uno sfarfallio in pancia, che non lo volevo neanche io. Il suo profumo mi calmava. Mi teneva a terra. Mi sentivo cambiata.

Non ero sicura di aver mai creduto all'idea che una donna cambiasse perdendo la verginità. Insomma, era solo una stronzata patriarcale messa in atto per garantire il trasferimento di proprietà agli eredi. Ma io mi sentivo diversa.

Più forte. Rinvigorita. Animata. Forse questo non aveva nulla a che fare con la verginità e riguardava completamente l'orgasmo?

No, aspetta. Avevo già raggiunto l'orgasmo prima, da sola e con Wilde. Era solo che questa era stata la mia prima volta con una vera penetrazione. Poteva essere a causa... della sua sborra?

«Dai, caramellina.» Wilde mi afferrò, sollevandomi in aria nello stesso momento in cui strisciò giù dal letto. Mi portò in bagno dove mi mise giù e aprì la doccia.

«È meglio che non bagni i capelli.» Me li scostai dalla nuca e li tenni dietro le spalle mentre entravo. «Sarebbe difficile spiegare il perché.»

Wilde mi insaponò, poi mi mandò fuori dalla doccia mentre si sciacquava velocemente. «Prendiamo dei polli arrosto in rosticceria» suggerì mentre entrambi ci vestivamo velocemente. «Odio che tu sia incaricata di preparare la cena. Perché? Neanche fossi una specie di fottuta Cenerentola o qualcosa del genere...»

Mi sforzai di non sorridere, assurdamente compiaciuta dalla sua considerazione.

«Sto cercando di contribuire ai bisogni della famiglia.»

Il volto di Wilde si contorse in uno sguardo di disprezzo.

«Fanculo, Rayne. Prenditi il tuo spazio.» Diedi una spinta al suo corpo enorme e immobile. «È difficile quando c'è letteralmente questo enorme lupo che mi sta sempre addosso. Nella mia camera da letto, nel mio letto...»

«Il *mio* letto.» Mi prese per la vita e mi diede uno schiaffo sul culo. «Ma non mi dispiace condividere.» Mi rimise in piedi. «Andiamo, caramellina.»

Fuori, la luna quasi piena stava sorgendo da dietro la vetta. Entrambi ci fermammo per onorarla con timore reverenziale.

«La luna del cacciatore» mormorò Wilde in segno di apprezzamento. Anche i giocatori provavano riverenza per il potere e la bellezza della pallida dea nel cielo. Ero sicura di averne sentito l'energia entrarmi dentro. Una carica di elettricità mi attraversò la spina dorsale, facendo formicolare ogni terminazione nervosa. Sembrava quasi... riconoscimento. Affermazione del fatto che ero parte di qualcosa di molto, molto più grande di quanto non avessi mai immaginato. Del destino, della natura e dell'immagine della nostra specie nel suo insieme. Per una frazione di secondo, fui in grado di accedere a una sorta di saggezza più profonda. E con essa, mi resi conto che dentro mi era appena successo qualcosa di significativo. Qualcosa che andava ben oltre il fatto di aver perso la verginità.

CAPITOLO DICIANNOVE

Wilde

Mi svegliai irritabile dopo aver passato la notte sul divano. Ora che avevo avuto Rayne, ero convinto di non potermi sdraiare nello stesso letto con lei di notte senza scopare fino a perdere i sensi, e i nostri genitori sicuramente ne avrebbero colto l'odore o sentito il rumore.

Avevo spiegato a Rayne ieri sera perché sarei rimasto lontano, ma anche lei era sembrata irritabile con me. Forse la mia dolce sorellastra aveva bisogno di me. Questo pensiero me lo faceva venire più duro della pietra.

«Possiamo fermarci all'ufficio postale mentre andiamo verso la scuola?» Rayne aveva una scatola da scarpe avvolta in carta marrone con un indirizzo stampato attaccato sul davanti nascosto sotto il braccio mentre saliva sulla Jeep.

«Che cos'è?»

«Non sono affari tuoi.»

Sentii delle spine dietro il collo. I miei sensi di lupo mi stavano dicendo qualcosa. Una rabbia irrazionale ribolliva sotto la superficie.

«Riprova.» Mi rifiutai di mettere in moto.

Sbuffò e alzò gli occhi al cielo. «Bene. Sono scarpe. Scarpe usate. Mi danno mille dollari per queste.»

«Uh. Wow. Sono un sacco di soldi.»

«Vedi? È un business redditizio.»

Le spine di avvertimento tornarono. «Ancora non mi piace. Ci sono il tuo nome e l'indirizzo sulla scatola?»

«Wilde. Non sono un idiota. Ho usato una casella postale falsa.»

«Ma saprà in quale stato vivi. La città, addirittura.»

«Sì, e vivo in una città piena di mutaforma. Pensi che uno sconosciuto in cerca di guai sopravviverebbe cinque minuti in questa città?»

Era un punto valido. Non ci piacevano gli estranei qui, e tenevamo traccia di chiunque si presentasse e sembrasse fuori posto.

«La prossima volta, spediscilo da Phoenix» le concessi.

«Hai intenzione di portarmici?»

La guardai, perplesso. «Hai un caratteraccio stamattina, caramellina. Stai cercando di ottenere una punizione?»

«Stai zitto e guida, Wilde, o farò tardi.»

Controllai l'ora sul mio telefono. Aveva ragione. Avviai la Jeep. «Spedirò io il pacco dopo averti lasciata a scuola.»

Si girò e mi guardò con sorpresa. «Grazie.» Addolcì lo sguardo, e questo mi provocò una scarica di soddisfazione così forte che quasi ebbi il bisogno di mutare. Forse era la luna, che sarebbe stata piena questo fine settimana in corrispondenza del ballo. O forse era qualcosa che riguardava il profumo di Rayne. Stava cambiando. Sentivo un odore più forte da parte della sua lupa. E più profumava, più la volevo.

Dovevo farla mutare. Ero sicuro che se ci fossi riuscito, avrei scoperto che era lei la mia compagna.

E se non lo era?

Bene, allora, saremmo stati fottuti. Ma forse, dovevo dire che io sarei stato fottuto. Perché l'eventualità che fosse la mia compagna avrebbe potuto essere l'unica scusa da mettere sul piatto per essermi scopato la mia nuova sorellastra.

Se qualcuno avesse scoperto che avevo preso la sua verginità senza quella scusa? Sarei fuori dal branco per sempre.

La lasciai davanti alla scuola, e lei come al solito scivolò velocemente fuori dalla jeep. Come se non volesse essere vista da nessuno. Magari l'avevo anche apprezzato all'inizio perché non mi piaceva essere associato a lei, ma ora odiavo questa cosa, di brutto.

«Rayne.» La fermai mentre chiudeva lo sportello.

«Sì?»

«Buona giornata.» Un sorriso lento le sbocciò sul viso, e mi tolse il fiato. Era bella alla luce del sole del mattino. Radiosa, persino. E il modo in cui mi guardò mi fece sentire un re.

«Anche a te, Wilde. Ci vediamo dopo la scuola.»

Una strana leggerezza mi travolse mentre guidavo verso l'ufficio postale prima di dirigermi verso l'officina. Era qualcosa di simile alla felicità, ma di un tipo che non avevo mai sperimentato prima. Una sensazione strana e frizzante.

Come se tutto fosse nuovo e diverso.

Come se io fossi una persona nuova e diversa.

Non il Wilde fallito, il cazzone-fottuto che era stato arrestato con l'accusa di spaccio e aveva fallito alla Duke. Non il Wilde arrabbiato, che stava vivendo la sua vita per accontentare suo padre e il branco invece di capire cosa diavolo volesse fare davvero.

Non il Wilde pesce fuor d'acqua che viveva dall'altra parte del Paese con esseri umani con cui non poteva relazionarsi.

Mi sentivo più me stesso, tranne per il fatto che era un me stesso che conoscevo a malapena. Cazzo, sapevo che non aveva alcun senso, ma questa era la sensazione.

All'ufficio postale, aspettai allo sportello per spedire le scarpe di Rayne. Erano dirette alla casella postale di qualcun altro. Nessun nome, solo una serie di iniziali, ma la casella postale era a Chandler. Proprio giù per la collina. Non mi piaceva. Qualcosa mi fece rizzare i peli sulla nuca. La logica di Rayne era sana, non vedevo come questo potesse danneggiarla, e senza dubbio non le avrei impedito di guadagnare mille dollari, ma qualcosa mi sembrava sbagliato. Aiutarla mi sembrava giusto, però, e avevo adorato quello sguardo di gratitudine sul suo viso, quindi lo feci. Quando tornai alla jeep, mi squillò il telefono. Era il capo allenatore della Duke. Risposi alla sua chiamata. Era ora di smettere di evitarlo.

«Woodward.»

«Coach Granview.»

«Figliolo, ti chiamo da tre settimane.»

«Sì, signore.»

«Perché non mi hai richiamato?»

«Onestamente?» Mi passai le dita tra i capelli. «Non lo so. Auto-sabotaggio, immagino.»

«Auto-sabotaggio.» Emise una risata piatta. «Sì, ha senso.»

«Sì. Niente da dire, davvero.»

«Quindici di loro sono risultati positivi al test antidroga che ho somministrato quando siamo tornati.»

«Un altro test?»

«Sì. Immagino che pensaste di essere al sicuro dal momento che ne avevamo appena fatto uno.» Non mi preoccupai di rispondere.

«Ho sentito che il test antidroga che ti ha fatto la polizia è risultato pulito, però.»

Fui sorpreso. Non del fatto che il mio test antidroga era pulito, ma che avesse avuto accesso a quelle informazioni. «Come l'ha scoperto?»

«Ho cercato di far cadere le dannate accuse contro di te, figliolo! Perché diavolo pensavi che ti stessi chiamando?»

«Oh.» Ero mortificato. E scioccato. Una pugnalata di

senso di colpa mi trafisse il petto. Il Coach Granview che mi copriva le spalle era uno shock. Insomma, mio padre non aveva creduto in me. *Se sei così cieco da non riuscire a vedere che eroe sia tuo figlio...*

L'appassionata difesa di Rayne mi tornò di corsa addosso, e mi sentii umiliato per la seconda volta.

«Non ci sono prove che quella droga fosse tua, a parte il fatto che era nella tua stanza, dove si stava svolgendo una grande festa, come ha dichiarato il personale dell'hotel, che ha chiamato la polizia e li ha mandati nella tua stanza. Sto cercando di scoprire se le tue impronte erano sul pacchetto, ma sospetto che non lo fossero. Ho ragione, figliolo?»

«Sì, signore.»

«Sì, ho ragione o sì, erano sul pacchetto?»

«Sì, ha ragione.»

«Beh, Wilde, dovremmo essere in grado di far cadere le accuse. Voglio che tu torni in squadra per la partita della prossima settimana, se riusciamo a farla spostare. Quindi, se chiamo questo numero di telefono, pensi di rispondere?»

Al mio lupo non piacque.

Per qualche ragione, non sopportava affatto l'idea di tornare alla Duke. Lo capivo. Non aveva mai avuto l'occasione di correre lì. Avevo dovuto nascondere ciò che ero. Ma fu il profumo di creosoto e ginepro di Rayne che mi strisciava nelle narici che mi fece serrare il pugno così forte intorno al telefono da rompere lo schermo.

Il mio lupo non voleva lasciare Rayne.

Doveva essere la mia compagna.

Non c'era altra spiegazione.

Tuttavia, non potevo dire di no.

Non quando sapevo che sarei stato cacciato dal branco se lo avessi fatto. Non quando il Coach Granview e la squadra contavano su di me. Potevano anche non essere il mio branco, ma conoscevo ancora la lealtà.

«Sì, signore.»

«Bene. Ti contatterò.» Attaccò.

Cazzo.

Cazzo. Cazzo. Cazzo.

Dovevo far mutare Rayne durante la luna piena. Avevo bisogno di sapere se fosse davvero mia. Andarmene ora prima di aver capito le cose non sarebbe stato giusto nei suoi confronti. Non sarebbe stato giusto nei miei confronti.

Qualcosa a cui probabilmente avrei dovuto iniziare a prestare maggiore attenzione.

Continuavo a dire a Rayne di occupare più spazio. Forse era il momento di seguire il mio stesso consiglio. Non avrei lasciato Wolf Ridge finché non avessi saputo con certezza se la mia dolce sorellastra mi apparteneva davvero.

* * *

Rayne

MERCOLEDÌ, Wilde mi mandò un messaggio durante la sesta ora per dirmi di incontrarlo subito dopo la scuola invece che dopo l'allenamento.

Non mi disse perché.

Il semplice fatto di ricevere un messaggio da lui mi mandò lo stomaco in agitazione. Normalmente non mi mandava messaggi.

Tutto quello che avevamo avuto negli ultimi giorni erano state le volte in cui eravamo stati nella Jeep da soli insieme. Wilde aveva trascorso ogni notte sul divano questa settimana, il che probabilmente era stata una cosa buona, ma ero irrequieta e irritabile e piuttosto disperata per il bisogno di essere liberata. Avevo usato il tempo extra da sola nella mia stanza per fare un sacco di video ai piedi. Era incredibile quanto tutto mi sembrasse diverso ora.

Non avrei mai pensato che fare sesso potesse cambiare una persona così tanto, ma era proprio così. Non ero più la stessa donna che ero stata prima che Wilde si prendesse la mia verginità.

Ora mi sentivo sensuale. Sessuale. Risvegliata. Quando parlavo sporco con la telecamera, in realtà lo dicevo sul serio. Almeno, stavo attingendo da un pozzo genuino, non mi stavo solo inventando cose. Descrivevo ai miei spettatori come volevo che mi succhiassero le dita dei piedi, attingendo a tutto ciò che aveva fatto Wilde. Dicevo loro come mi stavo toccando mentre lo facevo. Immaginavo di parlare con Wilde, non di essere la dominante nella relazione. E ancora, fingere che fosse lui a guardare mi dava fiducia. Credevo che mi trovasse sexy. Non vedevo l'ora di vedere il desiderio di nuovo nei suoi luminosi occhi verdi. Almeno sapevo che avremmo fatto sesso questo fine settimana. Due volte. Una volta prima del ballo e una volta dopo. Mia madre ed io eravamo andate a comprare un vestito per il ballo. Logan si era persino offerto di pagare. Ne avevo scelto uno d'argento da abbinare ai miei occhi da lupa. Un segreto che solo io e Wilde conoscevamo.

Ogni volta che pensavo al nostro appuntamento pre e post ballo sorridevo.

Forse la luna piena che si avvicinava stava iniziando a fare effetto su di me. Non era mai successo prima. Ne avevo osservato l'effetto su tutti quelli che mi circondavano, ma di solito rimanevo normale. Solo leggermente alterata dalle fasi della dea del cielo. Ma questa volta era intenso. Ero stata febbricitante tutta la notte, ed era già pazzesco, ma quando avevo visto Wilde partire per la sua corsa mattutina, avevo avuto l'impulso di unirmi a lui.

Io.

Io non correvo. Non facevo nulla di atletico. Ma improvvisamente avevo capito perché i lupi avevano quella voglia di mutare e correre. Quella cosa di sfogarsi aveva senso per me ora.

Trovai la jeep di Wilde ferma proprio fuori dalla porta da cui normalmente uscivo, cosa che mi fece segretamente eccitare. Non sapevo nemmeno che sapesse quale lezione avessi o da dove uscissi.

Salii sulla jeep e lui partì subito. Non c'era nulla di diverso da qualsiasi altra volta che mi aveva accompagnato o ripreso a scuola. Era chiaro, certamente non poteva darmi un bacio quando entravo.

Ma nemmeno un sorriso? O un qualche tipo di saluto?

Wilde non stava solo fingendo di non andare a letto con la sua sorellastra, si stava ancora comportando davanti agli altri come se non valessi il suo tempo.

Mi sarebbe piaciuto dire che non faceva male. Che ero abituata a questo comportamento dato che l'avevo sperimentato per tutta la vita. Ma questo ragazzo si era appena preso la mia verginità e stava dettando regole come se gli appartenessi, quindi immaginavo di volere ... di più.

«Dove stiamo andando?»

«A farti prendere la patente.»

Ahi. Questo faceva ancora più male.

Le narici di Wilde si infiammarono e mi guardò. «Cosa c'è che non va?»

Feci spallucce. «Perché? Niente.»

«Non mentirmi. Ho sentito l'odore del dolore.»

«Sei stufo di portarmi in giro?»

Wilde mi scioccò sterzando bruscamente per accostare. «Ehi.» Era una sorta di comando. Lo guardai, e lui mi fissò. «Rayne-bow, continuerò ad accompagnarti ogni fottuto giorno. È il mio lavoro. Per quanto mi riguarda, nessuno ha bisogno di sapere che hai ottenuto la patente. Voglio solo che tu abbia tutto il potere di cui hai bisogno.» Fece spallucce. «Dovresti avere una patente. E mi dispiace di non avertici ancora portata.»

Oh, cavolo. Tutto nel mio petto si ammorbidì e divenne appiccicoso. Wilde era dolce. «Oh. Grazie.»

Mi fece un sorriso. «Va bene?»

Aspettò che annuissi, poi rimise in moto la Jeep e rientrò in strada.

«Perché oggi? Stai saltano gli allenamenti per questo?»

«Sì. Ho dei piani per te dopo.»

«Quali piani?»

«Aspetta e vedrai.» Oh. Le viscere mi si agitarono e scoppiettarono di eccitazione. Speravo si trattasse di sesso. Avevo davvero bisogno di altro sesso.

Wilde mi portò alla motorizzazione e io superai l'esame. In seguito, mi portò a festeggiare in una gelateria.

«Erano questi i tuoi piani?» chiesi mentre mi infilavo in bocca l'ultimo cucchiaino di gelato al doppio cioccolato fondente.

«No.»

«E quindi?»

«Niente domande, Rayne-bow. Dai, andiamo.»

«Andiamo allo chalet di Abe e Austin?» Insistetti.

Non rispose. Ci riportò a Wolf Ridge e poi tornò sulle montagne. Parcheggiò sul ciglio della strada in mezzo al nulla e spalancò lo sportello.

«Andiamo.»

Lo seguii fuori, guardandomi intorno. «Non capisco.»

«Faremo una piccola passeggiata» disse Wilde.

Mi guardai di nuovo intorno. Non c'era nemmeno un sentiero. Avremmo fatto un giro di boscaglia attraverso la natura selvaggia.

Non credevo che la sorpresa riguardasse il sesso.

Che tristezza per me.

Seguii Wilde attraverso i cespugli per venti minuti buoni. Ero dannatamente confusa, ma non cercai di fare altre domande, dal momento che ovviamente non mi avrebbe risposto. Alla fine, arrivammo sul bordo di un precipizio, e allora capii.

Wilde conosceva questo posto dalle sue corse di luna piena. Di solito non ci parcheggiava la jeep per fare un'escursione. Correva fin qui dal basso delle quattro zampe.

Insomma, era bello sì. Non sapevo se pensasse che era romantico. Avrei sicuramente preferito ripetere l'esperienza dello chalet.

«Cos'è questo posto?»

«Lo chiamiamo 'il ciglio'. È un punto d'incontro per le corse di luna piena.»

Giusto. Qualcosa che non avevo mai sperimentato e mai lo avrei fatto.

«Oh.» Non avevo ancora capito. Niente affatto.

Wilde mi sfilò la maglia dalla testa.

Mmm... ok? Perché qui? E come? Insomma... C'erano cespugli con le spine in giro. E il terreno sembrava duro e roccioso. Non ero sicura di essere d'accordo.

«Togliti i jeans» mi ordinò.

«Perché?» chiesi.

Ignorò la domanda e mi sbottonò i jeans da solo. Assecondai i suoi sforzi per togliermi i jeans, il che, naturalmente, richiese di togliermi le scarpe e sporcarmi i calzini. E poi Wilde mi prese e mi lanciò in aria.

Oltre il lato della scogliera.

Urlai mentre cadevo. Wilde si tuffò accanto a me, urlando: «Muta. Rayne, *muta!*»

Il tradimento passò in secondo piano rispetto al terrore vero e proprio. La mia visuale si sfocò fino a diventare buia.

Svenni completamente prima di toccare terra.

* * *

WILDE

Cazzo!

Non aveva funzionato.

Rayne non era mutata a mezz'aria come avevo sperato, e non potevo rischiare che colpisse il suolo. Poteva anche avere capacità di guarigione, ma non sapevo se fossero complete.

Mi contorsi in modo di atterrare sui piedi e afferrare Rayne prima che colpisse il suolo.

Era svenuta.

Beh, avevo fatto un casino senza precedenti. «Rayne, piccola. *Rayne.* Svegliati, caramellina. Stai bene?» Trattenni il respiro finché non aprì le palpebre. «Va tutto bene, piccola. Mi dispiace. Pensavo che saresti riuscita a mutare.»

Rayne si divincolò come per liberarsi dalla morsa delle mie braccia. La aiutai a mettersi in piedi e lei mi diede una spinta con più forza di quanto mi aspettassi.

«Ti odio, Wilde Woodward.»

Risi. Era dannatamente carina quando era arrabbiata. «Mi dispiace. Pensavo davvero che saresti riuscita a mutare. Ma ti ho presa, piccola. Nessun danno, nessun problema.»

«Nessun danno... e un grosso problema!» Pestò il piede. «Qual è il tuo problema, Wilde? Non riesci proprio a sopportare che io non possa mutare?»

Mi strofinai la mano sul viso. Merda. Questa cosa non stava andando bene. «La luna è quasi piena. Il tuo profumo sembra cambiare ogni giorno. Ho solo pensato...»

«Magari non voglio mutare.» Gli occhi le lampeggiarono d'argento per la rabbia, contraddicendo le sue parole.

«Non c'entra il volere. È quello che sei.» La raggiunsi e lei si allontanò, ma io insistetti. La afferrai e la tenni saldamente con le braccia avvolte intorno al suo busto, intrappolandole le braccia ai fianchi. «Mi dispiace di averti spaventata. Intendevo farlo, ma era per una buona ragione.»

Non smise di cercare di allontanarsi da me, tentando di liberarsi. Indossava un reggiseno blu cielo e mutandine che si abbinavano ai suoi occhi e mi stava rendendo il cazzo duro. «Mi dispiace per il danno che ho causato. Non intendevo rovinare le cose con te Rayne. Davvero.»

Rimase zitta.

Le baciai la tempia. «Mi perdoni?» chiesi sommessamente.

«No.» la sua voce era ancora tesa, però qualcosa mi diceva che si stava avvicinando.

La girai verso di me e la sollevai per mettermela a cavalcioni sulla vita. «Cosa ci vorrebbe per perdonarmi?» chiesi mentre mi giravo per iniziare a camminare, per andare a cercare i suoi vestiti.

«Ci vorrebbe che tu non fossi un cazzone.»

Ridacchiai. «È difficile. Cazzone è il mio secondo nome.»

«Primo, secondo e terzo» brontolò, ma sentii il suo tono alleggerirsi.

«So cosa potrebbe aiutare.» Mi lanciai in una corsa su per la ripida salita perché quell'improvvisa idea mi diede un'esplosione sovrumana di energia.

«Cosa?»

«Ti farò sentire meglio, Rayne-bow.»

Mi intrecciò le braccia intorno al collo – più per stabilità che per affetto – ma amai lo stesso il gesto. Le sue tette mature erano vicine alla mia bocca, e morsi la carne morbida attraverso il reggiseno. Lei strinse la sua presa su di me, le gambe mi stringevano la vita, e io aumentai la velocità. Quando arrivai in cima, presi i vestiti di Rayne senza metterla giù, poi corsi fino alla Jeep. Rayne stava ridendo quando arrivammo, la corsa e la vicinanza avevano scosso via la sua ira. Aprii la jeep e la feci sdraiare sul sedile posteriore.

«Hai bisogno di un po' di sollievo, caramellina? Ho odiato dormire lontano da te. Ieri sera, ho dovuto mutare e correre alle tre del mattino solo per poter dormire un po'.»

Mentre parlavo, le feci scivolare via le mutandine e mi posizionai tra le sue gambe. Rayne raggiunse la mia testa, abbassandomela per incontrare la delicata figa. Inspirai il suo profumo, amando il modo in cui mi drogava.

Mi spinse in avanti e io ridacchiai. «È un sì, bambina? Vuoi la mia lingua sul clitoride?»

«Sì.»

Le diedi una leccata. «È così che mi guadagno il tuo perdono?» Feci roteare lentamente la lingua. «Hmm?»

«Perdonato» ansimò, dondolando i fianchi.

Risi. «Bene.» La concessi tutti i servizietti che conoscevo, succhiandole le labbra sottili, penetrandola con la lingua. «Hai una figa così dolce» la lodai mentre me ne occupavo. «Ha un sapore così buono, Rayne-bow.»

Gemette. «Potrei mangiare questa figa ogni notte per il resto della mia vita e non stancarmi mai.» Alzò la testa, alzandosi sui gomiti per guardarmi. Mi applicai con la lingua e feci scivolare due dita all'interno. Era già bagnata fradicia. La accarezzai dentro con le dita. Era stretta e bella e tutta mia. Mi presi il mio tempo, tolsi le dita per darle solo la lingua, poi le spinsi di nuovo dentro. Dopo altri due round, stava gridando il mio nome, implorando e supplicando per il rilascio.

«Vieni, Rayne-bow.»

Pompai più velocemente, più forte.

Scalciò, strillò e venne forte, bagnandomi la mano. Tenni le dita dentro di lei per sentire il modo in cui i suoi muscoli si stringevano e si strizzavano intorno a loro quando la toccavo ancora una volta. Lei rabbrividì e gemette e poi si abbandonò sul sedile come una bella bambola di pezza.

La aiutai a vestirsi e la sollevai sul sedile del passeggero.

«Meglio, piccola?»

Aveva uno sguardo sognante. «Sì.» Le presi la mascella e le baciai la bocca, forte. Le tuffai la lingua in bocca, e la spinsi dentro e fuori, scopandola con essa. Quando interruppi il bacio, aveva gli occhi lucidi, incapaci di mettere a fuoco, e le labbra erano gonfie e rosa.

«Troverò un modo per prendermi cura dei tuoi bisogni, piccola. Non posso rischiare di dormire accanto a te con la luna piena che si avvicina. Ti martellerei tutta la notte.»

Rayne mi regalò un accenno di sorriso.

«Domani sera c'è la partita della settimana dell'Homecoming. Ci vieni, vero?»

Annuì.

«Fantastico. Scoprirò un posto dove possiamo incontrarci dopo. Da qualche parte in privato.»

Non disse nulla, ma sapevo che mi aveva perdonato.

Sapevo anche che non c'era niente al mondo che non avrei fatto per questa ragazza.

Doveva essere la mia compagna.

E doveva esserci un modo per farla mutare.

CAPITOLO VENTI

Rayne

Giovedì sera, Lauren, Lincoln e io ci sedemmo sugli spalti per la partita dell'Homecoming. Eravamo cinque file dietro Casey Muchmore e le sue compagne di pallavolo. Era tutto pieno. Io indossavo la mia maglietta blu e argento della Wolf Ridge High, come la maggior parte degli spettatori sugli spalti. Lauren e Lincoln si erano astenuti, scegliendo di non indossare nemmeno i colori della scuola. Lauren piuttosto sembrava scesa da una passerella di New York con indosso jeans firmati strappati alle ginocchia e una felpa che le cadeva da una spalla.

Guardai le spalle larghe di Wilde a bordo campo. Sembrava un coach naturale, come se fosse stato il lavoro per cui era nato. Sfortunatamente, questa sarebbe stata probabilmente la sua ultima partita. Il suo allenatore della Duke aveva chiamato prima della partita per fargli sapere che le accuse contro di lui in South Carolina erano state ritirate a causa della mancanza di prove e della pressione di alcuni tizi con le conoscenze giuste sul procuratore distrettuale.

Ora era libero di tornare alla Duke. Poteva rimanere un membro di questo branco. Avrei dovuto essere felice per lui.

Insomma, lo ero. Ma non sarei stata onesta se non avessi ammesso che un pezzo considerevole del mio cuore si stava spezzando per la sua partenza. Certo, sapevo che questa cosa non sarebbe durata. Non poteva durare.

Era il mio fratellastro, per l'amor del destino!

Una vera relazione era impossibile. Ma non potevo fare a meno di pensare a quanto fosse stato incredibile avere l'attenzione e la concentrazione di Wilde in queste ultime settimane. Rendermi conto che, nonostante i suoi modi, in realtà era dalla mia parte. Un coglione alfa che voleva *me*. Guardai Wilde che faceva segni alla squadra con la mano, e segnarono immediatamente un touchdown.

Il succo della partita dell'Homecoming della Wolf Ridge High era che si sapeva che avremmo vinto sempre. C'erano alcune partite durante la stagione in cui perdevamo. Erano predeterminate dal Coach Jamison, e solo lui e i giocatori lo sapevano. Gran parte della finezza dei nostri giocatori era spettacolarità. Ci intrattenevano con il loro show. Fingendo di essere giocatori umani che improvvisamente tiravano fuori alcuni colpi spettacolari.

Il pubblico di Wolf Ridge si meravigliava di più quando fallivano volutamente. Era come il teatro.

Finora, avevano mantenuto i punteggi pari. Eravamo sul 21 a 21 alla fine del primo tempo. Le cheerleader saltavano a bordo campo. La nostra banda musicale, che non era granché – perché Wolf Ridge puntava tutto sullo sport e quasi niente sull'arte – si diresse verso il campo per l'esibizione di metà partita, e poi J.J. uscì e prese il microfono.

«Va bene, ragazzi, è il momento che tutti stavate aspettando. È tempo di rivelare i reali del ballo dell'Homecoming di quest'anno.»

Alzai gli occhi al cielo verso Lincoln e Lauren. «Come se

fosse un mistero. Sono sempre le stesse persone.» Toccai il braccio di Lauren. «Ho dato il mio voto a te però, ovviamente. Non che significhi qualcosa qui.»

Lauren alzò le spalle. «Non importa. Anche io ho votato per te, cara.»

«Allora, che notizie abbiamo sul tuo accompagnatore per il ballo?»

«Il mio ragazzo arriva in aereo da New York stasera.» Fece spallucce. «Non lo so, penso che stiamo per lasciarci, ma almeno ho un accompagnatore.»

«Oh no, mi dispiace.»

«No, va tutto bene. Viviamo in Stati diversi e stiamo cambiando. Ci siamo allontanati. Ha senso rompere. E se torneremo insieme quando tornerò a est per il college, beh, sarà fantastico.»

Stavo iniziando a pensare che Lincoln e Lauren fossero le persone più emotivamente sviluppate che avessi mai conosciuto. Immaginavo che fosse quello che succedeva quando si perdeva una madre. Cambiare prospettiva sulle cose che contavano davvero.

«Per la classe delle matricole» annunciò J.J., «Ty Wolstein è il principe.» Il pubblico applaudì. «E la sua principessa è... Melanie James!» il tifo aumentò. Aspettò che Melanie e Ty uscissero e ricevessero corone, scettri e fasce.

«Per la classe senior, il re dell'Homecoming di quest'anno è... Abe Oakley!»

«Che sorpresona» mormorai.

«E la regina per la classe senior quest'anno è Rayne Lansing.»

Mi accasciai sul sedile. «Cazzo.»

«Ra-ayne!» gridò una delle giocatrici di pallavolo con tono canzonatorio girandosi per guardarmi.

«Che cazzo sta succedendo?» Sentii il calore salirmi sulle guance. Questo era il momento più umiliante della mia vita, e ne avevo avute molte di umiliazioni, lo potevo dire forte. Lincoln e Lauren incrociarono il mio sguardo inorridito con confusione. «Che succede?» chiese Lincoln. «Io…non lo so! Stanno facendo qualche cazzata. Deve essere un'enorme cazzata per mettermi in imbarazzo.»

«Beh, forse hai semplicemente vinto…» suggerì Lauren.

Scossi la testa. «Non c'è un cazzo di modo di vincere questa cosa.»

Cinque file più avanti, vidi Casey Muchmore alzarsi e guardarmi.

Oh, merda.

Marciò su per le scale verso di me. Mi sarebbe piaciuto dire che avevo gonfiato il petto e mi ero avvicinata a lei, ma lo shock dell'annuncio era stato troppo. Mi rannicchiai letteralmente al mio posto. Mi prese il gomito e mi tirò in piedi. Ciò che mi sconvolse completamente fu il sorriso sul suo volto.

«Sei tu, piccoletta. Non hai sentito?»

«Mi dispiace, Casey.» Scossi la testa. Mi tremavano le gambe. «Non so cosa sia successo.» «Vieni qui.» Mi tirò. «Io sì.»

Non sapevo cosa mi stesse per succedere, ma ero sicura che sarebbe stato terribile.

«No» piagnucolai. Il mio lagnarmi smosse Lincoln. Si alzò in piedi e afferrò il braccio di Casey. «Ehi, lasciala andare.»

Per un momento, pensai che ci sarebbe stata una rissa. E sarebbe stata la cosa peggiore di sempre. Perché se Casey si fosse lanciata su Lincoln, lui avrebbe perso comunque. Se avesse aggredito una ragazza, la gente sugli spalti lo avrebbe distrutto. Oppure, sarebbe passato per rammollito se fosse stato battuto da una ragazza che non sembrava forte come lui.

Ma Casey alzò le mani in aria, mostrando i palmi come per dimostrare di non avere armi.

«Non è un trucco, Rayne. Hai vinto il titolo di regina dell'Homecoming.»

«Rayne Lansing. Vieni qui. Dov'è la nostra reginetta?» disse J.J. dall'altoparlante.

Tutti si girarono a guardarmi. Avrei letteralmente voluto bombardare l'intero stadio in quel momento, anche se avrei preso fuoco anche io.

«Devo andarmene da qui» borbottai più a me stessa che a qualcun altro.

Casey aggrottò le sopracciglia. «No, Rayne. Devi andare laggiù e prendere la tua corona. Davvero non sai perché è successo?» Aveva un sorriso sul viso come se stesse facendo una specie di scherzo che non stavo capendo. «È stato il tuo nuovo fratellastro. Immagino che abbia deciso di elevare il tuo rango da queste parti.»

Questo mi colpì come un pugno nello stomaco. In effetti, ricaddi sulle gradinate come se fossi stata colpita.

Era stato Wilde. Wilde mi aveva umiliata davanti a tutta la scuola. No, non solo davanti a tutta la scuola, c'era tutta la fottuta città qui stasera. Sapevo che non l'aveva fatto per prendermi in giro o per ferirmi. Ero sicura che pensava di farmi un favore, ma questa era la cosa peggiore in assoluto. Come avrei mai potuto alzare la testa qui intorno sapendo che il mio fratellastro aveva bullizzato gli studenti per spingerli a votare per me quando tutti sapevano che ero al livello più basso del branco?

E perché mai aveva pensato che sarebbe stata una buona idea?

E poi, improvvisamente, lo capii.

Sapevo esattamente perché, e dovetti sbattermi una mano sulla bocca per trattenere un singhiozzo. Perché era imbarazzato di essere associato a me.

Era la stessa ragione per cui stava cercando così duramente di farmi mutare. Aveva bisogno di elevare il mio status per accettare di avermi come sorellastra. O anche come amante, se qualcuno lo avesse scoperto. Le lacrime mi solcarono gli occhi e mi rimisi in piedi.

«Dai, ti accompagno in modo che tutti sappiano che siamo a posto» disse Casey.

Ora avevo capito. Stava proteggendo la propria reputazione. Dimostrando che aveva permesso che questa votazione avesse luogo. Che ne faceva parte.

«No.» Lanciai il mio corpo oltre il suo e iniziai a correre. Non giù per i gradini di cemento verso il campo, ma dietro al perimetro delle gradinate, verso le scale laterali che conducevano al parcheggio. Riuscivo a malapena a vedere qualcosa attraverso le lacrime, ma riuscii a farcela senza inciampare.

Quando raggiunsi il marciapiede, iniziai a correre.

«Rayne! Aspetta! Vuoi che ti accompagni a casa?» Lincoln si sporse sul retro delle gradinate per gridare verso di me.

«No! Chiamo mia madre» mentii. «Voglio solo stare da sola.» Questa parte era vera. Continuai a correre, lontano dallo stadio.

«Rayne!» Sentii la voce rimbombante di Wilde dietro di me. Lo ignorai e continuai a correre. La luna era piena e le mie gambe si sentivano forti come non era mai successo prima. Naturalmente, non passò molto tempo prima che io sentissi i suoi piedi incombere dietro di me. Potevo anche essere veloce, ma Wilde era un lupo adulto e un atleta.

«Rayne!» Mi fermai e mi girai.

«Lasciami in pace, Wilde.» Mi afferrò e mi strinse un braccio intorno al busto, cercando di bloccarmi contro di lui.

Mi divincolai dalla sua presa. «Ho detto, *lasciami in pace!*»

«Che c'è? Qual è il problema? Tutti ti stanno aspettando laggiù, Rayne-bow.»

Quando incrociai il suo sguardo, corrucciò la fronte

vedendo il mio viso rigato di lacrime. «Che cosa c'è, piccola?»

«No.» Scossi la testa. Non sapevo da dove veniva, ma finalmente trovai la mia forza. La mia consapevolezza. Il mio orgoglio. «Non sono la tua piccola. Non possiamo più continuare, Wilde.» Sollevò le sopracciglia. «Cosa? Cosa sta succedendo? Parlami, Rayne.»

«Perché hai detto a tutti di votare per me, Wilde?»

Abbassò le spalle. Indossava la maglia da allenatore, il suo ampio petto tendeva il tessuto sul suo muscoloso tronco. Sembrava bellissimo.

«Ti volevo... Volevo cambiare le cose per te.»

«Giusto!» Esclamai con trionfante indignazione. «Volevi che fossi qualcosa di diverso da quello che sono.»

Allargò le mani. «Rayne, io…»

Scossi la testa. «Ammettilo. Perché stai cercando così duramente di farmi cambiare? È perché non sopporti che io sia l'ultimo anello del branco. Devi migliorarmi per rendere accettabile il fatto di fare sesso con me. Perché il destino non voglia che qualcuno scopra che sei caduto così in basso da immergere il tuo cazzo in una piccoletta difettosa.»

Trasalì. «Non è vero.»

«Invece sì, Wilde. Non puoi accettarmi per quello che sono: la non-mutaforma di rango più basso nel branco. Non potevi sopportare che mia madre sposasse tuo padre e mi trascinasse nella tua vita, e ora che hai deciso che vale la pena scoparmi, stai cercando di cambiarmi. Beh, e se non volessi cambiare? Ero perfettamente felice prima che tu arrivassi, Wilde Woodward. Non ho bisogno che tu mi risolva. Non ho bisogno che tu mi insegni come mutare. Non ho bisogno che tu cambi la mia posizione a scuola. Perché la verità è che nulla può cambiarla. Nemmeno tu che gli imponi di votare per me. Soprattutto non quello! Mi hai appena resa ridicola, Wilde. E io ho chiuso. Abbiamo chiuso.»

«Rayne...» Mi afferrò.

Me lo scrollai di dosso. «È finita, Wilde. Toccami di nuovo e dirò a tuo padre che mi hai presa con la violenza. Allora sarai fuori da questo branco per sempre.»

Gli occhi di Wilde erano sioccati, e mi pentii immediatamente di aver detto una cosa del genere. Ma non me lo rimangiai, perché avevo bisogno che mi desse spazio. Avevo bisogno che mi desse spazio, o non sarei mai riuscita ad andare avanti in questa rottura.

E io dovevo rompere con lui. Era il mio fratellastro, e questo significava che io ne sarei comunque uscita con il cuore a pezzi. Almeno potevo farlo alle mie condizioni. Arrivati a questo punto, non sapevo come sarei mai riuscita a riprendermi.

Iniziai a correre, lontano da Wilde e dallo stadio della scuola.

«Rayne! Lascia che ti accompagni a casa» gridò Wilde.

«Torna alla partita, Wilde. Chiamerò mia madre» mentii per la seconda volta quella notte.

Sentii il rumore dell'espirazione di Wilde. L'imprecazione che mormorò.

Ma non guardai indietro. Continuai a correre perché sarei caduta e mi sarei messa a singhiozzare se non lo avessi fatto. Correvo così forte che non mi accorsi che una macchina si fermò davanti a me. Riuscii a malapena a vedere il ragazzo che ne uscì. Stavo correndo davanti a lui quando sentii la puntura acuta di un ago che mi colpì il collo e poi le sue mani ruvide mi spinsero verso la macchina. Cercai di combattere, ma i miei muscoli iniziarono a cedere e poi smisero di funzionare completamente. L'ultima cosa che registrai fu il fatto di cadere sul sedile posteriore di una piccola macchina sporca.

* * *

WILDE

Cazzo!

Avrei voluto seguire Rayne. Avrei voluto dirle che tutto ciò che aveva detto era falso, ma il fatto era che a un certo livello aveva ragione. Volevo cambiarla. Volevo che migliorasse sé stessa. Che si sollevasse. Che mutasse. Che rivendicasse uno status più elevato in famiglia, nel branco e soprattutto a scuola.

Probabilmente aveva anche ragione sul fatto che il mio fuorviante colpo di stato ai reali dell'Homecoming non aveva aiutato. Non credevo che qualcuno stesse ridendo di lei. Sapevano che li avrei massacrati. Ma potevo capire come dire a qualcuno di votare per lei come reginetta non era la stessa cosa che guadagnare rispetto o salire di grado. Non avrebbe costituito un vero cambiamento per lei.

La necessità di risolvere questo problema mi fece quasi impazzire. Un ringhio disumano mi sfuggì dalle labbra e presi a pugni un segnale di stop, facendo un buco netto attraverso il metallo. Il sangue che scorse dalle mie nocche sembrava luminoso sotto la luce della luna piena.

La guardai, per vedere se poteva offrirmi una qualche guida, ma la sua pallida luce sembrava solo giudicare. Come se l'avessi delusa. Se avessi fatto un casino con il destino.

L'impulso di mutare e seguire Rayne sotto forma di lupo mi strappò un altro ringhio dalle labbra. Ma il Coach Jamison e la squadra mi avrebbero cercato. Avrei dovuto chiamare tutti gli schemi stasera. Tornai allo stadio. Ogni passo che facevo mi sembrava di trascinare i piedi nel cemento. Mi sentivo come se stessi facendo il più grande errore della mia vita. Il mio lupo si agitò dentro di me, freneticamente bisognoso di tornare da Rayne.

Ma lei aveva chiarito di stare alla larga. Mi aveva minacciato di farmi esiliare, anche se la conoscevo troppo bene per credere che avrebbe dato seguito alla cosa.

Avevo visto come era inorridita quando lo aveva detto.

Avrei voluto sapere come risolvere questo problema. Sentendo il fischio iniziale della partita, tornai di corsa al campo dove il Coach Jamison mi lanciò un'occhiataccia.

Mi fermai accanto a lui. «Mi dispiace.»

Per qualche ragione, mi sembrò importante prendere coscienza di ciò che era appena accaduto. Fare il nome di Rayne a Jamison e onorarla in quel modo. «Rayne non ha apprezzato la mia interferenza nella questione dei reali dell'-Homecoming» dissi anche se non me lo aveva chiesto. Jamison ci mise un attimo. Spostò la sua attenzione dal campo al mio viso.

«Le ho fatto del male. Non era mia intenzione, ma l'ho fatto.»

Mi studiò con interesse. «Ti stai facendo prendere, Wilde?»

«Già preso.» Sentii tutto il mio essere vacillare quando lo ammisi. Come se fossi caduto in un vasto oceano e non riuscissi a vedere terra.

Che cosa significava? Che mi importava di Rayne indipendentemente dal fatto che fosse la mia compagna? Questa era la ragione principale per cui stavo cercando di farla mutare.

Sì, volevo anche sistemarla. Ma soprattutto volevo il permesso di reclamarla. E l'unica ragione per cui potevo desiderare di rivendicare una femmina che non aveva innescato il mio istinto di accoppiamento doveva essere... *per amore*.

Qualcosa a cui noi lupi pensavamo molto poco. Scartavamo la nozione umana di amore e matrimonio. C'erano degli accoppiamenti d'amore intorno a noi, anche all'interno della nostra stessa comunità, ma veneravamo solo i compagni predestinati.

Avrei ancora voluto Rayne se non fosse stata la mia compagna predestinata?

Se me lo avessero chiesto un'ora fa, l'avrei negato.

Ma ora, di fronte alla sua perdita, la risposta divenne un chiaro e clamoroso *sì*.

Quindi, forse questa era la risposta. Questo era quello che dovevo dirle.

Dovevo scusarmi per aver ragionato come un testa di cazzo e spiegarle che la volevo così com'era.

Avrei preso Rayne la piccoletta con i suoi geni presumibilmente difettosi e il suo status di ultima. Aggrapparsi a quel pensiero fu l'unico modo per superare la partita.

Mi mossi roboticamente, chiamai gli schemi, guardai la partita, ma nella mia mente ero già con Rayne. Stavo celebrando tutto ciò che era: una presenza piccola ma infinitamente potente. Molto più forte di me. Molto più chiara. Molto più equilibrata.

Rayne vedeva cose che gli altri non vedevano. Era gentilezza e accettazione verso tutti, anche dopo il modo in cui era stata trattata.

Permisi alla squadra di eccellere nella seconda metà della partita, massacrando decisamente l'altra squadra nell'ultimo quarto. I ragazzi sorridevano mentre segnavano touchdown dopo touchdown. Quando mancavano solo due minuti, li sfidai a conquistarne un altro.

Il pubblico era chiassoso, intonava cori e applaudiva. Mi girai per scrutare le gradinate.

Non sapevo perché stessi cercando Rayne.

Aveva chiarito che se ne stava andando. Aveva detto che sua madre sarebbe venuta a prenderla. Vidi il suo amico umano, Lincoln, e sua sorella gemella dietro negli spalti.

Vidi che i miei amici Austin, Cole e Bo erano venuti da

Tempe. Sloane e Bailey erano con loro, insieme a Slade. Vedere Bailey mi fece male al petto, facendomi pensare di nuovo a Rayne. Avrebbe dovuto almeno stare con la sua amica in questo momento mentre era arrabbiata, non a casa da sola. All'improvviso, vidi due figure sedute in mezzo alla folla. Mio padre e Leslie. Il che significava... che Rayne non aveva avuto un passaggio verso casa.

Ribaltai la testa all'indietro, impedendomi a malapena di emettere un ululato da lupo di fronte agli umani dell'altra squadra.

Rayne, la mia splendida e cara femmina, *era da qualche parte là fuori da sola.*

* * *

Rayne

Mi svegliai con l'odore di muffa e soluzione detergente e sapone. Ci volle uno sforzo enorme per separare le palpebre e aprire gli occhi. Ero in una specie di stanza di motel economico, con i polsi legati sopra la testa e i tacchi alti ai piedi.

Tacchi a spillo?

Alzai la testa per strizzare gli occhi verso i miei piedi. Ci volle uno sforzo enorme, i miei muscoli collaboravano a malapena.

La testa pesava quanto la Subaru di mia madre.

C'era un grande cuscino da letto sotto i polpacci e, sì, indossavo un paio di scarpe con i tacchi a spillo.

Non un paio qualsiasi.

Le Manolo Blahnik.

Quelle che avevo mandato a Footlover352.

Mentre mettevo le cose insieme nella mia mente, un'ondata di adrenalina mi attraversò, dandomi la forza di provare a tirare le braccia. Non riuscii a liberarmi, però. Ero troppo debole. I nodi erano troppo forti. Ascoltai qualsiasi suono ma non rilevai nessun altro nella stanza. Non sentii un respiro o un movimento.

Guardai l'orologio accanto a me. C'era scritto dodici. Era mezzogiorno o mezzanotte? Non potevo dirlo con le tende tirate. Per quanto tempo ero rimasta priva di sensi?

Fu allora che mi resi conto di essere nuda. Ero stata così concentrata sulle scarpe, che non avevo capito che Footlover mi aveva spogliata prima di legarmi.

Oh destino, aveva ... No. Non lo credevo.

Almeno, non mi sentivo sensibile o usata. Riprovai a sforzarmi di liberarmi dalle corde, ma ero ancora troppo debole. Tutto quello che riuscii a fare fu sfregare i polsi con la corda.

La porta si aprì ed entrò un ragazzo sbarbato in giacca a vento, portava una busta di In-N-Out Burger. Era più giovane di quanto avessi immaginato. Come se fosse sui venticinque anni, con i capelli scuri spettinati.

«Ciao, Rayne.» La sua voce familiare sembrava molto più sinistra ora. Quel tizio era stupido come avevo immaginato, ma ora sapevo che non era solo timido: era squilibrato. Pericoloso.

Ero nauseata da lui e dalla mia situazione, ma l'odore del cibo mi fece brontolare lo stomaco. Doveva essere mezzogiorno in base a quanto ero improvvisamente affamata.

Per il destino, speravo che fosse passata solo mezza giornata da quando mi aveva presa e non di più.

Sapevo che non eravamo a Wolf Ridge perché non c'era nessun In-N-Out là. Feci appello a tutta la mia forza interiore e lo guardai.

«Slegami subito.» Usai la mia migliore voce da dominatrice. Non sembrò funzionare particolarmente, ma parve agitarlo. Lasciò cadere il sacchetto di cibo sul pavimento, poi si affrettò a raccoglierlo.

«Subito.»

«Uhm... No. Non posso farlo.»

«Non puoi tenermi qui.» Mantenni il mio tono brusco e sicuro, nonostante mi tremassero le gambe. Il suo sguardo viaggiò verso miei piedi e vidi crescere il rigonfiamento nella zona del cavallo.

Destino. Dovevo uscire di qui.

Pensa, Rayne, pensa.

Devi pensare a come uscirne.

«Sei ancora più bella di quanto immaginassi.» Avanzò lentamente.

«Non puoi avermi.»

Un po' del suo imbarazzo svanì. Incrociò il mio sguardo per la prima volta.

«Già ti ho.»

Non c'era minaccia nelle parole. Non gongolava. Affermava solo un fatto inconfutabile.

Cazzo.

«Non puoi tenermi» mi corressi.

Inclinò la testa. «Forse no. Non mi interessa davvero. Questo è quello che volevo.»

Oh, destino.

Mi si gelò la pelle. Significava che mi avrebbe uccisa una volta finito con qualsiasi cosa avesse intenzione di fare con me.

Dovevo liberarmi. Forse il cibo poteva essere d'aiuto.

«Ho fame.» Aggiunsi un'abbondante dose di petulanza al mio tono.

Sembrò funzionare perché si affrettò a portarmi la borsa più vicino. Tirò fuori una scatola di patatine fritte e me ne mise una alle labbra. Se non fossi stata così affamata, avrei potuto provare a insistere affinché mi facesse usare le mani. Mangiare dalla sua mano mi disgustava.

Ma divorai le patatine. «Ci sono hamburger?»

«Sì. Sì, ho un hamburger per te, proprio qui.»

«Solo uno?» Usai di nuovo il mio tono spocchioso.

Sollevò le sopracciglia. «Quanti ne mangi?»

«Almeno tre. Sarò anche piccola, ma ho bisogno di molte calorie.»

«Beh, dovrai aspettare. Ne ho solo uno per te ora.»

Prese l'hamburger e scartò mezzo involucro per offrirmi un boccone.

Mi avventai come una lupa, strappando la carne con i denti.

Tirò indietro l'hamburger, fissando il morso gigante che avevo dato in stato di shock.

«Te l'avevo detto, ho fame» dissi con la bocca piena. «Ridammelo.»

Me lo offrì di nuovo, e io diedi un altro morso gigante. L'odore del cibo mi ravvivò. Ero decisamente famelica. Quando cercò di allontanare l'hamburger, mi avventai per prenderlo, dando un terzo morso prima ancora di aver finito di masticare l'ultimo. Avevo le guance gonfie di cibo mentre masticavo entrambi.

Footlover apparve leggermente disgustato.

Bene. Forse si sarebbe disgustato tanto da dimenticarsi di qualsiasi cosa avesse intenzione di fare con me.

Ingoiai il cibo e ne chiesi ancora. Finii l'hamburger in cinque bocconi, poi chiesi le patatine fritte. Footlover tenne le sue dita fuori portata, portando l'estremità di ogni patatina alla mia bocca rimanendo indietro.

«Dove siamo?» chiesi con la bocca piena. Mi serviva un tovagliolo. Sapevo di avere la salsa dell'hamburger su tutta la bocca.

«In un motel.»

«Sì, l'avevo capito. Dove?»

Non rispose.

«Devi riportarmi a Wolf Ridge.»

Scosse la testa. «No, non lo faccio.»

«Non voglio stare qui con te. Non mi piace. Non farò mai più video per te.»

Stavo andando per tentativi.

Lasciò le patatine accanto a me, costringendomi a torcere il collo e sforzarmi contro le corde per afferrarne una con i denti. Passò due polpastrelli lungo la parte superiore della mia coscia, lungo il mio stinco, fino al cinturino della scarpa.

«Sono ancora più belle di persona» disse. «Anche il tuo viso è carino, ma non mi interessa molto. Sono questi piedi. Sono i migliori che abbia mai visto.»

Il mio corpo iniziò a tremare. Lo presi come un buon segno. Almeno c'era dell'energia che lo attraversava ora.

I miei muscoli dovevano svegliarsi.

Una volta che il tranquillante fosse svanito, avrei potuto avere abbastanza forza da mutaforma per liberarmi da queste corde rompendo la testiera a cui erano legate o qualcosa del genere. Potevo anche non essere ancora mutata, ma non ero più debole come prima.

Non sarei di certo rimasta qui sdraiata a prendermi tutto quello che questo tizio inquietante voleva farmi.

«Incrocia le gambe» mi ordinò.

«No.»

Sollevò una caviglia e la incrociò sull'altra.

Gli diedi un calcio in testa.

«Oh! Cazzo, stronza.» Si portò la mano alla testa e barcollò lontano da me.

Festeggiai interiormente la mia piccola vittoria fino a quando non si girò con un ago in mano.

Oh, cazzo!

Restai in attesa, aspettando che fosse abbastanza vicino, poi mi girai per dargli un calcio alla testa, puntando il tacco dello stiletto proprio sulla sua orbita oculare. Mi mancò e l'ago mi colpì la spalla.

«No» scattai, torcendomi per toglierlo, ma il tranquillante ad azione rapida si stava già facendo strada. Il mio corpo sprofondò nel letto, come se pesi invisibili si arrotolassero improvvisamente attorno a ogni arto, trascinandomi giù, sempre più in profondità fino a quando l'intera stanza divenne nera.

* * *

WILDE

MIO PADRE, lo sceriffo Gleason, e Russ, il suo vice, mi tenevano a terra mentre lottavo sul pavimento. Non riuscivo nemmeno a ricordare perché ero finito in questa rissa.

Oh sì, stavo cercando di fare a pezzi l'ufficio dello sceriffo.

«*Basta, Wilde.*» Alpha Green usò il comando alfa nella sua voce, e il mio corpo si rilassò. Si piazzò sopra di me. Le mie membra erano ancora bloccate sul pavimento dagli uomini più anziani. «Vuoi trovare la tua compagna?»

Le parole *la tua compagna* catturarono l'attenzione del mio lupo, e improvvisamente mi ritrovai ad ascoltare, prestando attenzione al mio alfa.

Stava parlando di Rayne. Di ritrovare Rayne.

L'aveva chiamata *la mia compagna.*

Come lo sapeva? Non importava, no non importava. Stava parlando di riaverla.

Sì, compagna, ululò il mio lupo.

Ritrovai la lingua. «Sì, Alpha.»

«E allora s'^nti su quella sedia e aspetta istruzioni.»

«Sì, Alpha.»

Gli uomini mi liberarono, mi rimisi in piedi di scatto e affondai sulla sedia di fronte alla scrivania dello sceriffo.

241

Erano passate sedici ore da quando Rayne aveva lasciato lo stadio. Eravamo stati svegli tutta la notte a cercarla. Due dei vice dello sceriffo e io eravamo mutati per cercare di seguire il suo odore, ma era scomparso su per la collina dallo stadio, indicando che Rayne era salita sulla macchina di qualcuno. Avevano rintracciato il suo telefono e lo avevano trovato sul ciglio dell'autostrada che portava giù per la collina a Phoenix. La mamma di Rayne aveva pianto in un angolo. Mio padre aveva cercato di farla mangiare tutto il giorno, ma lei era troppo turbata. Non credevo di aver mangiato neanche io. Non riuscivo a ricordare.

Dopo aver visto Leslie sugli spalti durante la partita, ero andato in frenesia. Avevo abbandonato la fine della partita per correre nella direzione in cui Rayne si era diretta. Quando non l'avevo trovata, ero salito sulla jeep e avevo guidato su e giù. Avevo chiamato tutti i suoi amici. Poi avevo cercato i nostri genitori per far loro sapere cosa era successo, e loro avevano chiamato lo sceriffo e Alpha Green. Ora l'intera città era in allerta per Rayne, ma non avevamo indizi.

«Cosa non ci hai detto?» chiese di nuovo Alpha Green.

«Ve l'avevo detto. Abbiamo litigato. Era arrabbiata con me per averla fatta eleggere come reginetta. Ha detto che avrebbe chiamato sua madre per avere un passaggio, ma non l'ha fatto. Quando ho visto Leslie sugli spalti, sono andato a cercarla ma non sono riuscito a trovarla.»

«C'è qualcos'altro.»

Non riuscivo a pensare. Non sapevo cosa volesse sentire da me, ma avrei ammesso qualsiasi cosa se poteva aiutare a far tornare Rayne. Non me ne fregava un cazzo di quello che gli altri pensavano di me. Non mi interessava neanche di essere buttato fuori dal branco.

«Le ho tolto la verginità.»

«Porca puttana, Wilde!» ringhiò mio padre.

Alpha Green alzò la mano per zittirlo, il suo sguardo era ancora fisso sul mio viso.

«Qualcos'altro. Hai avuto paura per lei fin dall'inizio. Perché? Sospetti autolesionismo?»

Balbettai. «Autolesionismo? No! Qualcuno l'ha presa. Un Venador, magari.» Mi riferivo al sinistro gruppo di esseri umani ricchi che si divertivano a cacciare i mutaforma per sport. Si diceva che avessero preso di mira gli adolescenti mutaforma attraverso le chat online.

Ma poi il mio cervello scattò di nuovo, e improvvisamente seppi cosa aveva colto. Quello che non avevo ancora detto.

«Va bene. Ok. Te lo dirò.» Deglutii. Odiavo l'idea di rivelare il segreto di Rayne, ma doveva essere fatto. Era in pericolo. «Rayne vendeva foto e video dei suoi piedi per mettere da parte denaro per il college. Ha venduto a questo tizio le sue scarpe, e ho avuto una brutta sensazione al riguardo.»

Lo sceriffo si alzò in piedi. «E ce lo dici solo ora? È scomparsa da sedici ore, Wilde.»

Tirai indietro il pugno per colpire la scrivania, ma Alpha Green mi bloccò con un comando: «No» e il mio braccio si allentò.

«Dove li vende? Quali siti? Ci sono e-mail? Messaggi? Ho bisogno di tutto» disse lo sceriffo. «Patreon e OnlyFans.» Annuii. «È tutto sul suo laptop.»

Mio padre tirò fuori le chiavi. «Nella sua camera?»

«Sì. Sulla mensola sopra il letto.»

«Torno subito.»

«Ok, chiamerò Kylie o Jackson King al telefono» disse Alpha Green, riferendosi a un paio di mutaforma di Tucson che avevano una società da un miliardo di dollari specializzata in sicurezza informatica. «Le scarpe che ha spedito, dove sono andate? Ti ricordi il nome o l'indirizzo?»

«Sì. Non c'era un nome, solo iniziali – F. L. – e l'indirizzo era una casella postale a Chandler.» «Fai partire un Amber alert su Rayne per l'intera area di Phoenix, Tucson, Flagstaff» urlò lo sceriffo Gleason a Russ, il suo vice. Russ annuì e se ne andò.

Alpha Green si mise a parlare con qualcuno al telefono, ma il mio cervello era troppo confuso per seguire la conversazione.

Mi alzai in piedi. «Vado a Chandler.»

«Aspetta, figliolo» disse lo sceriffo Gleason. «Aspetta fino a quando non avremo maggiori informazioni.»

«Voglio essere lì quando otterrete informazioni.»

«E se fosse nella direzione opposta?»

Il mio cervello non funzionava al momento, ma mi fidavo del mio lupo. Mi voleva lì. Ora.

Scossi la testa. «Lei è lì. Chiamami quando ricevi le informazioni.» Lo sceriffo scosse la testa mentre me ne andavo, ma non mi interessava. Stavo già correndo verso la Jeep, grato di avere finalmente qualcosa da fare.

Guidai fino a Chandler e iniziai a scandagliare le strade. Non ero così stupido da pensare di vederla per strada, ma speravo che il mio lupo potesse sentirla. Di venire spinto in una direzione o nell'altra.

Finii in una zona di merda della città, lungo l'autostrada. Accostai e scesi dalla Jeep. Inspirai gli odori circostanti attraverso le narici. Puzza di miseria. Anidride carbonica e calcestruzzo.

Iniziai a camminare lungo la strada principale, pregando il mio lupo di guidarmi, ma era frenetico quanto me. Insieme, funzionavamo a malapena. Guardai la luna quasi piena e le diressi una preghiera silenziosa.

Tieni Rayne al sicuro. Per favore, dea. Farò qualsiasi cosa se solo la tieni al sicuro.

* * *

Rayne

FATICAI A RIPRENDERE CONOSCENZA. Qualcuno mi stava accarezzando i piedi. Cercai di scalciare, ma scoprii che le mie caviglie erano state legate.

Riuscii ad aprire gli occhi e trovai Footlover ai piedi del letto, una mano che mi accarezzava i piedi nudi, l'altra sul cazzo. Non indossavo più i tacchi, erano riposti sul letto accanto a me.

«Rayne» gemette quando vide che ero sveglia. Strofinò i genitali sull'altro piede scalzo. La vista mi diede un'ondata di adrenalina, che mi aiutò a ritrovare un po' di sensazione alle dita delle mani e dei piedi.

«Allontanati!» ringhiai. La mia indignazione sembrò solo eccitarlo, però. Pompò il pugno più forte sul cazzo, roteando i fianchi per rimanere a contatto con il mio piede. Mi schiacciò il piede con l'altra mano.

«Oh! Mi stai facendo male» provai.

«Usa le dita dei piedi» mi ordinò. «Usa le dita dei piedi sulle mie palle.»

Non sapevo se fu per il terrore o la rabbia che mi sentii avvampare, ma improvvisamente mi ritrovai a bruciare. Avevo voglia di sputare e urlare allo stesso tempo. Footlover spinse il dito dentro e fuori dalla fessura tra il mio alluce e il secondo dito, e quasi piansi ricordando Wilde. Il modo in cui mi aveva succhiato le dita dei piedi. La sua tenerezza con i miei piedi.

Wilde, il ragazzo con cui avevo appena rotto. Se mai avessi potuto pensare che stavamo insieme, tanto per cominciare. Wilde, il ragazzo che forse non avrei mai più rivisto.

Quel pensiero mi provocò una vampata di dolore e disperazione così pesante che ne fui accecata. Lottai per tornare alla coscienza. Lottai e mi sforzai.

Da qualche parte, sentii un martellamento scheggiato. Il tranquillante doveva aver avuto una seconda fase. Non sapevo per quanto tempo fui fuori gioco o cosa feci per tornare in me. Tutto quello che sapevo era che quando finalmente riuscii a vedere di nuovo – quando oggetti e forme vennero messi a fuoco, quando riuscii a vedere luci e ombre e una forma umana – ciò che vidi non aveva senso. Perché tutto era coperto di sangue.

CAPITOLO VENTUNO

Wilde

Qualcosa mi fece scattare in una corsa. Mi fidai dell'impulso, che si muoveva più velocemente di quanto non riuscisse la mia forma umana. Finii per girare intorno a un motel. Mi squillò il telefono, e fui combattuto tra rispondere e...

No. Non c'era tempo.

Rayne era qui.

Percepivo debolmente il suo odore. O forse era solo il ricordo del suo odore, ma mi fidai della sensazione.

Avrei voluto mutare, in modo da poter seguire la traccia ma poi le mie orecchie rilevarono un suono.

Un ringhio di lupo.

Mi lanciai in quella direzione, sbattendo la spalla contro la porta di un motel fino a quando non si ruppe il telaio e cadde all'interno.

Mi ci volle solo un secondo per capire cosa era successo. Rayne – la mia bella, dolce femmina – se ne stava nuda su un tappeto insanguinato, con delle corde rotte intorno ai polsi e alle caviglie. Il sangue le copriva il viso e il petto. Gli occhi azzurri erano spalancati e spaventati mentre fissava l'uomo smembrato sul pavimento. L'odore del sangue sovrastava la stanza, ma sotto di esso – oh destino. Sotto c'era l'odore di Rayne. Il suo nuovo odore da mutaforma.

E il mio cazzo di lupo ululò in riconoscimento. Quasi caddi in ginocchio per lo stupore, se non fosse che la paura della mia preziosa compagna aveva la precedenza.

«Wilde?» C'era dello shock nella sua voce affannata. «Cosa è successo?»

Mi costrinsi a muovermi lentamente, a toccarla delicatamente. «Non lo sai, piccola?» Le presi le spalle e le strofinai. «Non ti ricordi cosa è successo?»

«No» si lamentò. «Io... Io... Sei stato *tu*?» Gesticolò in direzione del corpo.

«Sei mutata, piccola. La tua lupa si è liberata per difenderti. Ora sei al sicuro. La tua lupa si è occupata di lui.»

Lei tremò, e io la tirai contro di me e la abbracciai.

«L'ho...Wilde, l'ho...»

«Sì, l'hai ucciso. Va tutto bene, piccola. Non avevi scelta.»

Mi squillò di nuovo il telefono, lo tirai fuori e risposi ad Alpha Green. «L'ho trovata. È al sicuro. È mutata e ha ucciso il suo rapitore. Uhm, avremo bisogno di una pulizia importante, però.» «Dove siete?»

«La teneva in un motel.»

«Ok, porta Rayne a casa. Ci occuperemo noi di ripulire. Mandami un messaggio con l'indirizzo e il numero della stanza.»

«Grazie, Alpha.» Attaccai.

«Ti tiriamo fuori di qui. Indossavi i tuoi vestiti quando sei mutata?»

«Uhm... cosa?»

Era completamente sotto shock. Non vidi brandelli di

vestiti appesi su di lei come succedeva quando mutavi da vestito, il che significava che probabilmente era nuda.

Quel pensiero mi fece quasi mutare, il desiderio di mutilare ulteriormente il corpo dello stronzo sul pavimento era fortissimo. Quando vidi i suoi vestiti piegati sul comò, li afferrai e aiutai Rayne a metterseli. Poi rubai un asciugamano bagnato dal bagno del motel e presi Rayne tra le braccia, asciugandole il sangue dal mento mentre camminavamo.

«E tutto il...?» Guardò il corpo oltre le sue spalle.

La misi giù per sollevare la porta e rimetterla al suo posto. «Forza, piccola. Alpha Green vuole che ti porti a casa. Del resto si prenderanno cura loro.»

La jeep era a pochi isolati di distanza, e la portai lì, non volendo lasciarla sola nemmeno per i pochi istanti che mi ci sarebbero voluti per andarla a prendere. La misi sul sedile del passeggero e partii prima che la scena venisse scoperta da qualcuno a cui avremmo dovuto rispondere.

Ci voleva più di un'ora da Chandler a casa, però, e avevo bisogno di tenere Rayne tra le mie braccia, quindi mi fermai a pochi chilometri di distanza e scesi.

«Cosa sta succedendo?»

Camminai verso il suo sportello, lo aprii e usai l'asciugamano per finire di pulirle il viso, il petto e le mani. Le si riempirono gli occhi di lacrime. «Pensavo che non ti avrei mai più rivisto.» «Rayne.» mi si spezzò la voce. «Avevo così paura di perderti.»

Mi guardò in faccia, e c'era così tanta vulnerabilità nel suo sguardo che quasi mi mise al tappeto. Cazzo.

Dovevo ancora spiegarmi. Per sanare questa frattura tra di noi. «Ascolta, piccola. Mi dispiace tanto per l'Homecoming.»

Abbassò il viso e distolse lo sguardo come se non volesse parlarne. La toccai teneramente per prendere il mento tra il pollice e l'indice. «Avevi ragione, stavo cercando di sistemarti. E ho bisogno che tu sappia che ho smesso di ragionare col cazzo. «Rayne, stavo cercando di farti mutare perché sospettavo che tu fossi la mia compagna predestinata. Ma dopo che te ne sei andata, ho capito che non mi importava se lo eri o no. Non mi interessa se puoi mutare o no. Non mi interessa se diventi popolare o rimani in disparte. Piccola, tutto ciò che mi interessa è stare con te. Penso che tu sia la ragione per cui sono tornato in Arizona. Non perché odiassi la scuola o avessi nostalgia di casa. Penso che il mio lupo mi stesse dicendo di tornare qui, da te. È lui che mi ha portato ad essere arrestato.»

I bellissimi occhi di Rayne si riempirono di lacrime e mi sporsi per darle un tenero bacio sulla fronte. «Ma sono mutata. Quindi, voglio dire...»

Sorrisi. Portai il polso verso il suo naso. «Cosa ne pensi?»

Inspirò profondamente il mio odore e i suoi occhi diventarono argento.

Il mio sorriso crebbe.

Due lacrime le scesero lungo le guance.

«Beh?»

«I-io non lo so.»

Ora stavo sorridendo in pieno. «Penso di sì. Vedo la tua lupa, piccola. Ora mi sta guardando.» Rayne si lasciò scappare una risata. «Pensi che io sia la tua compagna?»

Sorrisi e scossi lentamente la testa «Non lo penso, Raynebow. Ne sono fottutamente sicuro. Ti sto reclamando. Tu appartieni a me, dolcezza. Che tu mi voglia o no.»

Si lasciò scappare una risata affannata, poi si rassegnò. «Wilde, non ricordo nemmeno di essere mutata. Non so se potrò farlo di nuovo.»

Le cullai il viso con entrambe le mani. «Rayne, tesoro. Te l'ho detto: non mi interessa se lo farai. Non mi importa se ti tingi i capelli di verde o abbai come una fottuta foca. Tu sei mia. E anche se non lo fossi – anche se non avessi mai avuto questa convinzione...» mi portai il suo polso al naso e respirai profondamente – «Ti vorrei. Ti vorrei perché sei intelligente e gentile e presti attenzione alle persone. E sei fottutamente adorabile quando sei arrabbiata. E hai i piedini più carini del mondo, ma non venderai mai più video online.»

Rayne rabbrividì e mi dispiacque immediatamente averglielo ricordato.

«Piccola, stai bene? Mi vuoi dire cosa è successo?»

Mi si avvicinò, avvolgendo le mani dietro la mia testa e tirandomi verso di lei. «Voglio solo stare con te in questo momento.»

La presi dal sedile e me la misi a cavalcioni sulla vita, così da poterla tenere stretta. «Voglio solo stare con te, Raynebow. Questo è tutto ciò che voglio. Sei l'unica cosa che conta per me in questo mondo.»

Rayne scoppiò in un singhiozzo, e io la strinsi, dondolando da un piede all'altro.

«Vuoi marchiarmi?»

Feci una risata. «Non ne sei ancora sicura?»

«Intendevo dire... ora? O stasera?»

Dovetti combattere l'ondata di lussuria che mi attraversò. «Oh, cazzo, piccola. Sei pronta?»

«Sì.»

«Non dovrei portarti prima a casa? Probabilmente vuoi vedere tua madre e ripulirti.»

Non rispose.

«Oppure posso trovarci un hotel per la notte.»

Rayne si rilassò ancora un po'. «Hotel. Sicuramente.»

«Va bene.» La rimisi sul suo sedile e le allacciai la cintura di sicurezza.

«Lo sai cosa significa.» Il mio lupo ora gongolava.

«Cosa?»

«Che ti porto al ballo dell'Homecoming.»

«Oh. Mmh. Non lo so.»

Mi tirai indietro, ridendo. «Non lo sai? Non posso mostrarti pubblicamente a tutta la fottuta scuola come mia compagna?»

Arrossì.

«Hmm?»

«Beh... Va bene.» Fece un sorriso tanto luminoso da rischiarare il cielo notturno. «Suona bene.»

Il mio lupo festeggiò come se avessi appena fatto touchdown. Improvvisamente, tutto nella mia vita sembrò giusto. Tutte le parti rotte, i pezzi mancanti, le dissociazioni erano sparite. Tutto si era allineato. I pezzi combaciavano, non nella vecchia configurazione, ma in qualcosa di bello e nuovo. Cercai sulla mia mappa del telefono l'hotel più vicino e carino e portai lì Rayne.

Avevo i soldi che mi aveva dato Greg per aver lavorato all'officina, ed ero felice di sperperare tutto per rendere questa serata perfetta per Rayne.

Stasera l'avrei fatta mia.

* * *

Rayne

WILDE MI PORTÒ in un hotel di lusso nel centro di Phoenix e mi preparò un bagno mentre ordinava il servizio in camera.

«Pensano che io stia facendo una festa qui con i diciassette hamburger che ho appena ordinato.» Sorrise.

Sorrisi anche io. La vertigine che si impadronì di me era completamente estranea. Mi sentivo tremante e leggera. Wilde chiamò mia madre sulla strada per l'hotel per farle sapere che ero al sicuro, ma che doveva reclamare la sua compagna, e non saremmo tornati fino al mattino.

La sentii ridere piangendo mentre terminava la chiamata.

Mi spogliò e mi sollevò per mettermi nella vasca da bagno piena. Usando un asciugamano, pulì ogni centimetro del mio corpo. Arrivò il cibo, e lui lo portò in bagno, accovacciandosi accanto alla vasca per nutrirmi con la sua stessa mano, il suo sguardo vigile non lasciò mai il mio viso.

Mi accarezzò i capelli portandoli indietro.

«Vorrei aver visto la tua lupa. Scommetto che è magnifica.»

Questa volta, non mi ferì sentire che era interessato alla mia lupa. Mi aveva anche detto che non gli importava se non fosse comparsa mai più.

«Torna alla Duke» gli dissi. Non volevo che buttasse via il suo futuro per rimanere qui mentre finivo il liceo. Non aveva senso.

Esitò. «Finirò la stagione di football. Poi mi trasferirò all'ASU. È lì che andrai, giusto?»

Mi sciolsi un po' di più. «Sì.» Finii l'ultimo hamburger e mi alzai dalla vasca. «Sembra un buon piano.»

Wilde mi avvolse con un asciugamano e mi asciugò. In camera c'era un secchiello con lo champagne accanto al letto. «Ooh. Fantastico. Come hai fatto? Non hai nemmeno ventun anni.»

«Documento falso, piccola.» Mi fece l'occhiolino e mi puntò un dito. «Vieni qui.» Versò lo champagne e mi porse un bicchiere, avvolgendomi un braccio dietro la schiena. «Ti amo, Rayne Lansing.» Aprì l'asciugamano avvolto sotto le ascelle e mi baciò tra i seni. «Adoro quanto sei piccola.» Mi ero preparata, ma la sua menzione della mia taglia non fece male. Sentivo solo amore da lui e per lui. Sentivo la sua adorazione per il mio corpo. Credevo che mi trovasse perfetta, così come ero. Mi baciò tracciando un cerchio intorno al capezzolo. «Adoro quanto sei morbida.» Succhiò un capezzolo in bocca. «Adoro quanto sei dolce.»

Gli sfilai la maglia. Volevo assaggiarlo anche io. Mi misi a cavalcioni su di lui e gli mordicchiai il collo.

«Vuoi segnarmi, lupacchiotta?» Wilde ridacchiò. «Vai avanti. Posso sopportarlo.»

Naturalmente, le lupe non marchiavano i loro compagni. Non avevamo nei denti il siero per incorporare permanentemente il nostro odore in un altro.

Morsi Wilde comunque, e la mia figa si bagnò immaginando che lui lo facesse a me.

«Oh, cazzo, Rayne.»

All'improvviso, mi ritrovai sdraiata sulla schiena, Wilde sopra di me, che mi bloccava. «Pensi che non possa sentire l'odore del tuo dolce nettare?» I suoi occhi si illuminarono di verde, i muscoli del suo petto si flessero, facendomi girare la testa per la lussuria.

Strisciò giù tra le mie gambe, stringendomi il culo tra le sue grandi mani, e mi leccò dentro. Mi arresi alla sensazione. Il calore della sua lingua bagnata, le deliziose carezze delle mie parti più delicate.

«Wilde» gemetti.

«Esatto, piccola. Voglio sentire il mio nome mentre ti divoro.»

Lo ripetei. Un sacco di volte. Perché mi fece il servizietto del secolo, leccando e lambendo le mie pieghe, succhiando e mordicchiando, portandomi verso un orgasmo dopo l'altro.

«Wilde, voglio di più» gridai.

Alzò la testa, le labbra lucide dei miei succhi. «Pensavo di darti *di più*.»

«Ho bisogno di te. Del tuo cazzo. *Ti prego*.»

Il suo sorriso era così arrogante. «Non dire altro, piccola. La mia compagna sarà soddisfatta.»

Si tolse i jeans e i boxer e si arrampicò su di me. Riuscivo a malapena a respirare. Ero così eccitata. Il corpo mi tremava tutto. Ero appena venuta cinque volte con la lingua di Wilde, ma non aveva usato affatto le dita, e l'anticipazione per la penetrazione mi portò fuori di testa per il bisogno. Gli andai incontro mentre si arrampicava su di me, ma lui sorrise e mi fece rotolare sulla pancia.

«Allarga le gambe, bellezza.»

Spalancai le gambe e lui si inginocchiò tra loro e strofinò la cappella sul mio ingresso zuppo. «Solleva i fianchi.» Wilde mi infilò un cuscino sotto il bacino per sollevarmi il culo, poi gli diede uno schiaffo.

«Mmm» gemetti.

Mi strinse ruvidamente la natica e poi si fece strada nel mio ingresso stretto. Adoravo la sensazione di lui avvolto dentro di me. Che mi riempiva, mi prendeva.

E ora, *mi reclamava.*

Wilde andò piano, riempiendomi, tirandosi indietro, riempiendomi di nuovo. Ogni volta che premeva, gemevo di soddisfazione.

Mi afferrò i capelli e mi sollevò la testa per darmi un bacio bruciante di lato. Iniziò a spingere un po' più forte, muovendo i fianchi per entrare in profondità. Quando la forza mi spinse su per il letto, mi afferrò la nuca per tenermi in posizione. «Stasera te lo prenderai brutale, Rayne-bow?»

«Sì, ti prego» piagnucolai. Perché nonostante il piacere, non era abbastanza. Volevo di più. Volevo sentire Wilde in ogni cellula del mio corpo. Volevo che fosse brutale e selvaggio. Per mostrarmi quanto mi desiderava. Volevo sentirmi pienamente rivendicata da lui, per sempre. «Bene» ringhiò, spingendo ancora più forte.

Inarcai la parte bassa della schiena per offrirgli ancora di più il mio culo, per portarlo dove avevo bisogno di lui. Si infilò dentro di me, i suoi lombi mi schiaffeggiarono il culo.

Appoggiai le mani contro la testiera. Era troppo, ma lo adoravo assolutamente. Lo desideravo. Ne avevo bisogno. Le mie grida divennero più forti, più alte di tono. Se c'era qualcuno nella stanza accanto sicuramente avrebbe chiamato la hall.

Non mi interessava.

Non mi sarei fermata neanche se avessero buttato giù la porta in questo momento. Tutto ciò che mi interessava era cavalcare questa incredibile onda con Wilde.

«Rayne.» La voce di Wilde suonò rotta. Le sue spinte diventarono scattose. «Rayne. Piccola. Rayne... sei tu.»

Affondò dentro di me e venne.

Ebbi un orgasmo, sentii delle convulsioni che coronarono il mio rilascio estatico. Era molto più di un'esperienza fisica. Era persino al di là di un'esperienza spirituale.

Era cosmico.

Un allineamento di chi ero – di chi ero sempre stata pur non fidandomene – con l'unico, perfetto compagno per me. Tutti i cosiddetti problemi della mia vita e della sua vita sembrarono improvvisamente irrilevanti. La debacle del ritorno a casa. Il rapimento. Il fatto che avevo ucciso un uomo. Che Wilde sarebbe tornato alla Duke. Di non ricordare la mia mutazione.

Niente di tutto ciò aveva importanza. Tutto ciò che contava era il mio compagno. I denti di Wilde mi affondarono nella spalla, rompendo la pelle per incorporare il suo odore nella mia carne. Il dolore fu eclissato dal piacere. Piacere glorioso, capace di alterare la mente. Il siero che scorreva nel mio flusso sanguigno mi mandò in uno stato di euforia.

Tutto il mio corpo si rilassò, più che sazio.

Cambiato.

Fu allora che seppi per certo che sarei stata in grado di mutare. Che ora ero una lupa. Mi resi anche conto che era stato lo sperma di Wilde in me quella prima volta che aveva dato il via alla mia transizione, proprio come la sua essenza in me ora mi faceva sentire completa. Come se fossi finalmente diventata l'essere che avevo tenuto nascosto al mondo per qualche ragione oscura e misteriosa.

Wilde dondolò il suo cazzo dentro e fuori lentamente mentre allentava i denti dalla mia spalla e leccava le ferite fino a farle chiudere. Mi accarezzò i capelli, coccolandomi la testa come quella di un gatto. «Stai bene, Rayne-bow? Fa male?»

Girai il viso di lato per sorridergli sognante. «Sto alla grande.»

Le parole non esprimevano nemmeno quanto mi sentissi in modo incredibile.

Lui sorrise e si tirò fuori per farmi girare.

«Ora sei mia.» Si librò su di me, tenendosi su un braccio. Sollevai le gambe per stringergliele intorno alla vita e tirai giù il suo cazzo fino alla tacca tra le mie gambe, il posto a cui apparteneva. «Sono tua» mormorai.

* * *

SABATO SERA, mi sedetti sul divano indossando il mio vestito migliore, cioè l'unico che avevo, aspettando che Rayne uscisse dalla sua camera per andare al ballo dell'Homecoming. Eravamo tornati a casa nel pomeriggio dopo aver fatto l'amore in hotel tutta la notte e tutta la mattina. Non ero sicuro che mio padre non mi avrebbe preso a calci nel sedere per non aver portato Rayne a casa nel momento in cui l'avevo trovata, ma lui e Leslie sembravano entrambi felicissimi.

«Non posso crederci» continuò a ripetere Leslie più e più volte, con le lacrime che le rigavano il viso. «Entrambi avete trovato il vostro compagno del destino, proprio qui, sotto il nostro tetto. È incredibile.»

Rayne aveva chiamato il suo amico umano e gli aveva detto che volevamo esporci come coppia, e che voleva andare al ballo con me. Naturalmente, avevo dovuto origliare, e il ragazzo era stato sorprendentemente gentile al riguardo. Immaginavo che fosse vero che non avesse mire su di lei. Alla fine, la porta si aprì e Rayne uscì.

Indossava un tubino argentato che le abbracciava i fianchi e le stringeva i seni nella scollatura più seducente che avessi mai visto.

Strinsi i pugni. «L'avresti indossato per lui?» ringhiai. Era sbagliato, ma non potevo farne a meno. Sapevo che avrei dovuto dirle quanto era incredibile, quanto ero onorato di accompagnarla, ma era tutto ciò che riuscivo a pensare. Rayne mi arrivava alle spalle con indosso i suoi tacchi sexy. Si appoggiò a me e sollevò il viso. Il suo profumo mi calmò all'istante. Mettere le mani su di lei aiutava di più.

«L'ho indossato per te» mormorò.

Feci scivolare le mani lungo i suoi fianchi fino al suo culo e strinsi. «Sei bellissima. Bella da mangiare.»

«È in tinta con i miei occhi» mormorò.

Il mio cazzo si mosse. «Sì, i tuoi bellissimi occhi da lupa.»

Volevo vederla, volevo insegnarle come mutare senza l'amnesia post-traumatica che ne derivava, ma non avevo intenzione di insistere. Avevo fatto quell'errore una volta, e non le avrei fatto mai più del male.

«Oh, fatemi vedere!» cinguettò Leslie, correndo lungo il corridoio con il telefono in mano per scattare foto. Sussultò. «Voi due siete incredibili.»

Ci alzammo e posammo per lei, dentro e fuori, sotto un albero. Poi presi Rayne e la portai alla jeep.

Mi avvolse le braccia intorno al collo. «Posso camminare, sai.»

«Ho bisogno di tenerti.» La sistemai sul sedile e le allacciai la cintura di sicurezza.

«Sì?» Sembrava senza fiato. Contenta.

«Tutto il fottuto tempo. Non so come farò a superare la stagione di football senza di te.» «Useremo FaceTime. Ogni giorno. E posso sempre vendere più foto dei miei piedi per comprare un biglietto aereo…» Rayne si interruppe e sorrise al mio ringhio di disapprovazione.

«Dimmi che stai scherzando.»

Il suo sorriso era affettuoso. Era assolutamente luminosa con una radiosità che le proveniva da sotto la pelle. «Più o meno.»

«Vieni qui.» Le cullai il viso e la esortai ad avvicinarsi. «Ti amo.»

«Ti amo, Wilde Woodward.»

«Dovremmo sposarci.»

Lei rise. «Perché?»

Aveva ragione. I lupi non richiedevano il costrutto umano del matrimonio. L'accoppiamento andava ben oltre. «Non lo so. Un'assicurazione o qualcosa del genere? Voglio solo fare tutto con te.»

«Mmm» mormorò. «Pensavo che l'avessimo fatto ieri sera. E stamattina.»

«Oh, piccola. Non abbiamo nemmeno scalfito la superficie delle cose che ti farò a letto.» Le diedi un bacio rivendicativo, del tipo che le avrebbe fatto arricciare le dita dei piedi in quei sexy tacchi a spillo che indossava.

Poi chiusi lo sportello e camminai verso il mio lato. Non vedevo l'ora di portare Rayne a questo ballo. Tutti lì avrebbero colto il suo nuovo odore. Non solo quello che diceva che ora era una mutaforma, ma il mio odore incorporato nella sua pelle. La mia pretesa su di lei. Nessuno avrebbe mai più potuto fare cazzate o sminuire Rayne. Lei mi apparteneva e l'avrebbero rispettata. Ero convinto che sarebbe stato ovvio, ma avrei fatto in modo che tutti lo capissero stasera se non fosse stato chiaro.

Il ballo si teneva al birrificio nella loro sala banchetti. Questa città era così piccola e invischiata che almeno la metà dei genitori dei ragazzi lavora lì. Era di proprietà del branco e la scuola era prevalentemente composta da ragazzi del branco, quindi ciò significava che srotolavano il tappeto rosso per gli studenti in eventi come questo.

Mi fermai nel parcheggio del birrificio. Anche se eravamo in ritardo, trovai un posto proprio davanti. Quasi come se fosse stato riservato per noi. Presi la mano di Rayne e camminammo sotto l'arco di palloncini e stelle filanti per entrare. Ci furono doppi scatti a destra e a sinistra mentre le persone ci vedevano entrare insieme. Capivano che stasera eravamo qui come una vera coppia, non come fratellastri.

O forse stavano solo ammirando quanto fosse bella Rayne, perché era davvero stupenda. Soprattutto con quei tacchi alti che nessun'altra donna della sua età sapeva come portare.

Abe fu il primo – o forse l'unico con abbastanza palle– ad avvicinarsi a noi.

«Ehi, ragazzi. C'è la mia regina.» Ci fece un sorriso da pirata.

Tirai Rayne più vicino al mio fianco. «Lei non è la tua niente, Oakley. Rayne è tutta mia ora.»

Le narici di Abe si infiammarono mentre assorbiva il suo odore, e alzò le sopracciglia in segno di apprezzamento. «Compagni. Wow. Cosa hanno detto i vostri genitori?»

Naturalmente, tutti ascoltarono le parole di Abe e ci fissarono apertamente. «Sono contenti.» Massaggiai la nuca di Rayne, facendole sapere che ero qui. Il suo campione. Il suo compagno. «Buon per voi!»

«Rayne!» Una ragazza di nome River si avvicinò, una cheerleader, forse. Casey camminava dietro di lei in modo stranamente protettivo. La cheerleader le porse la corona della regina dell'Homecoming. «Ecco la tua corona, Rayne.»

Ero teso, ma non sentii alcun turbamento proveniente da Rayne, aveva solo le guance arrossate per l'attenzione. Pensavo che fosse contenta.

Invece di porgerla a Rayne, la cheerleader gliela mise in testa, aggiustandola fino a quando non la ritenne perfetta. «Sei bellissima.» Diede a Rayne un rapido buffetto sulla guancia. «Grazie per quello che hai detto a Casey» le sussurrò all'orecchio. Poi, con voce normale, disse: «Congratulazioni. Anche per l'accoppiamento.»

C'era un calore genuino nelle parole della ragazza.

Dietro di lei, Casey fece un cenno di approvazione a entrambi. «Ti sei accoppiato con la tua sorellastra. Mi piace. Amore proibito.»

Fu allora che lo capii. *Casey e la cheerleader.* Non esattamente proibito a Wolf Ridge, ma fuori dalla norma, di sicuro. I mutaforma non erano una società omofoba, ma certamente eteronoma. La nostra specie poteva essere fortemente di genere.

«Devi essere te stessa, Casey» le dissi. «Il branco seguirà.» Era una femmina alfa. Poteva creare nuove regole per sé stessa alla Wolf Ridge High.

«Questo è più o meno quello che mi ha detto anche la tua compagna.» Casey fece a Rayne un sorriso mesto prima che le due se ne andassero.

«Dai, salutiamo Lincoln.»

Rayne mi tirò verso un muro dove Lincoln era circondato da un gruppo di femmine umane.

Sembrava annoiato, ma non a disagio.

«Ehi, Lincoln.» Rayne abbracciò il ragazzo e non desiderai nemmeno schiacciarlo come un pancake. Gli tesi la mano. «Ehi, amico. Grazie per essere stato tranquillo riguardo al cambiamento di programma.»

Lincoln fece spallucce. «È fantastico. Sono contento che voi due abbiate trovato un modo per far funzionare le cose.»

Rayne gli sorrise raggiante. Sembrava senza dubbio la regina dell'Homecoming. Bella. Come una dea. Pronta a governare la sua corte con amore e grazia.

«E ora i reali dell'Homecoming ci raggiungeranno sulla pista da ballo?» Chiese J.J. dal palco.

La folla applaudì e fischiò. «Siete pronta, vostra maestà?» Strizzai l'occhio a Rayne, tendendole la mano con un inchino.

Lei arrossì e sorrise. I suoi occhi brillarono di un argento radioso mentre mi guardava. «Con te? Sempre.» Diede a Lincoln un rapido bacetto sulla guancia e poi mi diede la mano, così che potessi condurla in pista. Abe fu abbastanza intelligente da afferrare una ragazza a caso perché gli facesse da partner di ballo mentre entravamo in pista con la coppia reale junior. Per qualche ragione, stava fissando una coppia umana in piedi in un angolo. La ragazza assomigliava a Lincoln – doveva essere la sua gemella.

Mi tirai Rayne tra le braccia. Il suo corpicino si adattò contro la mia figura massiccia. La sua morbidezza contro i miei muscoli. Proprio qui, dove avrebbe sempre dovuto essere. Alzò il viso verso di me, apparendo assolutamente bella con la sua corona.

«Sei la perfezione, mia regina» mormorai.

Lei arrossì. «Ti amo.»

Il mio sorriso divenne malvagio. «Non importa se mi ami o no, Rayne-bow. Ora mi appartieni.»

I suoi occhi divennero argento liquido sotto i riflettori.

«Quanto tempo ci vorrà prima che possiamo abbandonare questo ballo?»

Risi a crepapelle. «È la tua serata, tesoro. Sono al tuo servizio.»

* * *

Rayne

«Sei la mia compagna, ringhiò Wilde mentre mi sbatteva contro il muro nello chalet di Abe Oakley. I suoi occhi brillarono di verde nell'oscurità. Stringevo le gambe intorno alla sua vita, il vestito corto che indossavo era arricciato sui fianchi. Dopo il primo ballo, aveva informato Abe che avremmo usato il suo chalet e che avrebbe dovuto tenere tutti lontani fino a quando non ne fossimo emersi. Ora mi aveva portata dentro, ma non eravamo riusciti a raggiungere una camera da letto. Eravamo appena dietro la porta nello chalet buio.

Sorprendentemente, anche senza la luce della luna piena che splendeva attraverso la finestra, ora potevo vedere perfettamente al buio. «Non sei ancora stata scopata contro un muro, vero, Rayne-bow?» Wilde macinò il rigonfiamento della sua erezione tra le mie gambe divaricate.

«Non ancora» feci le fusa. Gli strinsi le braccia intorno al collo.

«Sono il tuo primo. Conquisto tutti i tuoi primati» affermò.

«Primo e unico.»

Questo lo mandò in delirio. Mi tirò via le mutandine, strappandole a metà per togliermele dalle gambe senza mettermi giù. Non mi lamentai. Adoravo questo lato selvaggio di Wilde. L'idea che fosse così disperato di prendere il mio corpo da non riuscire a controllarsi mi inebriava. Tenendomi bloccata contro il muro, usò una mano per sbottonarsi i pantaloni e liberare l'erezione. Le sue labbra si fusero contro le mie nello stesso momento in cui la cappella si strofinava sulla mia fessura. Espressi il mio assenso. Mi faceva sentire così bene. Era tutto così fluido e soddisfacente. Così delizioso.

Mi spinse la lingua in bocca nello stesso momento in cui si spinse dentro di me, una rivendicazione simultanea. Una mano scivolò nel mio abito dell'Homecoming per palpare il mio seno nudo. Wilde mi divorò, il suo fisico forte e atletico controllava ogni parte del mio corpicino. Era più brutale ora che la mia lupa era emersa. Andava bene, perché il dolore fugace del suo tocco dominante era infinitamente soddisfacente.

Anche la mia lupa lo voleva il più selvaggio e spietato possibile.

I fianchi di Wilde scattarono mentre si spingeva dentro di me, le sue labbra ancora bloccate sulle mie, le sue dita pizzicavano e torcevano il mio capezzolo, facendomi sussultare nella sua bocca. Divorò le mie grida. Spinse più forte. «Questa è la tua prima volta contro il muro, piccola» disse con voce ruvida. «E poi seguirai la tua prima volta piegata su un divano.»

Mi solcò dentro, spingendomi su per il muro e giù di nuovo. «E poi la tua prima volta sulle mani e sulle ginocchia. La prima volta nel culo.»

Persi la testa. Affondai le unghie nella nuca di Wilde, facendogli uscire il sangue. Probabilmente stavo anche urlando, non ne ero sicura. Le orecchie fischiavano troppo forte per sapere cosa fosse quel suono. Ci fu un momento di non tempo. Lo spazio tra i secondi. La vasta distesa di un punto zero. E poi venni, il mio canale si strinse attorno al cazzo di Wilde.

«Ecco, piccola. Vieni su tutto il mio cazzo» ordinò, e io mi lasciai andare a movimenti convulsi contro il muro, il mio centro tremò e fremette, l'interno delle cosce strinse come una morsa intorno ai suoi fianchi. Appena finii, mantenne la sua promessa, portandomi al bracciolo del divano, dove mi piegò, mi sculacciò e mi riprese.

Cinque posizioni incredibili dopo, era mezzanotte passata, ed ero afflosciata come una bambola di pezza, ma sentii l'ululato dei lupi in lontananza.

«Dai.» Wilde mi afferrò la mano e mi tirò giù dal letto dove aveva appena preso la mia verginità anale. Mi portò fuori dove restammo nudi al chiaro di luna.

Mi guardò con occhi da lupo. «Vuoi correre?»

Le mie insicurezze saltarono fuori. Le mie paure. Non sapevo come mutare. L'ultima volta che lo avevo fatto, avevo ucciso un uomo. Ma Wilde era in piedi accanto a me. Il mio amore. Il mio compagno. Il mio fratellastro sexy e peccaminoso. Si sarebbe preso cura di me. Lui era tutto. Annuii. In un batter d'occhio, si mise a quattro zampe, un enorme, bellissimo lupo nero. Mi leccò il polpaccio. Non sapevo cosa sarebbe successo. Non sapevo come fare. Tutto quello che sapevo era che avevo questa intensa sensazione nel mio corpo, che volevo correre con lui, e improvvisamente guardai due delicate zampe bianche come la neve. Mi feci avanti sorpresa, il mio corpo sconosciuto si contorse di gioia nell'aria. In qualche modo, potevo dire che Wilde rise. La bocca del suo lupo era spalancata in un ghigno da coccodrillo.

Corsi da lui, sbattendo la mia spalla contro la sua molto più grande. Sollevò una zampa possente e mi gettò sul mio fianco, bloccandomi sulla schiena per una leccata.

Gridai e piagnucolai di piacere. In effetti, non avevo mai provato una tale estasi. Wilde mi liberò e mi morse il fianco per rimettermi in piedi, e poi mi inseguì in direzione degli ululati dei lupi.

Trovammo i ragazzi di Wolf Ridge sulla mesa. Alcuni erano nella loro forma umana, seduti intorno al fuoco. Alcuni erano nudi, come se fossero appena tornati in forma umana. Altri ancora correvano e si inseguivano in forma di lupo.

Tutti si fermarono quando arrivammo nella radura.

«Ma è...»

«Deve essere Rayne.»

«Sì, sono Wilde e Rayne. Porca puttana. È una lupa bianca.»

«Bianco e nero. Yin e yang. Che figo.»

All'improvviso tutti si ritrovarono in forma di lupo, riuniti intorno a me, annusando, leccando, dandomi il benvenuto nel branco.

Fu quasi troppa la gioia da accogliere.

Sentivo che il mio cuore sarebbe potuto esplodere dal piacere. Volevo piangere e ridere allo stesso tempo. Alzai il naso verso la luna e urlai e ululai di gioia. I ragazzi del branco mi imitarono. Si unirono a me. Eravamo una cosa sola. Uniti insieme dalla luna e dal nostro sangue e dalle regole di questa comunità affiatata.

E poi Wilde mi spinse fuori dal cerchio. All'inizio, non ero sicura di cosa volesse, ma poi mi resi conto. Voleva che io corressi. Guidai il gruppo nella corsa della luna piena. Partii e tutti mi seguirono, Wilde si muoveva proprio accanto a me.

Ci furono urla e grida di piacere intorno a me mentre ci riversavamo giù dal fianco della montagna, inseguendo la nostra natura selvaggia. Esplorando il senso di libertà. La comunione tra loro e con la natura.

Mi piaceva tutto così tanto, eppure era solo la ciliegina sulla torta. Ora avevo Wilde. Ero una delle poche fortunate ad aver trovato il suo compagno predestinato. E ancora di più: avevo me stessa.

Il mio io lupo e la mia forma umana. Nessuna delle due era difettosa. Entrambe erano un miracolo da vedere. Ci muovemmo e giocammo e corremmo ancora un po'.

All'alba, mi ritrovai di nuovo nuda, accoccolata tra le

braccia di Wilde, a guardare il tenue bagliore che attraversava la montagna. Intorno a me, c'erano i miei compagni di classe. Mutaforma che non mi avevano mai accettata prima, ora erano in completa unità con me.

«Ti amo, piccola» mormorò Wilde mentre mi accarezzava la nuca.

«Anch'io ti amo» sussurrai, con le lacrime di gioia che mi offuscavano la vista.

WILDE

Sbattei il pallone sul tappeto erboso e feci una capriola all'indietro mentre lo stadio e i miei compagni di squadra si scatenavano.

«Touchdown! La partita è finita! Un punteggio incredibile del secondo ricevitore Wilde Woodward, e la Duke ha appena vinto la partita del Bowl!»

Volarono i coriandoli. I miei compagni di squadra mi presero e mi portarono in trionfo per il campo. Alzai il pugno in aria, ma guardai verso gli spalti dove la bionda più incredibile era in piedi a tifare per me. Quella che non vedevo di persona dalla pausa natalizia. Ero sopravvissuto solo grazie a un sacco di videochiamate, frequenti spedizioni di vestiti con il suo profumo e la consapevolezza che l'anno prossimo saremmo stati all'ASU insieme.

Avevo contattato il loro allenatore per il trasferimento e mi avevano offerto una borsa completa per l'anno prossimo, compresi i soldi dei booster e delle sponsorizzazioni. Inoltre il tutto veniva fornito con un primo dormitorio di prim'ordine che potevo condividere con Rayne.

Dopo la sofferenza e il disagio dello stare separati

quest'anno scolastico, non avremmo mai più dovuto farlo. Avevo bisogno di svegliarmi ogni mattina con lei nel mio letto. Di avere il suo profumo su tutto il mio cuscino. Di avere il sapore di lei sulla mia lingua.

Avevo bisogno di proteggerla, prendermi cura di lei, onorarla in tutti i modi in cui non ero riuscito a fare all'inizio.

La vidi – non ero sicuro di come, considerando che era minuscola, e lo stadio era pieno di tifosi che spintonavano, ma un lupo riconosceva la sua compagna.

Aveva i pugni in aria e saltava su e giù.

Nel momento in cui i miei amici mi rimisero in piedi, mi lanciai in una corsa verso gli spalti, saltando sul muro per raggiungere le gradinate, facendo urlare la folla di gioia. Arrivai a Rayne e la presi tra le mie braccia.

E poi mi ritrovai a casa. Non in Arizona, ma esattamente dove dovevo essere. Con le belle, dolci gambe della mia sorellastra avvolte intorno alla vita.

«Sei stato perfetto» disse. Sapevo cosa intendeva. Non ammirava la parte atletica, ma la mia capacità di farlo sembrare difficile, quando in realtà era tutto fin troppo facile per me. Le piazzai dei baci su tutto il viso. Non avevo nemmeno parole per esprimere quanto fossi felice di vederla. Di tenerla. «Piccola» fu tutto ciò che riuscii a gracchiare più e più volte.

«Guarda» indicò lo schermo dello stadio, quello che mostrava i replay e i primi piani dei fan. Trasmetteva il primo piano di un bambino avvolto in una coperta.

«Cosa?» Non capivo. La videocamera indietreggiò rispetto all'inquadratura del bambino per mostrare mio padre e Leslie che salutavano.

«La star della Duke Wilde Woodward è diventato un fratello maggiore oggi. I suoi genitori hanno inviato questo video per congratularsi con lui per la partita» disse il presentatore.

«Cinque chili. Sembra che ci sarà un altro giocatore di football in famiglia.»

«Oh. *Oh!* Oh, wow. Tu lo sapevi?»

Rayne rise. «Sì. Mi hanno mandato un messaggio proprio all'inizio della partita. Si chiama Nathanial. Lui e mia madre stanno alla grande.»

Sorrisi. «È così strano, vero? Che siamo entrambi suoi fratelli.»

«Siamo la nuova definizione di strano, di sicuro.»

Rayne sollevò il viso sorridente verso di me per ricevere altri baci. Mi presi il mio tempo, accarezzandole le labbra con la lingua, esplorandola.

Ero così presa dal momento, che mi sembrò che lo stadio stesse impazzendo, ancora una volta. Oh, aspetta, era così.

Rayne si allontanò, ridendo, e indicò ancora una volta lo schermo, c'era il nostro primo piano, questa volta. Il nostro bacio. Il nostro amore. Salutai e tornai a baciare quella luce del mattino vivente che era la mia compagna. Mostrandole che era mia per sempre.

Tutto ciò di cui avevo bisogno.

Tutto ciò per cui vivevo.

OTTIENI IL TUO LIBRO GRATIS!

Iscrivetevi alla newsletter di Renee per ricevere Indomita, scene bonus gratuite e notifiche riguardo a nuove pubblicazioni!

https://subscribepage.com/reneeroseit

Vegas Underground

King of Diamonds

Mafia Daddy

Jack of Spades

Ace of Hearts

Joker's Wild

His Queen of Clubs

Dead Man's Hand

Wild Card

Gli alfa di montagna

Eroe

Ribelle

Guerriero

Wolf Ridge High

Alfa Bullo

Alfa Cavaliere

Fratellastro Alfa

Alfa ribelli

Tentazione Alfa

Pericolo Alfa

Un premio per l'Alfa

Una Sfida per l'alfa

Obsession Alfa

Desiderio Alfa

Guerra Alfa

Missione Alfa

Tormento Alfa

Segreto Alfa

La Preda dell'Alfa

Il sole dell'Alfa

La luna dell'Alfa

Giuramento Alfa

La vendetta dell'Alfa

Sangue Alfa

La Vergine e il Vampiro

Wolf Ranch

Brutale

Selvaggio

Animalesco

Disumano

Feroce

Spietato

Due Segni

Indomita (gratuito)

Tentazione

Deseada

Sedotta

Padroni di Zandia

La sua Schiava Umana

La Sua Prigioniera Umana

L'addestramento della sua umana

La sua ribelle umana

La sua incubatrice umana

Il suo Compagno e Padrone

Cucciolo Zandiano

La sua Proprietà Umana

La loro compagna zandiana (gratuito)

L'AUTORE

L'autrice oggi bestseller negli Stati Uniti Renee Rose ama gli eroi alfa dominanti dal linguaggio sboccato! Ha venduto oltre un milione di copie dei suoi romanzi bollenti, con variabili livelli di erotismo. I suoi libri sono comparsi su *USA Today's Happily Ever After* e *Popsugar*. Nominata *Migliore autrice erotica da Eroticon USA* nel 2013, ha vinto come autrice antologica e di fantascienza preferita dello *Spunky and Sassy*, come miglior romanzo storico sul *The Romance Reviews* e migliore coppia e autrice di fantascienza, paranormale, storica, erotica ed ageplay dello *Spanking Romance Reviews*. È entrata dieci volte nella lista di *USA Today* con varie antologie.

Iscrivetevi alla newsletter di Renee per ricevere scene bonus gratuite e notifiche riguardo a nuove pubblicazioni!
https://www.subscribepage.com/reneeroseit

facebook.com/Autrice-Renee-Rose-101548325414563
instagram.com/reneeroseromance